現代人을 위한 東洋古典新書

明心寶鑑

옮긴이
·
김석환

학영사

명심보감

일러두기

1. 이 책은 추적의 명심보감 초략본과 후세 사람들이 보충한 증보편·팔반가·속효행편·염의편을 번역·주해한 것이다.
2. 원문에는 독음과 토를 달아 한문에 약한 이들이 읽기에 편하도록 했다.
3. 번역은 원문에 충실하도록 애썼으나 의역을 한 곳도 있다.
4. 주(註)는 여러 가지 참고자료를 활용하여 충실하도록 노력했다.
5. 해설은 나름대로의 창의성을 살려 동서양의 고사와 시(詩) 등을 삽입한 곳도 있다.

차 례

머리말

일찍이 나찌스당의 어느 간부는 「문화란 말을 들으면 나는 총을 든다.」고 말한 바 있다. 이는 비인간적인 행위를 오히려 자랑삼는 광기어린 집단의 망언이다. 그러나 이와같은 차원에서는 인간은 인간에 대해서 늑대 이상의 존재가 될 수 없을 것이다. 최근 우리 사회에서도 반인륜적인 사건이 일어나 인간성 자체에 대해 의문을 일으키게 한다. 그리고 사람들은 새삼스레 사회 윤리와 가치관의 부재를 개탄하는 것이다. 지난 삼십여 년 동안 급격한 산업화의 물결 속에 우리의 전통적 가치관 자체가 그 밑바탕부터 흔들리고 있음은 부정할 수 없는 사실이다. 반인륜적인 범죄와 배금사상, 그리고 인명 경시 풍조가 이를 입증하고 있다. 이런 점을 우려한 뜻있는 사람들은 도덕성 회복의 방안으로 명심보감과 같은 고전에 관심을 보이기도 한다. 이 책은 한두 세대 전까지만 해도 한문을 익힌 이가 가장 많이 읽는 수신서였던 것이다. 분명 여기에는 오늘을 사는 우리들이 바른 길을 가는데 도움이 될 옛 성현들의 처세훈과 예지가 담겨 있다. 따라서 젊은이들이 주의깊게 읽고 이의 실천에 힘쓴다면 그 성과가 결코 적지 않으리라 믿는다.

역자 김석환

명심보감 해제(明心寶鑑 解題)

1. 초략본의 성립

얼마 전까지만 해도 사람들은 명심보감의 편찬자를 고려 충렬왕 때의 추적(秋適 : 13세기 말에서 14세기 초)으로 알고 있었다. 그러나 최근 명나라 범입본(范立本)의 명심보감 원본이 별도로 발견되어 편찬자의 이름은 수정되어야만 했다. 그러나 이 책은 너무 분량이 많아 그 알맹이만을 요령있게 간추린 추적의 초략본이 이 땅에서 읽혀온 것이다. 이는 마치 프레이저의「금엽지(The Golden Bough 1911~1915 전12권)」나 토인비의「역사의 연구(A Study of History 1934~1954 전12권)」와 같은 명저들이 방대한 분량 때문에 그 압축판이 대중화된 것과 유사한 현상이기도 하다. 명심보감 초략본의 편자인 추적은 과거에 급제한 후 좌사간과 예문관 제학 등을 역임하였다. 그는 내시 황석량이 임금의 총애를 믿고 그의 고향 합덕(合德)을 현(縣)으로 승격시키려고 하자 이 일의 부당함을 직간하였다. 그러나 임금의 역린을 사서 순마소(巡馬所)에 감금되었다. 그는 압송하는 관리가 사람들의 시선을 피해 골목길로 가려고 하자 이렇게 말하였다.

「나는 큰 길로 나가 이 모습을 백성들에게 보이고 싶다. 간관(諫官)으로서 바른 말을 하다가 압송되는게 어찌 부끄러운 일이 되겠는가?」

그는 노년에도 건강한 생활을 하며 손님 대접하기를 좋아했다고 한다. 추적은 명심보감 초략본을 통해 사람마다 성현들의 말과 행실을 본받아 덕성과 예지를 기르기를 염원한 것 같다. 이 초략본은 모두 19편으로 이루어졌다. 그 밖에 후세 사람들에 의해 증보편·팔반가·속효행편·염의편 등이 보충되었다. 이 책은 이와 같은 복잡한 과정을 통하여 성립된 것이다.

2. 주제와 사상

사회란 어차피 자기 혼자만이 사는게 아니라 남들과 더불어 살아가게 마련이다. 그러므로 원만한 인간관계를 유지하기 위해 먼저 자기의 몸과 마음을 수양할 필요가 있다.

조선왕조 5백년 동안 젊은이들의 수신서로서 각광을 받은 책의 하나가 바로 이 명심보감 초략본임은 누구나 알고 있는 사실이다.

여기에는 옛 성현들의 충효와 인의(仁義)를 바탕으로 한 처세훈이 담겨있다. 그리고 그것이 각 항목별로 체계화되어 있다. 유가의 수기치인의 글뿐만이 아니라, 도가(道家)의 글도 적지 않다. 그러나 그것은 유가적 위계질서에서 벗어나 지성의 자유와 방랑을 맛보자고 하는 그런 고답적인 내용은 아니다.

하여튼 이 책의 일관된 주제는 자기의 몸과 마음을 닦아 선을 이루고 악을 멀리 하자는 것이다.

이런 덕목을 사람마다 실천하므로써 인간다운 사회를 이루어야 한다는 게 우리 선인들의 일관된 바램이었다. 물론 여기에는 현대사회에서 수용하기 힘든 시대적 한계를 보여주는 내용도 있다. 그러나 이는 어디까지나 부분적인 현상일 뿐 그 대부분은 모든 시대의 모든 사람에게 적용

할 수 있는 보편적인 의미를 담고 있는 것들이다. 이 책이 고전적 가치를 잃지 않고 있는 것도 바로 이와 같은 이유 때문일 것이다. 저 밤하늘의 별들에 비한다면 우리의 삶이란 불꽃이 번쩍이는 짧은 순간에 지나지 않는다. 그러나 이렇게 찰나적이요, 대체불가능 하기 때문에 인생은 더욱 값지고 의미있는 것일지도 모른다. 이 고전은 짧은 시간도 소중하게 생각하며 하루하루를 의미있게 살고자 하는 모든 성실한 사람들에게 생활의 지침서요, 수양서로서 큰 도움이 되리라 믿는다. 필자가 새삼 이 책의 주해서를 세상에 내놓게 된 것도 바로 이 점에 있음을 말하고 싶을 따름이다.

제1편 계선편(繼善篇)

이 편은 착한 일에 관한 경구를 모은 선행록이다. 사람이 꾸준히 선을 행한다는 것은 결코 쉬운 일은 아닐 것이다. 그러나 선행이 남과 나를 다 같이 이롭게 하는 것임은 자명한 일이다. 그것은 또한 인간행위의 궁극적 목표요, 도덕적 자기완성의 지름길이다. 그러므로 이 책의 편찬자는 계선편(선을 꾸준히 실천하라는 뜻)을 첫머리에 놓고 있는 것이다.

1

공자께서 말씀하셨다.

착한 일을 하는 이에게는 하늘이 복으로써 갚고, 악한 일을 하는 자에게는 하늘이 재앙으로써 갚는다.

子曰 爲善者는 天報之以福하고 爲不善者는 天報之以禍니라.
자왈 위선자   천보지이복   위불선자   천보지이화

자(子) : 남자의 존칭이며 여기서는 공자(孔子)를 뜻함. 공자(B. C. 551~479)는 노양공 22년 노나라 창평향 추읍(陬邑 - 지금의 산동성 곡부현)에서 태어났다. 그의 이름은 구(丘), 자는 중니(仲尼)로 유가의 종사(宗師)임. 그는 노나라의 대사구(大司寇 : 법무부장관)벼슬을 버리고, 여러 나라를 순방하며 자기의 도덕정치를 채택할 군주를 찾았으나 끝내 만나지 못하였다.

이에 공자는 다시 노나라로 돌아와 (B.C. 484년, 68세때) 육경 곧 시(詩)·서(書)·예(禮)·악(樂)·역(易)·춘추(春秋)를 산술(刪述)하였다. 인(仁)과 효제(孝悌)를 바탕으로 한 그의 윤리관은 동아시아 도덕의 규범이 된다. 그와 그의 제자들의 언행을 기록한 논어는 한자문화권에서 가장 많이 읽힌 책임.

위선자(爲善者) : 착한 일을 하는 사람.

보(報) : 갚다.

화(禍) : 재난. 재앙.

〈풀이〉

선행을 하는 이는 복을 받고, 악행을 하는 자는 재앙을 당하게 된다는 것은 마음씨 착한 이들의 공통된 신념일 것이다. 진실로 자신이 뿌린 씨앗은 자신이 거두게 마련이다. 그러므로 남에게 던진 돌팔매는 부메랑이 되어 결국 자기에게 되돌아오게 된다. 이것이 바로 인과응보이다.

2

한나라의 소열황제가 죽음에 임하여 아들 유선에게 조칙을 내려 말하였다.

「착한 일은 작다고 하여 하지 않아서는 아니되고, 악한 일은 작다고 하여 해서는 아니된다.」

漢昭烈이 將終에 勅後主曰 勿以善小而不爲하고 勿以惡小而爲
한소열 장종 칙후주왈 물이선소이불위 물이악소이위
之하라.
지

❖

소열(昭烈) : 촉한(蜀漢)을 세운 유비(劉備 : 161~223)의 시호임.
그는 제갈량의 천하삼분책으로 촉한을 세웠으나, 후일 동오의
침략으로 형주를 빼앗기게 된다. 이에 유비는 4만의 대군으로
오나라를 정벌하였다. 용병술이 서툰 그는 이릉전투에서 참패
한 후 백제성에서 숨을 거두었다.

칙(勅) : 조칙(詔勅).

후주(後主) : 유비의 아들인 유선(劉禪)을 가리킴. 어리석고 무
능한 임금으로 제갈공명이 세상을 떠난 후 위(魏)에 항복함.

물~불위(勿~不爲) : 하지 않아서는 아니됨. 반드시 해야만 한
다는 뜻임. 물(勿)은 금지사.

〈풀이〉

촉한의 황제 유비는 한평생 성실하고 근엄하게 살아온
인물이었다. 그가 일개 백면서생인 제갈량을 세 번이나 찾
아간 것은 평범한 정치인이 흉내낼 수 있는 일은 아닐 것
이다. 그러나 그는 이릉전투(222년)에 패한 후 성도로 귀
환하지 못한 채 백제성에서 숨을 거두고 만다(223년 4월,
향년 62세). 임종의 자리에서 제갈량에게 뒷일을 부탁한
유비는 아들 유선에게는 사소한 선행이라도 힘써 행하고,
작은 악행도 삼가야 함을 간곡히 타이른다. 그가 마지막으
로 남긴 말은 착하고도 감동적인 것으로 사람들의 심금을
울리게 하고 있다.

3

장자가 말하였다.

하루라도 착한 일을 생각하지 않으면, 모든 악한 일이
다 저절로 일어나게 된다.

莊子曰 一日不念善이면 諸惡이 皆自起니라.
장자왈 일일불념선　　　제악　개자기

❖

장자(莊子) : 전국시대 송나라의 사상가이며 문장가임. 노자의
　무위자연설과 도일원론(道一元論)을 계승하여 명저 장자를 저
　술함. 그는 삶과 죽음을 하나로 보며 절대자유의 경지에 노니
　는 것을 동경하였음.
불념(不念) : 생각하지 않음. 염두에 두지 않음.
제악(諸惡) : 모든 악.
개(皆) : 모두.
자기(自起) : 스스로 일어남. 저절로 일어남.

〈풀이〉

사람은 평상시에 늘 선(善)을 생각하고, 자기 스스로를
단속해야만 한다. 그렇지 않으면 고삐가 풀린 말처럼 방종
의 길로 달려 가기가 쉽다. 이는 우리를 유혹하는 함정이
도처에 도사리고 있기 때문이다. 절대 자유의 경지에서 노
니는 것을 동경한 장자도 우리의 선의지를 강조하고 있다.

4

태공이 말하기를 「착한 일을 보면 목 마르듯이 하고, 악
한 것을 들으면 귀머거리가 된 듯이 하라.」하고, 또 말하
였다. 「착한 일은 모름지기 탐내어야 하고, 악한 일은 좋

아하지 말아야 한다.」

太公曰 見善如渴하고 聞惡如聾하라. 又曰 善事는 須貪하고 惡
태공왈 견선여갈   문악여롱   우왈 선사   수탐   악

事는 莫樂하라.
사   막락

❊

태공(太公) : 주나라의 문왕과 무왕을 도운 정치가요, 병략가임.
성은 강(姜), 이름은 상(尙). 그의 조상의 영지명이 여(呂)이
므로 여상(呂尙)이라고도 하며, 문왕의 선친인 태공이 오랫동
안 대망하던 성인이란 뜻으로 태공망(太公望)이라고도 불리움.
무왕이 은나라의 폭군 주왕(紂王)을 멸하고 천하를 장악하는
데는 태공망의 공이 컸음. 후일 주공은 그를 영구(營邱)로 보
내어 제나라를 세우게 함.

여갈(如渴) : 목 마르듯이 함.

여롱(如聾) : 귀머거리인 것처럼 함. 못 들은 척해야 한다는 뜻.

수(須) : 모름지기.

막락(莫樂) : 즐거워하지 말라. 좋아하지 말라. 막(莫)은 금지사임.

〈풀이〉

착한 일은 마치 목마른 사람이 물을 구하듯이 서둘러
행하여야 한다. 그러나 나쁜 말은 귀머거리가 된 듯이 애
당초 듣지 말아야 한다. 이는 선(善)을 실행하기보다는
악에 물들기가 쉬운 인간의 속성을 경계한 말씀이다.

5

마원이 말하였다.

「한평생 착한 일을 하여도 착한 것은 오히려 모자라고,
하루만 악한 일을 하여도 악은 저절로 남는다.」

馬援曰 終身行善이라도 善猶不足이요 一日行惡이라도 惡自有
마원왈 종신행선　　　선유부족　　　일일행악　　　　악자유
餘니라.
여

❖

마원(馬援 : B.C. 11~A.D. 49) : 후한(後漢)의 장군이요 정치인
　임. 광무제를 도와 티벳와 교지(交趾)를 정벌하였고, 오수전
　(五銖錢)의 주조에 공헌함. 건무때 복파장군이 되고 시호는 충
　성(忠成).
종신(終身) : 한평생.
유(猶) : 오히려. 도리어.
유여(有餘) : 남음이 있음.

〈풀이〉

　착한 일을 행하기는 어렵지만 나쁜 길로 빠지기는 쉬운
법이다. 이는 우리의 마음 속에 도사린 나약함이 악의 유
혹에 쉽사리 굴복하기 때문이다. 그러므로 우리는 자신의
선의지를 더욱 가다듬어야만 한다. 사실 선은 한평생을 두
고 행하여도 오히려 부족한 감이 있다. 이에 반하여 나쁜
일은 단 한번 저질러도 당사자는 명예와 위신에 치명상을
입게 된다. 따라서 악행은 사소한 것일지라도 애시당초 멀
리해야 하는 것이다.

6

사마온공이 말하였다.

「재물을 모아서 자손에게 남겨준다 해도 반드시 자손이 그것을 다 지킬 수는 없다. 책을 모아서 자손에게 남겨준다 해도 반드시 자손이 그것을 다 읽을 수는 없다. 그러므로 남몰래 음덕을 쌓음으로써 자손을 위한 계책으로 삼는 것만 못할 것이다.」

司馬溫公曰 積金以遺子孫이라도 未必子孫이 能盡守요 積書以
사마온공왈 적금이유자손   미필자손   능진수   적서이

遺子孫이라도 未必子孫이 能盡讀이니 不如積陰德於冥冥之中하
유자손   미필자손   능진독   불여적음덕어명명지중

여 以爲子孫之計也니라.
이 위 자 손 지 계 야

❧

사마온공(司馬溫公 : 1019~1086) : 북송(北宋)의 명신(名臣)이요
    학자임. 이름은 광(光), 자는 군실(君實), 시호는 문정(文正).
    왕안석의 신법에 반대하여 축출당했으나, 철종때 재상이 되어
    신법을 폐지함. 죽은 후 태사온국공(太師溫國公)이 주어졌으
    며, 저서에는 독락원집과 자치통감(資治通鑑)이 있음.
적금(積金) : 돈을 모으다. 재물을 쌓아 두는 것.
유(遺) : 남겨둠.
미필(未必) : 꼭 …하지는 못한다.
능(能) : 능히.
불여(不如) : … 하느니만 같지 못하다.
음덕(陰德) : 남이 모르게 덕을 베푸는 것.

명명지중(冥冥之中) : 어두워 드러나지 않는 가운데. 남몰래.
계(計) : 꾀. 계책.

〈풀이〉

자손이 잘 되기를 바라지 않는 어버이는 없을 것이다.
그러나 단순히 재물과 권세를 물려 준다고 해서 그것을
제대로 지킨다는 보장은 없다. 그보다는 남몰래 여러 사람
에게 은덕(恩德)을 베푸는 것이 진정 자손을 위한 길일
것이다. 왜냐하면 부와 권세는 바람처럼 사라질 수 있으
나, 세상 일은 뿌린 만큼 거두게 되어 있기 때문이다. 주
역의 「선을 쌓는 집안에는 반드시 자손에게 경사가 따르
고, 불선(不善)을 쌓는 집안에는 반드시 자손 대대로 재앙
이 미친다.」고 한 것은 바로 이 점을 강조한 것이다.

7

경행록에 이르기를 「은혜와 의리를 널리 베풀도록 하
라. 사람이 살다보면 어느 곳에서나 서로 만나지 않으랴.
원수를 맺지 말라. 좁은 길에서 만나게 되면 피해 돌아가
기가 어렵다.」고 하였다.

景行錄에 曰 恩義를 廣施하라. 人生何處不相逢이랴 讐怨을 莫
경행록 왈 은의 광시 인생하처불상봉 수원 막
結하라. 路逢狹處면 難回避니라.
결 노봉협처 난회피

❖

경행록(景行錄) : 송나라때 저술된 지은이가 밝혀지지 않은 책임.
　밝고 떳떳하게 처신하라고 가르치고 있음.

은의(恩義) : 은혜와 의리.

광시(廣施) : 널리 베푸는 것.

하처(何處) : 어느 곳.

수원(讐怨) : 원수(怨讐).

막결(莫結) : 맺지 말라.

노봉(路逢) : 길에서 만남.

협처(狹處) : 좁은 곳.

〈풀이〉

　남에게 고의적인 피해를 입히다가 보복을 당하는 예는 흔히 있는 일이다. 인간관계가 다만 이런 악연에 그친다면 어리석고도 불합리한 일일 뿐이다. 이와는 대조적으로 어려운 처지에 있는 사람들에게 남몰래 은혜와 의리를 베푸는 독지가도 있다. 이런 이는 사람 사는 곳을 살맛나게 하는데 크게 기여하는 셈이다. 따라서 이 사회에 꼭 필요한 존재임은 두말할 필요조차 없다.

8

　장자가 말했다.

「나에게 선(善)하게 하는 이에게는 나도 선하게 대할 것이다. 그러나 나에게 악하게 하는 이에게도 나는 역시 선하게 대할 것이다. 내가 먼저 남에게 악하게 대하지 않으면, 남도 나에게 악하게 대하지 못할 것이다.」

莊子曰　於我善者도　我亦善之하고　於我惡者도　我亦善之니라.
장자왈　어아선자　　아역선지　　　어아악자　　　아역선지

我旣於人에　無惡이면　人能於我에　無惡哉인저.
아기어인　　무악　　　인능어아　　무악재

❖

어아(於我) : 나에게. 어(於)는 어조사.

아역(我亦) : 나 또한.

기(旣) : 이미.

재(哉) : 어말(語末)에 붙는 감탄형 어조사.

〈풀이〉

이에는 이, 눈에는 눈이라는 말이 있다. 자기에게 해악을 끼친 만큼 앙갚음을 해야 한다는 뜻이다. 그러나 이와 같은 동해보복주의는 또다른 보복을 부를 뿐이다. 이렇게 해서는 우리의 삶에 아무런 진전이 없다. 이보다는 차원을 높여 나에게 잘못하는 사람에게도 선의로 대하는 포용력이 있어야 한다. 어진 사람에게는 적이 없다고 했다. 남을 감싸주는 아량이야말로 슬기로운 처신인 것이다. 그러므로 노자도 원한을 은덕으로 갚으라고 가르치고 있다.

9

동악성제 수훈에 이르기를 「하루 동안 착한 일을 행하였다고 복이 곧 이르는 것은 아니나, 재앙은 저절로 멀어진다. 하루 동안 악한 일을 행하였다고 재앙이 곧 이르는 것은 아니나, 복은 저절로 멀어진다. 착한 일을 행하는 이는 봄동산의 풀과 같아서 그 자라나는 것은 보이지 않지

만 나날이 더하는 바가 있다. 이에 반하여 악한 일을 행하
는 자는 칼을 가는 숫돌과 같아서 닳아 없어지는 것은 보
이지 않지만 나날이 이지러지게 된다.」고 하였다.

東岳聖帝垂訓에 曰 一日行善이면 福雖未至나 禍自遠矣오 一
동악성제수훈   왈 일일행선   복수미지   화자원의   일

日行惡이면 禍雖未至나 福自遠矣니 行善之人은 如春園之草하
일행악   화수미지   복자원의   행선지인   여춘원지초

여 不見其長이라도 日有所增하고 行惡之人은 如磨刀之石하여
   불견기장   일유소증   행악지인   여마도지석

不見其損이라도 日有所虧니라.
불견기손   일유소휴

동악성제(東岳聖帝) : 도교(道敎)에서 숭배하는 신선. 매년 3월
    28일 북경 조양문 밖에 있는 동악묘에서는 그의 탄신제를 지냄.
수훈(垂訓) : 훈계를 내림.
수(雖) : 비록… 할지라도.
춘원(春園) : 봄날의 동산.
일유소증(日有所增) : 나날이 더 하는 바가 있음.
마도지석(磨刀之石) : 칼을 가는 숫돌.
휴(虧) : 이지러짐.

〈풀이〉

선행에는 선한 보답이 있고, 악행에는 그에 합당한 응징
이 따르는 법이다. 역사적 인물 중에는 못된 짓만 거듭하
다가 스스로 자기 무덤을 판 인물들이 적지 않다. 이들 중
폭군 네로(재위 54~68 A.D.)의 생애는 다시 한번 되새
겨볼 필요가 있다. 그는 집권한 해에는 근위대장 부르스와
철학자 세네카의 도움으로 그런대로 선정을 베풀었다. 그

러나 네로는 잠재적인 경쟁자인 브리타니쿠스를 암살하면서부터 서서히 그 특유의 잔인성을 드러내기 시작했다. (A.D. 55년). 그는 이 사건 이후 자기를 낳아준 친어머니 아그리피나를 또 살해하였다(A.D. 59년). 이는 그녀가 네로와 품행이 좋지 못한 폼패아 사비나와의 결혼을 반대한 때문이었다. A.D. 62년에 젊은 황제에게 미약하나마 좋은 영향력을 행사할 수 있었던 근위대장 부르스가 세상을 떠났다. 이제 네로의 스승 세네카는 자기가 할 수 있는 일이 아무것도 없음을 알게 된다. 그는 곧 은퇴하였다. 부르스의 사후, 새로 근위대장으로 임명된 티게리누스는 교활한 인물이었다. 그는 네로의 방탕을 부추길 뿐이었다. 폭군 네로의 마지막 치세 6년간은 방탕과 잔학한 행위로 얼룩진 때였다. 황제는 밤마다 경호원을 이끌고 로마 시내의 점포를 약탈하며, 여인을 겁탈하고 행인들을 살해하였다. 또한 많은 유력 인사들을 역모죄로 몰아 처형하고, 그들의 재산을 몰수하였다.

드디어 A.D. 65년 저명한 인물들이 가담한 황제 암살 음모가 있었다. 그러나 때맞은 적발로 네로는 간신히 목숨을 건졌다. 이에 재판과 피비린내가 나는 처형이 잇따르게 된다. 시인 루칸과 황제의 스승 세네카도 이때 자결을 해야 했다. 계속되는 처형과 박해로 이제 민심은 완전히 이반되었다. 드디어 고울·스페인·라인에 주둔한 군대들이 반기를 들었다. 티게리누스 몰래 근위대의 일부가 스페인 지사 갈바와 황제 제거음모에 가담하고 있었다. 이제 궁지에 몰린 네로는 허둥지둥 로마를 빠져 나와야만 했다. 황제는 곧 원로원에 의해 로마의 적으로 규탄되고, 사형 선고를 받는다. 그는 로마 근교의 한 별장에서 추적자의 말발굽소리를 들으며 자결해야 했다. 겁많은 네로는 하인의 도움으로 간신히 자신의 목에 칼을 댈 수 있었다. (18세에 제위에 올라 A.D. 68년 32세로 사망함). 그가 죽자 로마의 거리는 온통 축제분위기로 들떴다고 한다.

10

공자께서 말씀하였다.

「착한 일을 보거든 마치 미치지 못하는 것처럼 하고, 착하지 않은 일을 보거든 마치 끓는 물에 맞닿는 것처럼 하라.」

子曰 見善如不及하고 見不善如探湯하라.
자왈 견선여불급   견불선여탐탕

❀

불급(不及) : 미치지 못함.
불선(不善) : 착하지 못함.
탐탕(探湯) : 끓는 물에 손을 댐. 아주 멀리 하라는 뜻.

〈풀이〉

다른 사람이 착하게 처신하는 것을 보거든 자기의 선의지가 거기에 미치지 못함을 염려하며, 이를 본받도록 해야 한다. 그러나 남들이 착하지 않은 일을 저지르고 있을 때는 마치 끓는 물을 만지기라도 한 것처럼 멀리해야만 한다.

제2편 천명편(天命篇)

이 편에는 유가의 천명사상(天命思想)이 기술되어 있다. 천명사상이란 곧 하늘의 뜻에 따르며, 보다 선하고 인간답게 살아야 한다는 뜻이다. 위정자도 백성들도 선과 인간성을 저버릴 때에는 하늘의 응징을 받게 된다는 이와 같은 사상은 동양적 윤리관의 밑바탕이 되고 있다.

1

맹자가 말하였다.
「하늘의 뜻에 따르는 이는 살고, 하늘의 뜻에 거스르는 자는 망한다.」

孟子曰 順天者는 存하고 逆天子는 亡하니라.
맹자왈 순천자   존   역천자   망

맹자(孟子) : 성은 맹(孟), 이름은 가(軻). 전국시대 노나라의 추(鄒)에서 태어남. 공자의 유학을 이어받아 이를 더욱 발전시킨 학자임. 그는 여러 나라를 주유하며 왕도(王道)와 민본주의를 주창하였으나 등용되지는 못함. 만년에 맹자 7편을 저술함.
순천자(順天者) : 하늘의 뜻에 따르는 사람.
존(存) : 살아남다.
역천자(逆天者) : 하늘의 뜻에 거역하는 사람.
망(亡) : 멸망함.

〈풀이〉

　우(禹)가 세운 하나라는 4백년이 되자 걸(桀)이 다스렸다. 낙양에서 천하를 호령한 걸왕은 욕심이 많고 잔인하며, 여색을 좋아하였다. 그는 미희(末喜)라는 아름다운 여인을 얻은 후에는 주색에 빠진 채 정사를 소홀히 했다. 걸왕은 궁궐을 새로 짓고 고기포로 숲을 만들며 술을 큰 못에 가득 채워 미녀들에게 이를 먹고 마시게 했다. 임금이 정사를 돌보지 않고 사치와 환락에 빠지자, 백성들의 살림은 궁핍할 수밖에 없었다. 이때 충신 관용봉은 죽음을 무릅쓰고 걸왕의 무도함을 간했으나, 폭군은 그를 감옥에 가두고 처형하였다. 그 당시 탕왕(후일 걸왕을 멸하고 상나라를 세움)은 수도를 상(商)에서 산동성의 박(亳)으로 옮기고, 이윤을 등용하며 백성들에게 선정을 베풀고 있었다. 이렇게 되자 천하의 민심은 모두 탕왕에게 쏠렸다. 탕왕은 만백성의 해악을 제거하고자 군사를 일으켰다. 탕왕과 걸왕의 군사들은 유융(有娀)과 명조(鳴條)에서 싸움을 벌렸다. 결국 폭군 걸왕은 패배한 후 남소(南巢)에 입궐하여 스스로 목숨을 끊는다.

　이렇게 하늘의 뜻을 거역하며 폭정을 일삼는 자의 말로는 비참한 것이다.

2

　소강절 선생이 말하였다.

　「하늘의 들으심이 고요해서 소리가 없도다. 멀고 아득

하여 어느 곳에서 찾으리오. 이는 높지도 않고 또 멀지도
않으니 모두가 한갓 사람의 마음 속에 있는 것이로다.」

康節邵先生曰 天聽이 寂無音하니 蒼蒼何處尋고 非高亦非遠이
강절소선생왈 천청   적무음 ● 창창하처심   비고역비원

라 都只在人心이니라.
  도지재인심

❖

소강절(邵康節 : 1011~1077) : 이름은 옹(雍), 자는 요부(堯夫),
   강절은 시호. 송대(宋代)의 유학자로 범양 사람임. 북해의 이
   정지에게서 선천상수(先天象數)의 학을 배워 독특한 수리론
   (數理論)을 내세움. 그는 궁핍한 생활을 근심치 않아 자신의
   거처를 안락와(安樂窩)라고 부르며 유유자적했다. 저서에 황극
   경세서(皇極經世書), 이천격양집(伊川擊壤集)등이 있음.
천청(天聽) : 하늘이 들어서 알다.
적무음(寂無音) : 고요하여 소리가 없음.
창창(蒼蒼) : 푸른 모양. 멀고도 아득함.
하처(何處) : 어느 곳.
심(尋) : 찾다.
도(都) : 모두.
지(只) : 다만.

〈풀이〉

   하늘은 멀고도 아득하며, 아무런 말이 없다. 그러나 그
섭리는 늘 우리의 마음 속에 깃들어 있다. 그리고 그것을
본받아 선하고 의미있는 삶을 사느냐의 여부도 또한 우리
의 마음가짐에 달려 있는 것이다.

3

현제의 수훈에 이르기를 「사람들끼리 몰래 하는 말일지라도 하늘의 들으심은 우뢰와 같고, 어두운 방에서 마음을 속일지라도 귀신의 눈은 번개와 같다.」고 하였다.

玄帝垂訓에 曰 人間私語라도 天聽은 若雷하고 暗室欺心이라도
현제수훈 왈 인간사어   천청   약뢰   암실기심

神目은 如電이니라.
신목   여전

❖

현제(玄帝) : 도교에서 받드는 신.
사어(私語) : 사사로운 말.
약뢰(若雷) : 우뢰와 같음.
암실(暗室) : 어두운 방.
기심(欺心) : 마음을 속이는 것.
신목(神目) : 귀신의 눈.
전(電) : 번개.

〈풀이〉

남이 보지 않는다고 해서 자기의 양심을 속일 수 있다고 생각한다면 이는 큰 오산이다. 왜냐하면 감추어진 것일수록 결국은 더욱 잘 드러나기 때문이다. 벽에도 귀가 있다고 했다. 남이 보지 않고 듣지 않는 곳일수록 더욱 자신의 몸가짐을 삼가야 할 것이다.

4

익지서에서 이르기를 「악한 마음이 가득 차면 하늘이
반드시 죽일 것이다.」고 하였다.

益智書에 云 惡鑵이 若滿이면 天必誅之니라.
익지서 운 악관   약만   천필주지

❖

익지서(益智書) : 송나라때에 저술된 책으로 지은이는 알려져 있
    지 않음.
악관(惡鑵) : 악한 마음. 관(鑵)은 두레박.
약(若) : 만일 …할 것 같으면.
주지(誅之) : 이를 베다. 죽인다는 뜻임.

〈풀이〉

하늘은 늘 선(善)한 의지로 만물을 길러내며 감싸주고
있다. 그러므로 사람의 마음 속에 악이 가득 차 있다면,
이는 하늘의 섭리에 거슬리는 것이다. 특히 백성을 다스리
는 위치에 있는 사람이 악한 마음과 흉포(凶暴)한 행위로
일관한다면 하늘의 심판을 면할 수 없는 것이다. 저 후한
말의 전장군(前將軍) 동탁(A.D. 139~192)은 교만과 배
덕과 포악을 일삼다가 몰락한 인물이었다. 그는 하진의 환
관 제거공작에 교묘히 편승하여 3천 병력으로 낙양을 점령
하였다. 동탁은 황제를 폐하고 그의 아우 진류왕을 제위에
오르게 했다. 이가 바로 후한의 마지막 황제인 헌제이다.
동탁(董卓)은 끝내 폐제(廢帝)와 하태후를 독살하였다. 동

탁의 군대는 한인과 흉노·강족의 혼성부대였다. 동탁은 사나운 이들을 풀어 재물과 부녀자를 약탈하고 황제의 능묘를 파헤쳤다. 낙양의 귀족과 백성들은 모두 공포에 떨게 되었다. 그의 폭정에 항거하여 전국의 호족과 군벌들이 총궐기하였다. 이에 동탁은 이들의 예봉을 피해 도읍을 낙양에서 장안으로 옮겼다. 이는 장안이 자기의 세력근거지인 양주(涼州)와 가깝고 또 지키기에 유리하다고 본 것이다. 이 강제 천도과정에서 수많은 백성들이 피로와 배고픔으로 파리떼처럼 죽어 갔다. 새로이 장안에 도읍한 동탁은 곧 대약탈을 저질렀다. 그는 자기의 군대가 30년 먹을 식량과 금 3만근·은 9만근을 저장하였다. 일이 여의치 않으면 농성하여 생명을 보전하고자 한 것이다. 그러나 백성들에게 눈물과 희생만 강요하는 그에게도 죽음의 그림자가 다가오고 있었다. 당시 사도 왕윤은 사무능력이 뛰어나 동탁의 신임을 받고 있었다. 그러나 왕윤은 동탁의 폭정이 날로 심해지자 그를 제거할 음모를 꾸미게 된다. 이 일에 그는 동탁의 심복인 여포를 설득하여 가담케했다. 드디어 초평 3년(A.D. 192)4월 어느 날 입궐하던 동탁은 심복부하 여포의 손에 살해당하고 만다. 장안의 백성들은 그가 죽었다는 소식을 듣고 춤추고 노래하며 술잔치를 벌렸다. 비대한 그의 시체는 저잣거리에 버려졌다. 간수가 시체의 배꼽에 심지를 박고 불을 붙이자 그 불이 아침까지 타올랐다고 한다. 동탁의 멸망은 자업자득의 결과이며, 또한 하늘의 응징이기도 한 것이다.

5

장자가 말하였다. 「만일 사람이 착하지 못한 일을 하여 이름을 세상에 떨치게 된다면, 비록 다른 사람이 그를 해하지 않는다 해도 하늘이 반드시 죽일 것이다.」

莊子曰 若人이 作不善하여 得顯名者는 人雖不害나 天必戮之니
장자왈 약인   작불선   득현명자   인수불해   천필육지
라.

❀

약(若) : 만약. 만일.
작불선(作不善) : 착하지 못한 일을 함.
현명(顯名) : 이름을 드러냄. 이름을 나타냄.
불해(不害) : 해치지 못함.
육(戮) : 죽임.

〈풀이〉

미국의 철인(哲人) 에머슨은 죄와 벌은 같은 줄기에서 자라며, 결과는 이미 원인 속에서 꽃피기 시작한다고 갈파했다. 그러므로 악한 짓으로 허명(虛名)을 드러낸다고 해도 반드시 그에 합당한 정의의 심판을 받게 되는 것이다. 악명 높은 조선왕조시대의 간신배들이 하나같이 그 말로가 비참했던 것이 이를 뒷받침해 주고 있다. 이들은 부귀와 허명을 탐하여 온갖 못된 짓을 저질렀던 것이다. 이는 마치 불나비가 스스로 자기 몸을 태우는 것처럼 한치 앞

을 내다보지 못하다가 끝내 하늘의 응징으로 몰락한 예가
될 것이다.

6

　오이를 심으면 오이를 얻고, 콩을 심으면 콩을 얻는다.
하늘의 그물은 넓고 넓어서 성긴 듯하지만 죄지은 자를
빠뜨리지는 않는다.

種瓜得瓜요 種豆得豆니 天網이 恢恢하여 疎而不漏니라.
종과득과　　종두득두　　천망　회회　　　소이불루

❖

종과(種瓜) : 오이를 심다.

득두(得豆) : 콩을 얻다.

천망(天網) : 하늘이 죄지은 자를 잡는 그물.

회회(恢恢) : 넓고 넓음.

소이불루(疎而不漏) : 그물코가 성긴 듯하지만 죄지은 자를 빠뜨
　리지 않음. 소(疎 : 성길)는 소(疏)와 같고, 누(漏)는 새다의
　뜻.

〈풀이〉

　콩 심은데 콩나고 팥 심은데 팥난다고 했다. 심고 뿌린
만큼 거두게 된다는 뜻이다. 그러므로 악한 자가 한때 세
력을 얻어 잘 사는 것 같지만, 결국은 응분의 대가를 치르
게 되는 것이다. 고대 그리스인들은 복수의 여신 네메시스
(Nemesis)가 악인이 벌을 면하는 일이 없도록 늘 세상을
감시한다고 생각했다. 그들의 발상은 노자의 하늘의 법망

(法網)이나 불교의 인과응보사상과 일맥상통하는 점이 있다. 이는 악을 미워하고 정의를 존중하는 인류의 통념(通念) 때문일 것이다.

7

공자께서 말씀하셨다.
「하늘에 죄를 지으면 빌 곳이 없다.」

子曰 獲罪於天이면 無所禱也니라.
자왈 획죄어천　　　무소도야

❖

획죄(獲罪) : 죄를 저지르는 것.
도(禱) : 빌다.

〈풀이〉

비는데는 무쇠도 녹는다고 했다. 그러나 이는 가벼운 허물에나 해당되는 속담이다. 정말 스스로 인간이기를 거부하는 악행을 저질렀을 경우 사람은 물론 하늘도 용서치 못하는 것이다. 공자는 우리에게 애시당초 천벌을 받을 짓을 하지 말 것을 가르치고 있다.

제3편 순명편(順命篇)

자기의 맡은 바 일에 최선을 다하며 그 성사여부는 하늘의 뜻에 맡겨야 한다는 것이 이 편의 대의(大意)이다. 우리가 지나친 욕심을 버리고 이렇게 겸허하게 살아갈 때 비로소 모든 인간적인 번민에서 벗어날 수 있는 것이다.

1

자하가 말하였다.
「죽고 사는 것은 명에 달려 있고, 부유하고 귀하게 되는 것은 하늘의 뜻에 달려 있다.」

子夏曰 死生은 有命이요 富貴는 在天이니라.
자하왈 사생   유명   부귀   재천

❖

자하(子夏) : 성은 복(卜), 이름은 상(商), 자하는 그의 자(字)
　　임. 공자의 제자로 시경·춘추에 대한 조예가 깊었음.
유명(有命) : 운명에 달려 있음.
재천(在天) : 하늘의 뜻에 달려 있음.

〈풀이〉

죽고 사는 것은 어쩔 수 없는 명운이요, 부유하고 귀하게 되는 것은 천명이라는 말은 논어 안연편에 수록되어 있다. 사실 살다보면 사소한 일로 사람의 생사가 좌우되

고, 또 그다지 근면하거나 유능하지 않은 사람이 성실한
이를 제쳐두고 번영을 누리는 경우도 있다. 이렇게 고르지
못하고 모순된 것이 우리의 삶이요, 운명이기도 하다. 그
러므로 미국의 시인 리차드 호비(1864~1900)는 사람의
능력을 초월한 운명의 힘에 대해 이렇게 읊고 있다.

우리의 삶에 주어지는 트럼프 패로
이기게 되든 혹은 지게 되든
이는 우리 자신이나 우리의 선택에 의하지 않고
다만 운명을 정하는 카드가 맞는데 달려 있을 따름이다.
사랑에도 싸움에도 운수라는 게 있고,
또한 우리들 중에서 가장 뛰어난 이도 모두 죽는다.

십자로에서 ─ 리차드 호비

Whether we win or whether we lose
With the hands that life is dealing,
It is not we nor the ways we choose
But the fall of the cards that's sealing.
There's a fate in love and a fate in fight,
And the best of us all go under ─

At the Crossroads ─ Richard Hovey

2

모든 일은 이미 그 분수가 정해져 있건만, 사람들은 공
연히 스스로 바빠한다.

萬事分已定이어늘 浮生이 空自忙이니라.
만사분이정　　　　부생　공자망

❖

분(分) : 분수.
이(已) : 이미. 벌써.
부생(浮生) : 덧없는 인생. 허망한 삶.
공(空) : 공연히. 부질없이. 헛되이.
자망(自忙) : 스스로 바빠함. 스스로 분주하게 움직임.

〈풀이〉

　세상의 모든 일은 불가사의한 어떤 힘에 의해 이미 그 한계가 정해졌다고 본다면 세상 사람들이 초조하게 애씀은 모두 덧없는 일일 것이다. 그리스의 비극시인 소포클레스(B.C. 496~406)의 오이디푸스 왕(Oidipus tyrannos)은 바로 이런 관점에서 쓰여진 운명 비극이다. 전설을 소재로 한 이 극의 줄거리는 아래와 같다.
　테바이의 왕 라이오스와 왕비 이오카스테 사이에 옥동자가 태어났다. 그들은 당시의 습속대로 아폴론의 신탁을 들었다. 신탁은 이 아이는 아버지를 죽이고 어머니와 결혼하여 자식을 낳을 것이라고 했다. 이리하여 그들은 시종을 시켜 아기의 발목을 묶어 키타이론 산 속에 버리라고 명한다. 이 일을 맡은 시종은 차마 아기를 죽일 수 없었다. 그래서 이웃나라 코린토스인에게 아기를 맡긴다. 당시 코린토스 왕은 아들이 없었다. 아기는 결국 코린토스 왕 폴류보스의 양자가 된다. 청년이 된 왕자는 자기가 친자식이 아니라는 사실을 주정꾼에게서 듣게 된다. 그는 부모에게 진상을 캐물었으나 그들은 부인할 뿐이었다. 이에 왕자는 델포이의 아폴론 신전에 가서 예언을 청하였다. 그 예언은 그가 아버지를 죽이고 어머니와 혼인하게 될 것이라고 했다. 왕자는 이런 일이 일어남을 막기 위해 코린토스를 떠났다. 그러나 그가 간 곳이 바로 그의 출생지인 테바이였다. 왕자는 삼거리에 이르자 길에서 어떤 마차와 마주쳤다. 서로 길을 비키라는 시비 끝에 왕자는 마차에 탄 노인을 때려 숨지게 한다. 이 죽은 노인이 바로 테바이 왕 라이오스였다. 그 당시 테바이에는 스핑크스라는 괴물이 나타나 행인들에게 수수께끼를 풀게 했다. 만일 풀지 못하는 사람은 괴물에게 살해당하였다. 왕자가 괴물에게 다가가자 괴물은 이런 수수께끼를 던졌다.

「아침에는 네 발로 걷고 점심때는 두 발로 그리고 저녁때는 세 발로 걷는 것이 무엇이냐?」

왕자가 사람이라고 대답하자 스핑크스는 벼랑에서 떨어져 죽고 만다. 괴물을 퇴치한 공으로 왕자는 임금으로 추대되고 왕비 이오카스테와 결혼하였다. 이윽고 세월이 흘러 이들 부부사이에는 2남 2녀의 자녀가 태어났다. 처음에는 새 임금 오이디푸스 치하에서 번영을 누리던 테바이는 이윽고 전염병과 흉년이 들어 민심이 불안에 떨게 된다. 이에 오이디푸스는 처남인 크레온을 델포이에 보내 신탁을 듣게 한다. 돌아온 크레온은 재앙은 선왕의 살해자가 바로 테바이 시에 살고 있기 때문이라는 신의 말을 전한다. 이에 오이디푸스는 소경인 예언자 테레시아스에게 선왕을 죽인 자가 누구냐고 캐물었다. 진상을 알고 있는 예언자는 다만 살인자는 테바이에서 친어머니를 데리고 살고 있다고만 말한다. 그러나 오이디푸스는 선왕 라이오스

가 사실은 도적들에게 살해되었다고 말한다. 이 말은 왕이
괴청년의 주먹질에 살해될 때 도망쳐 온 한 시종이 그 당
시에 전한 것이었다. 그러나 오이디푸스는 라이오스가 삼
거리에서 도적떼에게 살해당했다는 말을 듣고 의혹에 잠
긴다. 이제 파국의 순간이 닥쳐왔다. 코린토스에게 사자가
와서 부왕이 승하하였으므로 왕위를 계승해 달라는 전갈
을 한다. 오이디푸스는 자신이 코린토스로 돌아가면 어머
니와 결혼하게 되리라는 공포에서 벗어날 수 없었다. 그러
나 사자는 오이디푸스의 염려는 기우에 지나지 않는다고
말한다. 왜냐하면 오이디푸스는 목자가 폴류보스 왕에게
드린 양자라고 알려 준 것이다. 그리고 오이디푸스(부은
발목이라는 뜻)라는 이름 그대로 발목이 부은 것이 그 증
거라고 말한다. 이 말을 들은 이오카스테는 목을 매달아
죽고 오이디푸스는 어머니이자 아내인 이오카스테에게 다
가가 그녀 가슴의 브로치로 두 눈을 찌른다.

　이 작품은 아리스토텔레스에 의해 가장 탁월한 비극으
로 평가되었다. 소포클레스가 여기에서 말하고자 한 것은
인간의 운명은 신의 뜻에 좌우되며 그것은 인간의 힘을
초월하고 있다는 것이다. 그의 이와 같은 운명론은 만사는
이미 하늘의 뜻에 의해 그 분수가 정해졌다는 동양적 숙
명론과 의미가 통하는 바가 있다.

3

　경행록에 이르기를 「재앙은 요행으로 면할 수 없고, 복

은 두 번 다시 구할 수 없다.」고 하였다.

景行錄에 云 禍不可倖免이요 福不可再求니라.
경행록　운 화불가행면　　복불가재구

❖

불가(不可) : … 할 수 없다.
행면(倖免) : 요행으로 면함.
재구(再求) : 다시 구하는 것. 두 번 얻음.

〈풀이〉

　닥쳐오는 재앙은 요행으로 피할 수 있는 게 아니며, 행운은 한 번 놓치게 되면 두 번 얻을 수 있는 게 아니다. 로마의 영웅 시저의 암살(B.C. 44년 3월 15일)도 피할 수 없는 화란(禍亂)이라고 할 수밖에 없다. 푸르타코스의 비교인물전(Bioi Parallero : 105～115년 경)에 의하면 이 사건이 일어나기 전에 로마에서는 갖가지 이상한 일들이 벌어졌으며 더욱이 어떤 점술가는 시저에게 3월 15일을 조심하라고 예언했다고 한다. 또한 시저는 암살되기 바로 전날 마르쿠스 레피두스의 집 연회에 참석하여 남들과 대화를 나눈 적이 있었다. 이때 마침 어떤 죽음이 가장 좋으냐 하는 대목에 이르자 시저는 이렇게 말하였다.

　「갑작스러운 죽음!」

　그날 밤 시저의 부인 칼푸르니아는 꿈을 꾸게 된다. 그녀는 피투성이가 되어 쓰러진 남편의 시신을 끌어 안고 서럽게 울다가 깨어났다. 불길한 생각이 든 칼푸르니아는 남편에게 원로원 회의 참석을 미루도록 애원하였다. 시저도 아내가 평소 미신 따위에 사로잡히지 않는 위인임을 잘 알고 있었으므로 이 청을 들어 주기로 했다. 그러나 암살단의 일원인 알비누스가 바로 3월 15일 아침, 시저의 저택을 방문하였다. 그는 등원을 하지 않으면 원로원을 업신여긴다는 비난을 면치 못하게 된다고 하며 시저를 설득하였다. 이에 마음을 돌린 시저는 원로원으로 가게 된다. 길에서 점술가를 만난 시저는 이렇게 말했다.

「3월 15일이 되었군요.」

약간 비웃는 듯한 시저의 말에 점술가는 심각한 표정으로 말했다.

「시저여, 아직 3월 15일은 지나지 않았습니다.」

그 당시 철학자 아르테미도루스는 부루투스 일파와 자주 만나고 있었다. 이들의 음모를 눈치챈 그는 원로원으로 들어가는 시저에게 급히 메모지를 주며 속삭였다.

「빨리 읽어 보십시오. 신상에 관한 중요한 일입니다.」

그러나 시저는 밀려드는 군중 때문에 이를 미처 읽을 수 없었다. 시저가 드디어 원로원 의석에 앉자 틸리우스 심베르가 다가와 추방당한 자기의 형제를 사면해 줄 것을 탄원하였다. 이것이 신호였다. 바로 이 순간 수십 명의 음모가들이 시저를 둘러쌌다. 이들 중 카스카가 맨처음 시저를 찔렀다. 그러나 너무 긴장한 탓인지 치명상을 입히지는 못했다. 깜짝 놀란 시저가 돌아서면서 큰 소리로 호령했다.

「이 못된 카스카야, 무슨 짓이냐?」

카스카도 지지않고 외쳤다.

「형님, 도와주시오.」

그의 형도 이 음모에 가담하고 있었던 것이다. 시저는 포위된 사냥감처럼 암살범들의 손 안에 있었다. 이리저리

급하게 몸을 피하던 시저는 친자식처럼 아끼던 부루투스마저 칼을 들고 덤비자 이렇게 부르짖었다.

「부루투스여, 너마저!」

마침내 시저는 몸에 스물세 군데의 상처자국을 남긴 채 숨지고 만다. 피투성이가 되어 쓰러진 그의 시신 위에는 마치 이 끔찍한 일을 지휘라도 한 것처럼 대리석으로 만든 폼페이우스 상이 우뚝 서 있었다.

4

때가 오면 바람이 등왕각으로 보내어주고, 운(運)이 다하면 벼락이 천복비에 떨어진다.

時來風送滕王閣이오 運退雷轟薦福碑라.
시래풍송등왕각   운퇴뢰굉천복비

시래(時來) : 때가 오다.
등왕각(滕王閣) : 당나라의 이원영(李元嬰)이 홍주자사(洪州刺史)
　　로 있을 때 세운 전각. 그는 당고조(唐高祖)의 아들로 등왕(滕
　　王)에 봉해짐.
운퇴(運退) : 운이 따르지 않음.
뇌굉(雷轟) : 벼락이 떨어지는 소리.
천복비(薦福碑) : 강서성 천복사에 있던 비. 당대(唐代)의 명필
　　구양순(歐陽詢)이 비문을 썼다고 함.

〈풀이〉

원래 등왕각은 당고조의 아들 이원영이 홍주자사로 있

을 때 세운 전각이었다. 이것을 고종때의 홍주수호인 염백
서가 중건하였다. 이 건물의 낙성식(675년 9월 9일)에 천
재시인 왕발(王勃)도 참석한 것이다. 전설에 의하면 왕발
은 당시 동정호에 머물다가 바람의 힘으로 하룻밤 7백여
리를 배타고 와 등왕각서(滕王閣序)를 쓰게 되었다고 한다.
그의 천재성에는 이러한 행운도 따랐던 것이다. 그러나 이
와 대조적인 고사도 있다. 송대(宋代)의 어떤 가난한 서생
(書生)이 천복사(薦福寺)의 비문을 탁본하고자 했다. 그 비
문은 당대(唐代)의 명필 구양순(歐陽詢)의 필적이었다. 그
러므로 이를 탁본으로 하여 팔면 생계에 큰 도움이 되리라
생각한 것이다. 그는 재상 범중엄에게서 노자를 얻어 수천
리나 되는 먼길을 떠났다. 서생은 천신만고 끝에 드디어 천
복사에 이르렀다. 그러나 그가 도착한 바로 그날 밤 천둥번
개가 치며 큰 비가 쏟아졌다. 다음 날 서생이 천복사 비에
가보니 그것은 이미 지난 밤 벼락에 맞아 산산조각이 나 있
었다. 이렇게 박복한 사람은 애써도 되는 일이 없는 것이다.

5

열자가 말하였다.
「어리석고 귀먹고 고질병이 있고 벙어리이건만 집은 호
화로운 부자요, 지혜롭고 총명하건만 도리어 가난하다. 사
람의 운수는 해와 달과 날과 시로써 정해져 있으니, 따지
고 보면 잘살고 못사는 것은 운명에 달린 것이지 그 사람
의 뜻에 달려 있는 것은 아니다.」

列子曰　痴聾痼瘂도　家豪富요　智慧聰明도　却受貧이라　年月日
열자왈　치롱고아　　가호부　　지혜총명　　각수빈　　　연월일

時該載定하니　算來由命不由人이니라.
시해재정　　　산래유명불유인

❖

열자(列子) : 이름은 어구(禦寇), 전국시대 정나라 사람으로 도가
　　(道家)에 속함. 저서에 열자(列子) 8권이 있고 당나라때 충허
　　진인(沖虛眞人)으로 봉함.

치(痴) : 어리석음.

농(聾) : 귀머거리.

고(痼) : 고질병.

아(瘂) : 벙어리.

각(却) : 오히려. 도리어.

연월일시(年月日時) : 사람의 사주팔자(四柱八字).

재정(載定) : 미리 정해져 있음.

유명불유인(由命不由人) : 운명에 달린 것이지 사람의 뜻에 달려
　　있는 것은 아님.

〈풀이〉

　좋은 두뇌와 성실한 노력으로도 끝내 빛을 보지 못하는
이도 있고, 재능이나 성실성에 비해 월등하게 복된 삶을
누리는 사람도 있다. 열자는 이와 같은 삶의 모순과 공평
치 못함을 타고난 사주팔자로 받아 들여야 한다고 했다.
그러나 비록 운명이 부조리하고 불가항력이라고 해도 그
것을 고치고자 하는 의욕을 버릴 수 없는게 우리의 입장
이다. 그러므로 사람은 자기의 맡은 일에 최선을 다하며
그 성사여부는 하늘의 뜻에 맡기는 그런 자세로 자기의
삶을 영위해야 할 것이다.

제4편 효행편(孝行篇)

　어버이에 대한 효도는 자식으로서 당연히 해야 할 일인 것이다. 오늘날의 핵가족시대에는 자칫 이를 소홀히 하기가 쉽다. 그러나 사람은 누구나 늙고 병들게 되어 있다. 오늘의 노쇠한 어버이의 모습은 젊은 자녀들의 내일의 모습이기도 하다. 따라서 젊은 세대는 노인문제에 대해 좀더 진지한 관심을 가져야 할 것이다.

1

　시경에 이르기를 「아버님 나를 낳으시고 어머님 나를 기르셨으니, 아아 슬프다 어버이시여, 나를 낳아 기르시느라 수고하셨네. 그 깊은 은덕을 갚으려 해도 하늘과 같이 끝이 없도다.」고 하였다.

詩曰 父兮生我하시고 母兮鞠我하시니 哀哀父母여 生我劬勞샷
시왈　부혜생아　　　　모혜국아　　　　애애부모　　생아구로

다. 欲報深恩인댄 昊天罔極이로다.
　욕보심은　　　호천망극

시(詩) : 시경을 가리킴. 여기에는 은나라 때부터 춘추시대까지의 여러 나라 민요와 지배계급의 의식용 악장·송가 등이 수록되어 있음. 공자가 3천여 편의 시에서 311편을 뽑아 편찬했다고 하나 지금 6편은 편명만 전함. 크게 국풍(國風)·아(雅)·송

(頌)의 세 부분으로 나눌 수 있음. 국풍(國風)은 여러 나라의
연애시·사회시이고, 아(雅)는 궁중의식에 쓰인 악장이며, 송
(頌)은 주나라 선조들의 공훈을 기린 송가임.
혜(兮) : 어조사.
국아(鞠我) : 나를 기르다.
구로(劬勞) : 애쓰고 고생함.
욕보심은(欲報深恩) : 깊은 은혜를 갚고자 함.
호천(昊天) : 하늘.
망극(罔極) : 끝이 없음.

〈풀이〉

　사람은 자신이 자식을 낳아 길러보아야 부모의 참사랑
을 깨달을 수 있게 된다. 그러나 이때는 이미 부모가 이
세상 사람이 아닌 경우가 많다. 이렇게 되면 자식은 어버
이에게 불효했음을 안타까워하며 늘 죄책감에서 헤어나지
못하는 것이다. 시경·소아·육아(蓼莪)편에 나오는 본문의
시도 또한 자식의 이와 같은 심정을 읊은 것이리라.

2

　공자께서 말씀하였다.
　「효자가 부모를 섬기면서 거처하심에는 공경을 다하고,
봉양함에는 즐거움을 다하며, 병이 드시면 근심과 걱정을
다하고, 돌아가시면 슬픔을 다하며, 제사 때에는 엄숙함을
다해야 한다.」

子曰 孝子之事親也에 居則致其敬하고 養則致其樂하고 病則致
자왈 효자지사친야　거즉치기경　　양즉치기락　　병즉치

其憂하고 喪則致其哀하고 祭則致其嚴이니라.
기우   상즉치기애   제즉치기엄

❖

사친(事親) : 부모를 섬기는 것.

치(致) : 극진함을 이루다. 다하는 것.

양(養) : 봉양함.

우(憂) : 근심함.

애(哀) : 마음 아파하고 슬퍼함.

〈풀이〉

공자는 단순한 물질적 봉양만으로 효도가 될 수 없다고 생각했다. 그러므로 그는 자식은 마음에서 우러나오는 정성으로 어버이를 봉양하고 간병하며, 돌아가신 후의 장례와 제사에는 애통함과 엄숙함을 다해야 함을 강조한 것이다. 이는 물질적 봉양만으로 자식된 도리를 다했다고 생각하기 쉬운 현대인에게 일깨워주는 바가 크다.

3

공자께서 말씀하였다.

「어버이가 살아계시면 먼곳을 가지 않아야 하고, 부득이 가야 할 때에는 반드시 가는 데를 정해 두어야 한다.」

子曰 父母在어시든 不遠遊하며 遊必有方이니라.
자왈 부모재   불원유   유필유방

❖

재(在) : 살아 계시다.

유방(有方) : 가는 데를 정해둠. 행선지가 분명함.

〈풀이〉

　나이 많은 어버이를 모시고 있는 이는 되도록 먼길을 떠나지 않는 것이 바람직하다. 그러나 살다보면 부득이 가야할 경우도 있게 마련이다. 이럴 때는 행선지를 분명히 하여 집과의 연락에 차질이 없도록 해야 한다. 그리고 어디에 가든 늙으신 부모를 생각하는 마음에서 늘 행동거지를 삼가야 할 것이다.

4

　공자께서 말씀하였다.

「아버지께서 부르시거든 즉시 대답하고 달려가야 하며, 입 안에 음식이 있거든 곧 뱉고 대답하여야 한다.」

子曰 父命召어시든 唯而不諾하고 食在口則吐之니라.
자왈 부명소　　　　유이불락　　　식재구즉토지

유이불락(唯而不諾) : 예하고 대답하며 즉시 달려감.

〈풀이〉

　어버이가 부르시면 '예' 하고 대답하고 빨리 달려가야 하며, 음식이 입 안에 있으면 뱉아내고 대답함이 자식이 취해야 할 태도이다. 이렇게 어버이 섬김에는 정성과 공경의 마음이 담겨 있어야 한다. 유가에서는 효도를 모든 행

위의 으뜸으로 여기며 그것의 주요성을 역설(力說)하고
있다.

5

태공이 말하였다.
「내가 어버이께 효도하면 자식도 역시 나에게 효도한
다. 자신이 이미 효도하지 않는데 자식이 어찌 효도하겠
는가?」

太公曰 孝於親이면 子亦孝之하나니 身既不孝면 子何孝焉이리
태공왈 효어친   자역효지   신기불효   자하효언
오.

❖

친(親) : 어버이.
역(亦) : 또. 역시.
기(既) : 이미.
하효언(何孝焉) : 어찌 효도하겠는가?

〈풀이〉

부모의 행동거지는 늘 자녀들의 본보기가 되게 마련이
다. 그러므로 내 자신이 어버이에게 효도를 해야만 나의
자녀들도 나에게 효도를 하게 된다. 이렇게 효도교육은 부
모된 이의 솔선수범에 의해서만 자녀들에게 전수할 수 있
는 것이다.

6

효순한 이는 다시 효순한 자식을 낳을 것이며, 오역(五逆)을 저지른 자는 다시 오역을 저지를 자식을 낳게 된다. 이를 믿지 못하겠거든 다만 처마 끝에 떨어지는 낙숫물을 보라. 방울방울 떨어져 내림이 조금도 어긋남이 없는 것이다.

孝順은 還生孝順子요 五逆은 還生五逆子라 不信커든 但看簷頭
효순   환생효순자   오역   환생오역자   불신   단간첨두

水하라 點點滴滴不差移니라.
수   점점적적불차이

❖

효순(孝順) : 효도하고 순종하는 이.
오역(五逆) : 임금·조부모·부모를 죽이는 패륜 행위.
단간(但看) : 다만 …를 보라.
첨두(簷頭) : 처마끝.
점점적적(點點滴滴) : 물방울이 떨어지는 모양.
불차이(不差移) : 어긋나지 않음.

〈풀이〉

처마끝 낙숫물이 늘 한치의 어긋남이 없이 제자리에 떨어지는 것처럼 효순한 이는 효순을 대물림하고 불효자는 불효를 대물림하게 된다. 그러므로 어버이된 이의 효순한 몸가짐이 무엇보다도 중요한 일이다. 우리 조상들은 효행을 참된 삶의 근원으로 보아왔다. 따라서 전쟁시에도 부모

상을 당하면 삼년 동안 시묘했던 것이다. 이와 같은 효행을 오늘날의 산업사회에서 고스란히 모방하고 실천할 수 없음은 물론이다. 그러나 조상들의 어버이 섬김의 참된 정신만은 그대로 이어받아 후손들에게 대물림을 해야 할 것이다.

제5편 정기편(正己篇)

악의 유혹에 쉽사리 흔들리는 나약한 사람도 적지 않다. 그러나 자기 스스로를 바르게 세우지 못하는 사람이 남들을 제대로 이끌 수 없음은 자명한 일이다. 그러므로 군자의 자기수양과 실천도덕을 강조한 이 편은 큰 의미를 지니고 있다고 하겠다.

1

성리서에 이르기를 「남의 착한 점을 보거든 나의 착한 점을 찾아보고, 남의 나쁜 점을 보거든 나의 나쁜 점을 찾아야 한다. 이렇게 하면 곧 유익함이 있을 것이다.」고 하였다.

性理書에 云 見人之善이어든 而尋己之善하고 見人之惡이어든
성리서   운 견인지선   이심기지선   견인지악

而尋己之惡이니 如此면 方是有益이니라.
이심기지악   여차   방시유익

성리서(性理書) : 송나라시대에 전성기를 이룬 성리학(性理學)에 관한 책. 성리학은 형이상학과 인성(人性)을 탐구하는 학문임.
심기지악(尋己之惡) : 나의 나쁜 점을 찾아봄.
방(方) : 바야흐로. 이제.

〈풀이〉

선인도 악인도 모두 나의 스승이 될 수 있다. 왜냐하면
착한 일은 내가 본받을 수 있고, 악한 일은 내가 타산지석
(他山之石)으로 삼을 수 있기 때문이다. 이와 같이 다른
사람의 선과 악은 자신이 받아 들이는 자세여하에 따라
수양에 큰 도움이 되는 것이다.

2

경행록에 이르기를 「대장부는 마땅히 남을 용서할지언
정, 남에게서 용서받는 사람이 되어서는 아니된다.」고 하
였다.

景行錄에 云 大丈夫는 當容人이언정 無爲人所容이니라.
경행록   운 대장부   당용인   무위인소용

용(容) : 용서함. 용납함.
무위(無爲) : 되지 말라.

〈풀이〉

깨끗한 지조와 굳센 의지를 지닌 이를 보통 대장부라고
부른다. 그러나 이런 인물과는 대조적으로 악의 유혹에 쉽
사리 말려드는 사람도 있다. 대장부는 적어도 이와 같은
허물 많은 이들을 용납하고 이끌어 주는 아량이 있어야만
한다. 그러나 자기 스스로는 남에게서 용서를 받아야 할
비리를 저질러서는 아니된다. 이렇게 하기 위해서 대장부

는 늘 자기수양에 힘써야 할 것이다.

3

태공이 말하였다.

「내 몸이 귀하다고 하여 남을 천하게 여겨서는 아니되고, 내 자신이 크다고 하여 남의 작음을 깔보아서는 아니되며, 또한 자기의 용맹을 믿고서 적을 가벼이 여겨서는 아니된다.」

太公曰　勿以貴己而賤人하고　勿以自大而蔑小하고　勿以恃勇而
태공왈　물이귀기이천인　　　물이자대이멸소　　　물이시용이

輕敵하라.
경적

❖

귀기(貴己) : 자신을 귀하게 여김.

천인(賤人) : 다른 사람을 천하게 여김.

물이(勿以) : …하지 말라.

자대(自大) : 자기 자신을 크다고 여김.

멸소(蔑小) : 작다고 업신여김.

시용(恃勇) : 용맹을 믿음.

경적(輕敵) : 적을 가벼이 여김. 상대방을 우습게 본다는 의미임.

〈풀이〉

오나라의 대장군 제갈근에게는 각(恪)이란 아들이 있었다. 각은 어려서부터 영리하여 사람들의 주목을 받았다. 어느 날 오나라의 임금 손권이 신하들을 불러 술잔치를 베풀었다. 분위기가 한창 무르익어갈 무렵 누가 장난삼아 당나귀를 끌고 왔다. 그 당나귀의 목에는 제갈자유(諸葛子瑜)라고 쓴 종이가 붙어 있었다. 자유는 제갈근의 자이다. 이는 근의 얼굴이 당나귀처럼 길다고 놀린 것이다. 이때 어린 제갈각이 손권에게 절하며 말했다.

「제가 두 글자만 더 쓰도록 윤허해 주십시오.」

임금의 허락을 받자 각은 그 종이에 지려(之驢)라는 글자를 더 써넣었다. 이렇게 하자 제갈자유의 당나귀 곧 제갈근에게 당나귀를 하사한다는 뜻이 된다. 손권은 각의 재치를 가상히 여겨 그에게 당나귀를 상으로 주었다.

또 재미있는 일화가 있다. 어느 날 손권이 제갈각에게 물었다.

「그대의 아버지와 삼촌(제갈량을 뜻함)중 누가 더 현명한가?」

「물론 아버지가 더 현명합니다.」

「왜 그렇게 생각하는가?」

「아버지는 섬겨야 할 대상을 알고 있습니다만 삼촌은 그걸 모르기 때문입니다.」

참으로 재치있는 대답이었다. 오나라의 임금 손권은 이 말을 듣고 크게 기뻐했다고 한다. 성인이 된 제갈각은 영특함과 아버지의 배경 덕분에 출세를 하게 된다. 그는 산월평정에 나서서 큰 성과를 거두었다. 각은 곧 위북장군에 임명되었다. 그러나 제갈근은 이렇게 근심할 뿐이었다.

「저 녀석은 언젠가 집안을 망하게 할 것이다.」

그는 아들의 지나친 재주와 겸손을 모르는 성품이 결국은 재앙을 불러 들이리라고 본 것이다. 제갈각은 후일 나이 50세에 국정 전반을 장악하는 위치에 오르게 된다. 그는 집권한 그해 겨울 (A.D. 252년) 쳐들어온 위나라의 대군을 동흥에서 요격하여 이를 무찔렀다. 이에 그는 자기의 공을 믿고 공명심에 들뜨게 된다. 위나라의 군사력을 가벼이 본 그는 오나라의 대군을 이끌고 무모한 원정에 착수한다. 각은 25만의 대군으로 위나라의 신성(新城)을 포위 공격했다. 그러나 두 달이 되어도 신성은 요지부동이었다. 오나라의 병사들은 한 여름의 무더위 속에서 설사와 피부병에 시달려야 했다. 각은 결국 위나라의 작은 성 하나를 빼앗지 못하고 철수한다. 그는 이 패전으로 위선과 지도능력에 치명상을 입게 된다. 그 당시 무위장군 손준은 제갈각의 독주에 불만을 품고 있었다. 그는 오나라의 황제 손양과 짜고 어느 날 조정에서 주연을 베풀었다. 그리고 각을 초대하여 그 자리에서 죽였다. 각은 집권한지 겨우 1년만에 제거된 것이다. 그의 가족과 친척들도 모두 처형되었다. 각이 자멸한 것은 성품이 교만하여 남을 업신여기며, 위나라의 군사력을 과소평가한 때문이었다. 이렇게 덕을 베풀기에 인색하고 겸손함을 모르는 자는 스스로를 멸망의 길로 이끄는 것이다.

4

마원이 말하였다.

「다른 사람의 과실(過失)을 듣거든 마치 어버이의 이름을 들은 것 같이 하여, 귀로 듣기는 해도 입으로 말하지 말라.」

馬援曰　聞人之過失이어든　如聞父母之名하여　耳可得聞이언정
마원왈　문인지과실　　　여문부모지명　　　이가득문

口不可言也니라.
구불가언야

❖

여문(如聞) : …를 듣는 것처럼 함.

〈풀이〉

　사람은 자기 눈의 들보는 보지 못하면서 남의 눈의 티
는 잘 보게 마련이다. 그러므로 다른 사람의 허물을 탓하
기 좋아함은 거의 본능에 가까운 것이기도 하다. 그러나
이런 차원에서는 자신의 인격향상을 이룰 수 없다. 우리는
남의 허물을 듣거든 이를 자기자신을 되돌아 보는 계기로
삼아야 한다. 그리고 이를 다시 남에게 전하지 않음이 배
운 사람의 처신일 것이다.

5

　소강절 선생이 말하였다.
　「남의 비방을 받더라도 화내지 말며, 남의 칭찬을 듣더
라도 기뻐하지 말라. 남의 악함을 듣더라도 이에 맞장구
치지 말고, 남의 착함을 듣거든 바로 나아가 화답하고, 또
그를 따르며 기뻐하라.」
　또 시에서 이렇게 말하였다.

「착한 이 보기를 즐거워하고
착한 일 듣기를 즐거워하라.
착한 말 하기를 즐거워하고
착한 뜻 실천하기를 즐거워하라.
남의 악함을 듣거든 가시를 등에 진 듯하고
남의 착함을 듣거든 난초를 몸에 지닌 듯하라.」

康節邵先生曰　聞人之謗이라도　未嘗怒하고　聞人之譽라도　未嘗
강절소선생왈　문인지방　　　미상노　　　문인지예　　　미상

喜하며　聞人之惡이라도　未嘗和하고　聞人之善則就而和之하며
희　　　문인지악　　　미상화　　　문인지선즉취이화지

又從而喜之니라　其詩에　日　樂見善人하고　樂聞善事하며　樂道善
우종이희지　　　기시　왈　낙견선인　　　낙문선사　　　낙도선

言하고　樂行善意하며　聞人之惡이어든　如負芒刺하고　聞人之善이
언　　　낙행선의　　　문인지악　　　여부망자　　　문인지선

어든　如佩蘭蕙니라.
　　　여패란혜

❖

방(謗) : 비방. 헐뜯는 것.
예(譽) : 칭찬. 칭양(稱揚). 명예.
화(和) : 응함. 동조함. 맞장구 침.
취이화지(就而和之) : 나아가 이에 화답함.
종이희지(從而喜之) : 그를 따르며 기뻐함.
낙도선언(樂道善言) : 착한 말 하기를 즐거워함. 도(道)는 이르다.
　　말하다의 뜻.
여부망자(如負芒刺) : 가시나무를 등에 진 것 같이 함. 망자(芒
　　刺)는 가시를 뜻함.
패(佩) : 차다. 지니다.
난혜(蘭蕙) : 난초.

〈풀이〉

세상 사람들의 비방이나 칭찬에 대해서는 늘 담담하고 냉철한 마음으로 받아 들여야 한다. 왜냐하면 참다운 가치는 결코 외부에서 주어질 수 있는 게 아니기 때문이다. 그리고 질이 좋지 못한 자가 유혹을 하더라도 이에 말려들지 말며, 착한 이의 선행에 대해서는 아낌없는 박수갈채를 보내야만 한다. 이렇게 우리들 각자가 모두 악을 멀리하고 선을 가까이 한다면 이 사회는 보다 건전하고 살기 좋은 곳으로 발전할 수 있을 것이다. 화락한 마음으로 늘 학문에만 정진했던 소강절은 이와 같이 사람마다 선하고 격조 높은 자세로 살아가길 염원한 것이다.

6

나의 착한 점을 말하는 이는 곧 내게 해로운 사람이요, 나의 나쁜 점을 깨우쳐 주는 이는 바로 나의 스승이다.

道吾善者는 是吾賊이오 道吾惡者는 是吾師니라.
도오선자   시오적   도오악자   시오사

도(道) : 이르다. 말하다.
시(是) : 이것.
사(師) : 스승.

〈풀이〉

수나라 말엽의 혼란기에 종지부를 찍고 천하통일의 위

업을 이룬 당태종 이세민(626년 즉위)은 신하들의 솔직한
비판과 직언을 잘 받아들인 명군이었다. 그에게는 방현령·
두여회와 위징과 같은 유능한 신하가 있었다. 정관 3년
(629년)에 재상으로 취임한 위징은 오랫동안 전란에 시달
려온 백성의 살림살이를 안정케하는 것이야말로 위정자의
책무라고 생각했다. 그리하여 정관 6년(632년) 태종이 봉
선(封禪)을 하고자 함을 정면으로 반대한다. 봉선이란 천
하가 태평함을 황제가 친히 태산에 올라가 천지신명께 보
고 드리는 의식이었다. 위징은 이 일을 이렇게 말렸다.

「수말 이래의 전란으로 백성들의 살림은 아직 피폐합니
다. 폐하가 봉선하신다면 오랑캐 나라의 임금들도 함께 참
여할 것입니다. 지금 낙양 이동은 전란으로 황폐합니다.
그러므로 오랑캐에게 우리의 약점을 보이게 됩니다. 또한
그들에게 내리는 하사품도 백성들이 부담해야 합니다. 폐
하께서는 헛된 이름만 있을 뿐 실질적 이익이 없는 이런
일을 하셔서는 아니됩니다.」

태종은 위징의 간언을 받아들여 봉선을 포기하였다. 또
이런 일도 있었다. 태종의 황후 장손씨(長孫氏)는 재덕을
갖춘 이였으나 정관 10년에 세상을 떠나고 만다. 이에 크
게 충격을 받은 태종은 비(妃)의 한 사람인 양씨(楊氏)를
황후로 삼으려고 했다. 이 여인은 원래 태종의 아우 제왕
(齊王) 이원길의 비였으나 태종이 자기의 비로 삼은 것이
다(제왕은 이세민의 쿠테타로 제거됨). 위징은 이 일에도
반대하였다. 왜냐하면 아우의 비였던 이를 비로 삼은 것도
떳떳지 못한데 더구나 황후로 책립함은 더욱 부당한 일로
본 것이다. 이와 같은 직언은 상당히 위험한 일이었다. 자

칫하면 임금의 역린을 사거나 또는 이해 당사자의 원한을
사서 죽음을 당할 수도 있기 때문이다. 그러나 당태종은
위징의 간언을 받아 들여 양씨의 황후책립을 단념하였다.
이렇게 솔직한 말로 당태종을 보필했던 위징은 정관 17년
(642년)에 병으로 세상을 떠나게 된다. 태종은 위징을 소
릉(昭陵)에 배장(陪葬)케 하고, 말하였다.

「구리로써 거울을 만들면 의관을 바로잡을 수 있고, 지
난 일을 거울로 삼으면 흥망을 볼 수가 있으며, 사람으로
써 거울로 삼으면 득실을 헤아릴 수 있다. 이제 위징이 세
상을 떠났으니 짐은 거울을 잃었도다.」

후일 당태종은 고구려 원정에 실패하자 또 이렇게 말했다.

「만약 위징이 살아있었더라면 이런 실책을 저지르지 않
았을 것이다.」

이와 같이 이세민은 자신의 잘못된 처사에 대해 솔직히
간언하는 신하들을 중용한 것이다. 그의 정관의 치세가 후
세 제왕 정치의 모범이 된 것은 이처럼 직언과 비판을 너
그러이 용납했기 때문일 것이다.

7

태공이 말하였다.

「부지런함은 값을 매길 수 없는 보물이요, 삼가함은 바
로 몸을 지키는 부적이다.」

太公曰 勤爲無價之寶요 愼是護身之符니라.
태공왈 근위무가지보   신시호신지부

❖

근(勤) : 부지런함.
무가지보(無價之寶) : 값을 칠 수 없는 보물.
신(愼) : 삼가는 것.
호신(護身) : 몸을 보호함. 몸을 지킴.
부(符) : 부적.

〈풀이〉

　부지런한 사람은 자신의 물질적 생활을 풍요롭게 할 뿐만이 아니라, 정신적으로도 그만큼 건강한 셈이다. 따라서 근면 성실함은 우리의 가장 소중한 보배인 것이다. 또 몸가짐을 삼가고 매사에 신중함은 자신을 지키는 호신부이다. 사실 우리 주변엔 불미스러운 일에 경솔히 맞장구치다가 패가망신하는 사람도 드물지 않다. 우리들이 이와 같은 전철을 밟지 않기 위해서는 늘 신중한 자세로 모든 일에 임해야 할 것이다.

　일찍이 미국의 시인 롱펠로우(1807～1882)는 언제나 부지런히 일하며 신중하게 처신하는 어느 대장장이의 삶을 이렇게 노래한 바 있다.

일하고 즐거워하며 슬픔에 잠기면서
그는 앞을 향해 살아 나간다.
매일 아침 그 어떤 일이 시작되고
매일 저녁 그 일은 끝난다.
무슨 일인가를 꾀하고 또한 그 일을 마치면서
하룻밤의 휴식을 얻는다.
고맙구나 나의 소중한 친구여

그대가 베푼 가르침에 감사하노라!
그러한 삶의 타오르는 풀무에서
우리는 행복을 얻게 되는 것이다.
그렇게 울려 퍼지는 모루에서
타오르는 업적과 사상이 만들어지리라.
　　　　　　　마을의 대장장이에서 — 롱펠로우

Toiling, — rejoicing, — sorrowing,
　Onward through life he goes;
Each morning sees some task begin,
　Each evening sees it close;
Something attempted, something done,
　Has earned a night's repose.

Thanks, thanks to thee, my worthy friend,
　For the lesson thou hast taught!
Thus at the flaming forge of life
　Our forfunes must be wrought;
Thus on its sounding anvil shaped
Each burning deed and thought!
　　　　　　The Village Blacksmith — H. Longfellow

8

경행록에 이르기를 「삶을 보전하려는 이는 욕심이 적어

야 하고, 몸을 보전하려는 이는 이름이 세상에 알려짐을 피해야 한다. 그러나 욕심을 없애기는 쉬우나, 이름을 드러내려는 마음을 없애기는 어렵다.」고 하였다.

景行錄에 曰 保生者는 寡慾하고 保身者는 避名이니 無慾은 易
경행록　왈 보생자　과욕　　보신자　피명　　무욕　이

나 無名은 難이니라.
무명　난

❧

보생자(保生者) : 자신의 삶을 온전히 보전하려는 이.
과욕(寡慾) : 욕망이 적음.
피명(避名) : 이름이 세상에 드러나는 것을 피함.
이(易) : 쉽다. 용이하다.
무명(無名) : 이름을 드러내려는 마음을 없앰. 명예욕을 버림.
난(難) : 어렵다.

〈풀이〉

　과도한 물욕은 물건을 소유하는 게 아니라 오히려 물건에서 소유당하는 것이다. 또한 어제까지만 해도 내 것이라고 믿었던 것이 오늘에는 이미 남의 물건이 되어 있음을 우리는 흔히 경험하고 있다. 그리고 소중한 우리의 육신조차도 생명이 다하면 곧 사라지게 된다. 그러므로 진정 내 것이라고 할 수 있는 게 과연 무엇인지 깊이 생각해 보아야 할 것이다. 명예에 대한 집착도 냉철하게 반성해야 한다. 사실 그것은 인간의 자존심과 관계된 것이므로 단순한 물욕보다 더 뿌리가 깊다. 예컨대 옛날의 학덕을 갖춘 선비들 중에는 벼슬을 단념하고 초야에 묻혀 지내는 이들이 적지 않았다. 그들은 권력과 재물의 유혹에는 결코 마

음이 흔들리지 않았다. 그러나 자기의 이름을 드러내고자
하는 그런 마음만은 쉽사리 버리지 못한 것이다. 이렇게
명예욕은 거의 본능과 같다. 그러나 세속적인 평판과 명예
의 허망함은 빨리 깨우칠수록 좋다. 왜냐하면 그런 것에서
벗어날 수 있어야만 참된 마음의 평화를 얻게 된다. 그리
고 복된 삶이란 마음의 평화 없이는 불가능한 것이다.

9

공자께서 말씀하셨다.

「군자에게는 경계해야 할 일이 세 가지 있다. 젊었을 때
는 혈기가 안정되지 않았으므로 여색을 경계해야 한다. 장
년이 되면 혈기가 바야흐로 왕성하므로 싸움을 경계해야
한다. 늙게 되면 혈기가 쇠잔해지므로 물욕을 경계해야 한
다.」

子曰 君子有三戒하니 少之時엔 血氣未定이라 戒之在色하고 及
자왈 군자유삼계   소지시   혈기미정   계지재색   급

其壯也하야 血氣方剛이라 戒之在鬪하고 及其老也하야 血氣旣
기장야   혈기방강   계지재투   급기노야   혈기기

衰라 戒之在得이니라.
쇠   계지재득

❖

계(戒) : 경계함.

소지시(少之時) : 젊었을 때.

색(色) : 여색(女色). 성욕.

방강(方剛) : 바야흐로 왕성함.

투(鬪) : 싸움.

기쇠(旣衰) : 이미 쇠잔해짐.

득(得) : 물욕. 탐욕. 재물과 이익을 탐내는 것.

〈풀이〉

사람이 세상을 살아가는 데는 몇 가지 경계해야 할 일들이 있다. 청년기에는 색욕을, 장년기에는 남들과의 싸움을, 노년기에는 물욕을 경계해야 하는 것이다. 젊은이는 이성문제로 말썽을 부리기가 쉽고, 장년기의 싸움은 사람과 사람의 관계를 살벌하게 한다. 나이가 들면 여색과 싸움을 멀리 할 수 있으나 생(生)에 대한 애착심과 더불어 물질적 이해타산에 밝게 된다. 사람은 이렇게 연령별로 빠져들기 쉬운 약점을 지니고 있는 것이다. 그러나 나이먹은 이는 노욕(老慾)에서 벗어난 깨끗한 생활로 젊은 세대의 모범이 되어야 할 것이다.

10

손진인의 양생명에 이르기를 「지나치게 노여워하면 기운이 한쪽으로 몰려 상하게 되고, 과도하게 생각을 많이 하면 정신이 크게 다치게 된다. 정신이 피로하면 마음이 쉬이 고달퍼지고, 기운이 약하면 병이 잇따르게 된다. 너무 지나치게 슬퍼하거나 기뻐하지 말고, 음식은 골고루 먹어야만 한다. 밤중에 술 취하는 것을 삼가며, 무엇보다도 첫새벽에 성내는 것을 경계해야 한다.」고 하였다.

孫眞人養生銘에 云 怒甚偏傷氣요 思多太損神이라 神疲心易役
손진인양생명 운 노심편상기 사다태손신 신피심이역

이요 氣弱病相因이라 勿使悲歡極하고 當令飮食均하며 再三防
   기약병상인 물사비환극 당령음식균 재삼방

夜醉하고 第一戒晨嗔하라.
야취 제일계신진

❖

진인(眞人) : 도가(道家)에서 도를 깨우친 사람을 뜻함. 손진인
   의 행적에 대해서는 밝혀진 바가 없음.

양생(養生) : 몸과 마음의 건강을 유지하고 기른다는 뜻.

명(銘) : 마음에 새겨둠. 금석(金石)등에 새겨놓은 글.

편(偏) : 치우침.

상기(傷氣) : 기(氣)가 손상됨.

사(思) : 생각. 사색.

태손신(太損神) : 정신을 크게 상하게 함.

신피(神疲) : 정신이 지쳐 고단함.

물사(勿使) : …하지 말라.

비환(悲歡) : 슬픔과 기쁨.

당령(當令) : 마땅히 …해야 함.

신진(晨嗔) : 새벽녘에 화를 냄.

〈풀이〉

　이 장은 도가(道家)의 도를 깨우친 이가 몸과 마음의
건강을 기르는 법에 대해서 말한 글이다. 그는 너무 화를
내는 것과 지나치게 사색에 몰입하는 것, 또한 슬픔과 기
쁨을 너무 극단화하는 것은 건강에 해롭다고 했다. 그리
고 그는 밤에 과음하는 것과 새벽녘에 화내는 것도 모두
삼가야 함을 역설(力說)하고 있다. 이는 몸과 마음의 건강
은 결국 균형있고 조화로운 생활 속에서만 유지될 수 있

다는 뜻이다.

11

경행록에서 말하길 「음식이 담박하면 정신이 맑아지고, 마음이 맑으면 잠자리도 편안해진다.」고 하였다.

景行錄에 曰 食淡精神爽이요 心淸夢寐安이니라.
경행록　왈　식담정신상　　심청몽매안

❖

식담(食淡) : 음식의 맛이 담박(淡泊)함.
상(爽) : 상쾌함. 맑아짐.
심청(心淸) : 마음이 맑음. 마음이 깨끗함.
몽매(夢寐) : 잠자리의 꿈. 꿈자리.

〈풀이〉

담박한 음식은 소화도 잘되고 또한 사람의 기분을 상쾌하게 해준다. 그리고 정신적으로 안정되어 있으면 잠자리도 편안해진다. 만일 우리가 이와 같은 생활습관을 지켜나갈 수 있다면 간강관리에는 차질이 없을 것이다.

12

마음씨를 바로하여 사물을 대한다면, 비록 글을 읽지 않았더라도 능히 덕있는 군자가 될 수 있다.

定心應物이면 雖不讀書라도 可以爲有德君子니라.
정심응물   수불독서   가이위유덕군자

❖

정심(定心) : 마음 쓰는 태도를 바로함.
응물(應物) : 사물에 대응함. 사물에 접함.
유덕(有德) : 덕망을 지님.

〈풀이〉

　마음가짐을 바로하여 모든 일에 성실하게 임하는 이가 있다면 우리는 학식의 유무에 상관없이 그를 군자라고 불러도 좋을 것이다. 왜냐하면 배움의 참다운 목적은 사람다운 사람이 되는데 있기 때문이다. 일찍이 공자의 제자 자하도 이와 비슷한 취지의 말을 한 바 있다.

　「어진 이를 좋아하기를 아름다운 여인을 좋아하듯이 하고, 부모를 섬김에는 그 힘을 다하며, 임금 섬김에 그 몸과 마음을 다 바치고, 벗과 사귐의 말에 신의가 있다면 비록 배운 바가 없다고 하더라도 나는 반드시 그를 배운 사람이라고 하겠다.」

13

　근사록에 이르기를 「분노를 누르기를 불을 끄듯이 하고, 욕심을 막기를 물을 막듯이 하라.」고 하였다.

近思錄에 云 懲忿을 如救火하고 窒慾을 如防水하라.
근사록   운 징분   여구화   질욕   여방수

❖

근사록(近思錄) : 송대(宋代)의 주희와 그의 문하생인 여조겸이
    함께 편찬한 책. 주무숙·정명도·정이천 등의 어록에서 선비의
    수양에 도움이 될 622조목을 간추려 14부로 나눈 저술임.
징분(懲忿) : 분노를 억제함.
구화(救火) : 진화(鎭火). 불을 끔.
질욕(窒慾) : 탐욕을 막음.

〈풀이〉

지혜로운 사람도 한번 분노에 휩싸이게 되면 뉘우칠 일
을 저지르기가 쉽다. 그러므로 우리는 분노를 누르기를 불
을 끄듯이 해야만 한다.

유방의 창업을 도운 회음후 한신이 무명시절 무뢰한의
가랑이 밑을 기어나가는 굴욕과 분노를 참은 것은 유명한
이야기이다. 이렇게 감정통제가 잘되는 사람은 냉철한 이
성의 소유자로 정작 큰 일을 이루어 낼 수 있는 것이다.
그리고 지나친 욕심은 더불어 살아야 할 인간사회에서 자
신과 남들에게 다 같이 해독만을 끼칠 뿐이다. 따라서 욕
심은 반드시 억제되어야만 한다. 자신을 이성으로 다스릴
수 있는 상식인이 많은 사회는 올바르고 합리적인 방향으
로 발전할 수 있을 것이다.

14

이견지에 이르기를 「여색 피하기를 마치 원수 피하듯이
하고, 바람 피하기를 흡사 화살 피하듯이 하라. 빈속에는
차를 마시지 말고, 한밤중에 밥은 조금만 먹도록 하라.」고

하였다.

夷堅志에 云 避色如避讐하고 避風如避箭하라. 莫喫空心茶하고
이 견 지　운 피 색 여 피 수　　피 풍 여 피 전　　　막 끽 공 심 다

少食中夜飯하라.
소 식 중 야 반

❦

이견지(夷堅志) : 송나라시대의 홍매(洪邁)가 편찬한 설화집. 원
　래 420권이나 지금은 일부만 남아 있음.

피색(避色) : 여색(女色)을 피함.

수(讐) : 원수.

전(箭) : 화살.

끽(喫) : 마시다. 먹다.

공심(空心) : 공복.

다(茶) : 차.

중야(中夜) : 한밤중. 심야.

〈풀이〉

　여인을 지나칠 정도로 좋아하는 남성은 그만큼 함정에
빠질 위험성을 안고 있다. 사실 적의 미인계의 덫에 걸려
파면당한 유능한 인물들도 적지 않다. 또한 강한 바람에
자주 몸을 노출시키면 기관지에 이상이 생길 수도 있고,
공복에 차를 마시면 카페인 성분이 소화기관에 장애를 가
져오게 한다. 그리고 한밤중에 음식을 많이 먹고 잠자리에
들게 되면 역시 신체기능에 좋지 않은 영향을 주게 된다.
모름지기 건강은 건강할 때 지켜나가도록 애써야 한다. 이
런 점에서 이견지의 섭생법은 우리들에게도 건강을 위한
좋은 길잡이가 될 것이다.

15

순자가 말하였다.

「쓸데없는 말과 긴요치 않은 살핌은 버려두고 다스리지
말라.」

荀子曰 無用之辯과 不急之察을 棄而勿治하라.
순자왈 무용지변 불급지찰 기이물치

❖

순자(荀子) : 전국시대 말엽의 유학자로 성악설(性惡說)을 내세
움. 그는 자연현상을 과학적으로 해석하며, 천도(天道)와 인
도(人道)를 명확하게 구별함. 또한 인간성이 악하므로 예로써
바로잡아야 한다는 예치주의(禮治主義)를 표방함. 법가(法家)
계열에 속하는 한비자·이사가 그의 제자이며, 저술서로는 순
자(荀子)20권을 남김.

무용지변(無用之辯) : 쓸데없는 말. 불필요한 논의.

찰(察) : 살핌. 고찰.

기(棄) : 버림. 내버려둠.

〈풀이〉

이 장은 순자의 천론편(天論篇)에서 발췌한 것이다. 그
는 임금과 신하 사이의 의리와 아버지와 아들 사이의 친
애·남편과 아내 사이의 분별 등은 인간윤리의 근간임으로
날마다 힘써 닦아 나가야 함을 강조한다. 그리고 불필요한
의논이나 급하지 않은 일은 일단 접어 두어야 한다는 것
이다. 윤리관은 시대에 따라 조금씩 달라질 수도 있다. 그
러나 지엽적인 것을 버리고 본질적인 것을 취해야 한다는

순자의 지론은 오늘을 사는 우리에게 시사하는 바가 크다.

16

공자께서 말씀하셨다.

「뭇사람이 그를 좋아하더라도 반드시 살펴야 하며, 뭇
사람이 그를 미워하더라도 반드시 살펴야 한다.」

子曰 衆이 好之라도 必察焉하고 衆이 惡之라도 必察焉이니라.
자왈 중 호지   필찰언   중 오지   필찰언

중(衆) : 뭇사람. 대중.
호지(好之) : 그를 좋아함. 지(之)는 대명사임.
오(惡) : 미워함.

〈풀이〉

평판이나 여론만으로 사람을 평가할 수는 없다. 왜냐하
면 그것은 오도되거나 조작할 수도 있기 때문이다. 당나라
현종때의 평로 절도사 안록산(?∼A.D. 757)은 처세술에
능한 위인(爲人)이었다. 그는 평소 황제 측근의 신하들에
게 금품을 뿌려 인심을 얻고 있었다. 또한 중앙에서 감사
관이 내려오면 푸짐한 뇌물을 안겨 주었다. 이들은 황제에
게 돌아가 입에 침이 마르도록 안(安)의 공덕을 칭송하였
다. 당시 양귀비와의 연락(宴樂)에 빠진 채 정치적 총명을
잃어가던 황제는 안에게 범양과 하동 절도사를 겸하게 한
다. 그에게 파격적인 은전을 베풀어 충성심을 얻으려고 한

것이다. 그러나 이는 황제의 오산이었다. 안은 끝내 현종의 은전을 반역행위로 갚는다. 당나라가 미증유의 내란에 휘몰리게 된 것은 결국 현종이 안이 조작한 엉터리 평판에만 의존한 채, 냉철한 안목으로 그의 진면목을 살피지 못한 때문이었다.

17

술에 취해도 말이 많지 않음이 참다운 군자요, 재물의 거래를 분명히 하는 이가 대장부이다.

酒中不語는 眞君子요 財上分明은 大丈夫니라.
주중불어   진군자   재상분명   대장부

〈풀이〉

술마시는 일에는 긍정적인 면도 있고, 부정적인 면도 있다. 우리는 술을 통해 하룻동안 쌓인 스트레스를 풀고, 또한 내일을 위한 재충전의 기회를 가질 수 있는 것이다. 그러나 과음으로 인한 건강 손상이나 술주정·망언·싸움질 등은 자신과 남들에게 다같이 피해만을 안겨다 줄 뿐이다. 공자도 소크라테스도 술은 즐겨 마신 바 있다. 그러나 이들은 결코 술주정을 한 적은 없었다고 한다. 우리도 어차피 술을 끊지 못할 입장이라면 올바른 음주습관을 익혀야 할 것이다. 또한 현대사회는 신용사회이다. 금전거래에서 신용과 정직성은 생명과도 같다. 따라서 그런 것을 갖춘 이만이 사업에서 성공을 거둘 수 있는 것이다.

18

모든 일에 너그러움을 따르면 복이 저절로 두터워진다.

萬事從寬이면 其福이 自厚니라.
만사종관　　　기복　　자후

❖

종관(從寬) : 너그러움을 좇다.
자후(自厚) : 저절로 두터워짐.

〈풀이〉

　전국시대 제나라 설(薛)땅의 영주인 맹상군은 빈객들을 우대하였다. 따라서 그에게는 이들이 수천 명이나 모여 들었다. 당시 진나라 소왕은 맹상군이 어질다는 소문을 듣고 그를 초청하였다. 소왕은 그를 진나라의 재상으로 삼고자 한 것이다. 그러나 신하의 반대로 임용을 포기하고, 오히려 그를 죽이고자 했다. 맹상군은 소왕이 총애하는 후궁에게 사람을 보내었다. 자신의 목숨을 구해 주도록 부탁한 것이다. 그녀가 요구조건을 말했다.

　「먼저 흰여우 겨드랑이 털옷을 주십시오.」

　값비싼 이 옷은 맹상군이 이미 소왕에게 예물로 바치고 난 뒤였다. 맹상군이 이 일을 의논하자, 그의 빈객 중 도둑질에 능한 자가 말했다.

　「신이 구해오겠습니다.」

　그 빈객은 밤중에 개 흉내를 내며, 창고에 들어가 흰여우 털옷을 훔쳐내 왔다. 뇌물을 받은 후궁의 입김으로 맹상군은 감금상태에서 풀려 나왔다. 그는 서둘러 숙소에서 빠져나왔다. 통행증과 이름을 위조한 맹상군 일행은 한밤 중에 국경인 함곡관에 이르렀다. 당시 진나라 법규로는 닭이 울기 전에는 관문을 열 수 없었다. 이때 맹상군의 빈객 중 닭 울음소리를 잘 흉내내는 자가 있었다. 그가 닭 울음 소리를 내자, 주변의 닭들도 덩달아 울었다. 그러자 곧 관문이 열렸다. 맹상군 일행은 가까스로 진나라에서 탈출할 수 있었다. 한편 진소왕은 맹상군의 석방을 후회하며, 그를 다시 잡아 오도록 했다. 그러나 추격군이 관문에 이르렀을 때는 맹상군 일행이 관문을 빠져 나간 뒤였다. 평소 맹상군이 이 두 빈객을 대접할 때 다른 빈객들은 이들과 자리를 함께 하는 것조차 부끄럽게 생각했다. 그러나 맹상군의 너그럽고 차별없는 대접 덕분에 이들은 무사히 제나라로 돌아올 수 있었던 것이다. 이렇게 모든 일에 관용으로 임한다면, 복이 저절로 두터워지는 것이다.

19

태공이 말하였다.
「남을 알려고 하거든 먼저 자기자신부터 헤아려 보라. 남을 해치는 말은 도리어 자신을 해치는 것이며, 피를 머금어 남에게 내뿜으면 먼저 자신의 입부터 더러워지게 되는 것이다.」

太公曰 欲量他人커든 先須自量하라. 傷人之語는 還是自傷이니
태공왈 욕량타인   선수자량   상인지어   환시자상

含血噴人이면 先汚其口니라.
함혈분인　　선오기구

❖

욕량(欲量) : 알려고 함. 헤아려 보고자 함.
환(還) : 도리어.
자상(自傷) : 자신을 해침. 스스로를 다치게 함.
함혈(含血) : 피를 머금음.
분(噴) : 내뿜다.
선(先) : 먼저.
오(汚) : 더러워짐.

〈풀이〉

　고대 아테네의 철인 소크라테스는 '그노우티 사우튼, 곧 너 자신을 알라'를 좌우명으로 삼은 바 있다. 이렇게 남을 헤아려 보기 전에 먼저 자신의 역량부터 헤아려 보아야 할 것이다. 또한 남을 헐뜯는 말은 도리어 자신을 해치게 되며, 피를 머금어 남에게 내뿜으면 자신의 입부터 더러워 진다. 요컨대 남을 해치려고 파놓은 함정에는 결국 자신이 빠지게 된다. 그러므로 에머슨은 '악마는 바보다'라고 갈파한 것이다.

20

　모든 유희는 이익되는 바가 없고, 오직 부지런한 것만이 공을 이룬다.

凡戲는 無益이나 惟勤이 有功이니라.
범희　무익　　유근　유공

❀

범(凡) : 무릇.
희(戱) : 희롱함.
유(惟) : 오직.
근(勤) : 부지런함. 근면함.

〈풀이〉

적당한 휴식과 놀이는 내일을 위한 활력소가 될 수 있다. 그러나 자기에게 주어진 귀중한 시간을 주로 오락잡기로 낭비한다면, 이는 어리석은 일이다. 우리 속담에는 큰 부자는 하늘이 내지만 작은 부자는 부지런함에서 나온다고 했다. 이렇게 근면성실한 이에게는 성공이 보장되는 것이다. 그리고 사람은 무언가 보람있는 일에 몰두해야만 삶의 희열을 맛볼 수 있다.

21

태공이 말하였다.
「오이밭에서는 신발을 고쳐 신지 말고, 오얏나무 밑에서는 갓을 고쳐 쓰지 말라.」

太公曰 瓜田에 不納履요 李下에 不正冠이니라.
태공왈 과전　불납리　이하　부정관

❀

과전(瓜田) : 외밭.
납리(納履) : 신발을 고쳐 신다. 리(履)는 신발.
이하(李下) : 오얏나무 밑에.

정관(正冠) : 갓을 고쳐 쓰다. 정(正)은 정(整)과 통함.

〈풀이〉

남의 오이밭에서는 신발을 고쳐 신지 말고, 남의 오얏나무 밑에서는 갓을 고쳐 쓰지 말아야 한다. 멀리서 남들이 볼때 오이나 오얏을 따는 것으로 오해할 수 있기 때문이다. 이렇게 사람은 자신의 몸가짐을 분명히 하여, 남들의 쓸데없는 의심과 오해를 받는 일이 없어야 할 것이다.

22

경행록에서 말하기를 「마음은 편안할 수 있더라도 몸은 일하지 않을 수 없고, 도는 즐길 수 있더라도 마음은 근심치 않을 수 없다. 몸은 일하지 않으면 게을러지기 쉬운 병폐가 있고, 마음은 근심치 않으면 방탕에 빠져 안정되지 못한다. 따라서 편안함은 수고하는 데서 생겨야 늘 기쁠 수 있고, 즐거움은 근심에서 생겨야 물리지 않는다. 편안하고 즐거운 이가 어찌 근심과 수고로움을 잊을 수 있겠는가?」라고 하였다.

景行錄에 曰 心可逸이언정 形不可不勞요 道可樂이언정 心不可
경행록　왈 심가일　　형불가불로　도가락　　심불가

不憂니 形不勞면 則怠惰易弊하고 心不憂면 則荒淫不定이라 故
불우　형불로　즉태타이폐　심불우　즉황음부정　　고

로 逸生於勞而常休하고 樂生於憂而無厭하나니 逸樂者는 憂勞
　일 생어로이상휴　　낙 생어우이무염　　　일락자　　우로

를 豈可忘乎아.
기 가망 호

❖

가일(可逸) : 편안할 수 있음.

형(形) : 몸. 육신.

불가불(不可不) : …하지 않을 수 없다.

도가락(道可樂) : 도를 즐길 수 있음.

태타이폐(怠惰易弊) : 게을러서 쉽게 허물어짐.

황음(荒淫) : 음탕함. 술과 여자에 빠짐.

부정(不定) : 정하지 못함. 안정되지 않음.

휴(休) : 기쁘다. 아름답다. 휴(休)는 휴(然)와 통함.

무염(無厭) : 싫증이 나지 않음. 물리지 않음.

일락자(逸樂者) : 편안하고 즐거운 사람.

우로(愚勞) : 걱정과 수고로움.

기가망호(豈可忘乎) : 어찌 잊을 수 있겠는가?

〈풀이〉

우리의 삶에는 온갖 유혹이 따르게 마련이다. 게으름·사치·방탕함 등이 그것이다. 그러나 사명감을 지니고 바른길을 가는 이는 이를 멀리함에 별다른 어려움이 없을 것이다. 또한 이런 사람은 일 자체에서 보람과 즐거움을 맛보게 된다. 저 하늘의 별들의 수명에 비한다면 우리의 삶은 불꽃이 번쩍이는 짧은 순간에 지나지 않는다. 다만 열성만이 이런 찰나의 삶을 영원하게 하는 것이다. 그리고 우리는 편안하고 즐거울 때에는 수고하고 근심하던 시절을 잊기가 쉽다. 그러나 샴페인을 너무 서둘러 터뜨리는 사람은 그런 처지를 오래 유지할 수 없다. 따라서 우리는 늘 새롭게 시작한다는 마음으로 모든 일에 임해야 할 것이다.

23

귀로는 남의 그릇됨을 듣지 말고, 눈으로는 남의 결점을 보지 말며, 입으로는 남의 허물을 말하지 않는다면 거의 군자에 가깝다고 할 수 있다.

耳不聞人之非하고　目不視人之短하고　口不言人之過라야　庶幾
이 불 문 인 지 비　　　목 불 시 인 지 단　　　구 불 언 인 지 과　　　서기

君子니라.
군 자

❖

불문(不聞) : 듣지 않음.

비(非) : 비리. 그릇됨.

불시(不視) : 보지 않음.

단(短) : 결점. 부족한 점.

불언(不言) : 말하지 않음.

과(過) : 허물. 과오.

서기(庶幾) : 거의.

〈풀이〉

영리한 사람일지라도 자신의 잘못을 시인하고 반성하는 데는 늘 어둡게 마련이다. 이에 반하여 어리석은 사람도 남의 허물을 지적하고 비판하는데는 언제나 밝다. 이는 손가락이 안으로 굽은 것처럼 자연스러운 일인지도 모른다. 그러나 이런 차원에서는 자기 발전을 이룰 수 없다. 우리는 남의 결점과 허물을 말하기보다는 자기의 결점과 허물부터 제대로 살펴야 할 것이다. 왜냐하면 자기자신에 대해

서는 엄격하며, 다른 사람에 대해서는 너그러워야만 바람
직한 덕을 이룰 수 있다. 그리고 이런 경지에 이른 이라면
군자라고 불러도 좋을 것이다.

24

채백개가 말하였다.
「기쁨과 노여움은 마음 속에 있지만, 말은 입 밖으로 나
가는 것이니 삼가지 않을 수 없다.」

蔡伯喈曰 喜怒는 在心하고 言出於口하나니 不可不愼也니라.
채백개왈 희로   재심   언출어구   불가불신야

❖

채백개(蔡伯喈) : 후한시대의 학자로 이름은 옹(邕), 자는 백개
    (伯喈)임. 시문에 뛰어났으며 천문·술수·음악·서예 등에도 조
    예가 깊음. 영자팔법(永字八法)을 창안했으나, 후일 왕윤에 의
    해 죽임을 당함.

〈풀이〉

발없는 말이 천리를 간다고 했다. 이는 그만큼 전파성이
강하고 또한 취소할 수 없다는 뜻이다. 또한 그것은 과장
과 와전으로 사람을 잡는 올가미가 될 수도 있다. 사실 한
마디 말로 인해 멸문의 화를 당한 이들도 적지 않다. 따라
서 말은 늘 삼가고 조심해야 한다.

25

낮잠 자는 재여를 보고, 공자께서 말씀하셨다.

「썩은 나무에는 조각을 할 수가 없고, 썩은 흙으로 쌓은 담장에는 흙손질을 할 수가 없다.」

宰予晝寢이어늘 子曰 朽木은 不可雕也요 糞土之墻은 不可圬也
재여주침   자왈 후목   불가조야   분토지장   불가오야
니라.

❖

재여(宰予) : 공자의 제자로 노나라 사람임. 말솜씨가 뛰어났으
　　며 공문십철(孔門十哲)에 속함.
주침(晝寢) : 낮잠.
후목(朽木) : 썩은 나무.
조(雕) : 조각함.
분토지장(糞土之墻) : 더러운 흙으로 친 담장.
오(圬) : 흙손질함.

〈풀이〉

낮잠 자는 제자에 대한 스승의 질책치고는 심한 게 아닐까 하는 생각도 든다. 그러나 재능있는 이에 대한 공자의 기대감이 그만큼 컸기 때문일 것이다. 사람은 어떤 일을 하든 먼저 정신자세부터 바르게 지녀야 한다. 따라서 나태함과 게으른 생활습성은 반드시 몰아내야 하는 것이다. 공자는 제자들이 늘 올바른 마음가짐으로 인간수업에 임할 것을 독려했다. 이는 먼저 자기자신부터 바르게 다스

릴 수 있어야만 남들도 바르게 다스릴 수 있기 때문이다.

26

자허원군의 성유심문(誠諭心文)에 이르기를 「복은 청렴하고 검소한데서 생기고, 덕은 스스로를 낮추어 겸양해지는데서 생긴다. 도는 편안하고 고요한데서 생기며, 명은 화창한데서 생기게 된다. 근심은 욕심이 많은데서 생기고, 화는 많은 것을 탐내는데서 생기게 된다. 과오는 경솔하고 교만한데서 생기며, 죄악은 어질지 못한데서 생기게 마련이다. 자신의 눈을 경계하여 다른 사람의 잘못을 보지 말고, 입을 경계하여 다른 사람의 결점을 말하지 말라. 마음을 경계하여 탐내거나 화내지 말며, 몸을 경계하여 나쁜 벗을 따르지 말라. 쓸데없는 말을 함부로 하지 말고, 자신과 상관없는 일을 하지 말라. 군왕을 높이 받들며, 어버이에게 효도하라. 웃어른을 공경하고, 덕있는 이를 받들라. 슬기로운 이와 어리석은 사람을 분별하며, 무식한 사람을 용서하라. 세상 일은 순리대로 좇아 막지 말고, 이미 지나갔거든 다시 생각지 말라. 영리한 사람도 어리석은 때가 있고, 빈틈없는 계획도 편의를 잃을 때가 있다. 남에게 손해를 끼치면 끝내 자신도 손해를 보게 되며, 세력만 믿고 있다가는 재앙이 잇따르게 된다. 경계함은 마음에 있고, 지킴은 기개에 달려있다. 절약하지 않으면 집안이 망하게 되고, 청렴하지 않으면 지위를 잃게 된다. 그대에게 한평생 스스로 경계할 것을 권하노니, 탄식하고 두려워하며 잘

새겨 두어야 한다. 위에는 하늘이 굽어 살피시고, 아래에
는 땅의 귀신이 살피신다. 밝은 곳에는 세 가지 법도가 서
로 이어있고, 어두운 곳에는 귀신이 서로 잇따른다. 오로
지 올바름을 지키며, 마음을 속이지 말아야 한다. 부디 경
계하고, 또 경계하라.」고 하였다.

紫虛元君誠諭心文에 曰 福生於淸儉하고 德生於卑退하며 道生
자허원군성유심문　왈　복생어청검　　덕생어비퇴　　도생

於安靜하고 命生於和暢하며, 患生於多慾하고 禍生於多貪하며
어안정　　명생어화창　　　환생어다욕　　　화생어다탐

過生於輕慢하고 罪生於不仁이니라. 戒眼莫看他非하고 戒口莫
과생어경만　　죄생어불인　　　계안막간타비　　　계구막

談他短하며 戒心莫自貪嗔하고 戒身莫隨惡伴하라. 無益之言을
담타단　　계심막자탐진　　　계신막수악반　　　무익지언

莫妄說하고 不干己事를 莫妄爲하라. 尊君王孝父母하고 敬尊長
막망설　　불간기사　막망위　　존군왕효부모　　　경존장

奉有德하며 別賢愚恕無識하라. 物順來而勿拒하고 物旣去而勿
봉유덕　　별현우서무식　　　물순래이물거　　　물기거이물

追하며 身未遇而勿望하고 事已過而勿思하라. 聰明도 多暗昧하
추　　신미우이물망　　　사이과이물사　　　총명　　다암매

고 算計도 失便宜니라. 損人終自失이요 依勢禍相隨라 戒之在
　산계　실편의　　　손인종자실　　　의세화상수　　계지재

心하고 守之在氣니라. 爲不節而亡家하고 因不廉而失位니라. 勸
심　　수지재기　　　위부절이망가　　　인불렴이실위　　　권

君自警於平生하나니 可歎可警而可思니라. 上臨之以天鑑하고
군자경어평생　　　가탄가경이가사　　　상림지이천감

下察之以地祇라 明有三法相繼하며 暗有鬼神相隨라 惟正可守
하찰지이지기　　명유삼법상계　　　암유귀신상수　　유정가수

요 心不可欺니 戒之戒之하라.
　심불가기　계지계지

❖

자허원군(紫虛元君) : 자허(紫虛)는 도교에서 신선이 살고 있는 자줏빛 하늘을 말하며, 원군(元君)은 남자의 진인(眞人)처럼 여자의 몸으로 신선이 된 이에 대한 칭호임.

성유심문(誠諭心文) : 정성으로 마음을 깨우치게 하는 글.

청검(淸儉) : 청렴하고 검소함.

비퇴(卑退) : 몸을 낮추어 겸손히 함.

화창(和暢) : 마음이 부드럽고 맑음.

경만(輕慢) : 경솔하고 교만함.

불인(不仁) : 어질지 못함.

막간(莫看) : 보지 말라.

단(短) : 단점. 결점.

탐진(貪嗔) : 탐내고 성냄.

막수(莫隨) : 따르지 말라.

악반(惡伴) : 나쁜 친구. 나쁜 짝.

불간기사(不干己事) : 나와 상관없는 일.

존장(尊長) : 나이 많은 어른.

봉(奉) : 받들다.

유덕(有德) : 덕있는 사람.

서(恕) : 용서하다.

기(旣) : 이미.

물추(勿追) : 좇지 말라.

미우(未遇) : 아직 때를 만나지 못함.

이(已) : 이미. 벌써.

암매(暗昧) : 사리분별에 어둡고 어리석음.

산계(算計) : 빈틈없이 짜놓은 계획.

편의(便宜) : 이용하기에 편리함.

불렴(不廉) : 청렴하지 않음.

천감(天鑑) : 하늘의 거울. 하늘이 굽어 살핀다는 뜻.

지기(地祇) : 땅의 신.

삼법(三法) : 세 가지 율법.

상계(相繼) : 서로 이어감.
계지(戒之) : 이를 경계함.

〈풀이〉

이 장에는 사람이 살아가면서 마음에 새겨두고 지켜나
가야 할 윤리적 덕목들이 자상하게 언급되어 있다. 이런
내용이라면 오늘을 사는 우리들에게도 좋은 교훈이 될 것
이다.

제6편 안분편(安分篇)

지나친 소유욕은 인간관계를 불행하게 한다. 왜냐하면 이는 과도한 경쟁심과 분쟁만을 조성하기 때문이다. 원래 사람의 만족도나 행복감은 객관적인 기준이 있는 게 아니다. 그것은 당사자의 정신적인 사항에 속할 수밖에 없다. 따라서 남들과의 지나친 경쟁심을 지양(止揚)하고, 자신의 처지와 가진 것에 만족해 한다면 행복한 삶을 누릴 수 있을 것이다.

1

경행록에 이르기를 「만족함을 알면 즐거울 것이요, 탐욕이 많으면 근심하게 된다.」고 하였다.

景行錄에 云 知足可樂이요 務貪則憂니라.
경행록 운 지족가락 무탐즉우

지족(知足) : 만족할 줄 앎.
무탐(務貪) : 탐욕에 힘씀. 욕심이 많다는 뜻.

〈풀이〉

많은 것을 소유하고 있으면서도 늘 결핍감에 사로잡혀 있는 이도 있다. 이에 반하여 가진 것은 별로 없어도 항상 넉넉한 마음으로 살아가는 사람도 있게 마련이다. 물질적인 차원에서 보면 전자가 부자임에는 틀림이 없다. 그러나 정신적으로는 후자가 훨씬 여유있게 사는 셈이다. 또한 소유물의 대부분을 가난한 사람들에게 나누어 주고, 자신은 늘 간소한 생활로 일관한 성자(聖者)들도 있다. 이들은 소유에서 만족을 얻는 게 아니라, 베풂에서 만족을 얻는 것이다.

2

만족할 줄 아는 이는 빈천해도 즐겁고, 만족할 줄 모르는 이는 부귀를 누려도 근심한다.

知足者는 貧賤도 亦樂이요 不知足者는 富貴도 亦憂니라.
지족자   빈천   역락   부지족자   부귀   역우

❀

지족자(知足者) : 만족할 줄 아는 이.
빈천(貧賤) : 빈곤하고 신분이 낮음.

〈풀이〉

가난한 생활 속에서도 편안한 마음으로 도(道)를 즐기는 이가 있다. 네덜란드의 유태인 철학자 스피노자(1632~1677)도 이와 같은 인물이었다. 어려서부터 두뇌가 명석했던 그는 조상전래의 유태교 신앙을 버리고 만다. 그리고 신 즉 자연의 범신론(汎神論)을 주창한 그는 유태인 사회에서 파문을 당하였다. 스피노자는 재산소유나 사회적

지위에는 전혀 관심이 없었다. 그래서 그는 하이델베르그 대학의 교수직 초빙(1673년)이나 루이14세의 연금제안을 정중하게 사절하였다. 그는 렌즈 제조로 생계를 꾸려 나가며,「신학·정치론」「윤리학」「지성개선론」등의 저술에 심혈을 기울였다. 그러나 실내에서의 과도한 노동과 지병인 결핵의 악화로 그는 45세를 일기로 사망하고 만다. 학문을 위해 결혼마저 포기했던 스피노자는 평소 이런 말을 하였다.

「자연은 극히 적은 것으로 만족하고 있다. 자연이 그러하므로 나도 그렇게 하리라.」

그의 청빈한 삶은 후세의 지식인들에게 큰 감명을 준 바 있다. 그는 무소유에서 정신적 해방감을 맛보며, 진리 탐구에 정진했던 것이다.

3

분수에 넘친 생각은 다만 정신을 상하게 할 뿐이요, 망령된 행동은 도리어 화를 부르게 된다.

濫想은 徒傷神이요 妄動은 反致禍니라.
남상　도상신　　망동　반치화

❖

남상(濫想) : 분수에 넘치는 생각.
도(徒) : 한갓. 공연히.
망동(妄動) : 망령된 행동.
반(反) : 도리어.

치화(致禍) : 화를 부르게 됨.

〈풀이〉

이솝우화에 나오는 숫사슴은 늘 자신의 멋지게 생긴 뿔을 자랑하고, 가느다란 다리를 부끄러워 했다. 막상 사냥개가 쫓아 왔을 때 그는 자신이 부끄러워한 다리 덕분에 잠시나마 목숨을 건질 수 있었다. 그러나 숫사슴은 결국 자랑하던 뿔이 나뭇가지에 걸리는 바람에 사냥개의 먹이가 되고 만다. 이 우화처럼 사람은 흔히 허영심과 망령된 행동으로 인해 재앙을 불러들이는 경우가 있다. 그러나 자신의 현실적 입장을 망각함은 어리석은 일이다. 모름지기 사람은 스스로의 처지와 분수를 알며, 망령된 행위를 삼가야 한다.

너는 너 밖에서 구하지 말라(Ne te quaesiveris extra).

4

만족함을 알아 항상 만족해 한다면, 평생 욕됨이 없을 것이다. 그칠 때를 알아 항상 그친다면, 평생 부끄러움이 없을 것이다.

知足常足이면 終身不辱하고 知止常止면 終身無恥니라.
지족상족　　　종신불욕　　　지지상지　　　종신무치

상족(常足) : 늘 만족함.
종신(終身) : 죽을 때까지.

불욕(不辱) : 욕을 당하지 않음.
지지(知止) : 그칠 때를 앎.
무치(無恥) : 부끄러움을 당하지 않음.

〈풀이〉

작은 것에도 늘 만족해 하며 자기의 분수를 지키는 가
난한 사람과 물질적으로는 넉넉하면서도 항상 탐욕과 불
만에 휩싸여 있는 사람도 있다. 적어도 정신적으로는 후자
보다 전자가 더욱 넉넉하게 산다고 해야 될 것이다. 원래
사람의 만족도란 단지 당사자의 주관적인 느낌에 속하는
문제일 뿐이다. 그러므로 물질적 결핍을 정신적 풍요와 만
족감으로 채울 수도 있는 것이다. 또한 사람은 분수를 지
키고 그칠 때를 알아야 한다. 많은 유능한 이들이 이 일
때문에 몰락하는 사례를 우리는 많이 보아왔다. 진실로 나
아갈 때와 그치고 물러날 때를 아는 이는 한평생 욕됨과
부끄러움을 당하지 않을 것이다.

5

서경에서 말하기를 「교만하면 손실을 부르게 되고, 겸
손하면 이득을 얻게 된다.」고 하였다.

書에 曰 滿招損하고 謙受益이니라.
서   왈 만초손   겸수익

서(書) : 오경(五經)의 하나인 서경을 가리킴. 하(夏)·은(殷)·주
    (周)시대의 정치에 대한 기록을 편찬한 책임. 지금 남아 있는

20권 58편 중에는 염약거에 의해 위서로 밝혀진 부분도 있음.
만(滿) : 만(慢 : 교만함)을 뜻함.
겸(謙) : 겸손. 겸허.

〈풀이〉

구약성서에 나오는 필리스틴 사람 골리앗은 힘세고 용맹한 장수였다. 당시 이스라엘 군에서는 그와 대결할 용사가 없어 고심하고 있었다. 그러나 그는 도저히 자신의 적수가 될 수 없다고 여긴 14세의 양치기 소년 다윗의 돌팔매에 쓰러지고 만다. 어리다고 얕본 것이 그의 패인이었다. 또한 삼국지의 주요인물 중의 하나인 관우(?~219)는 용맹과 의기가 천하에 드러난 호걸이었다. 그는 촉한이 세워진 이후 형주지역의 책임자로서 위(魏)와 오(吳)의 세력을 견제하고 있었다. 오주 손권은 그를 회유하기 위해 자신의 아들과 그의 딸을 짝지을려고 하였다. 그러나 여기에 말려들 관우는 아니었다. 그는 이 혼담을 한 마디로 거절하였다. 이러던 관우도 육손이 극구 칭송하며 그의 자부심을 부추기자 오에 대한 방비를 소홀히 한다. 위군을 공격하던 관우는 여몽의 허점을 찌르는 기습으로 죽임을 당하였다. 이 두 가지 고사는 지나친 자부심과 교만이 당사자에게 손실과 죽음을 안겨다 준 좋은 예가 된다. 이와 대조적으로 모든 일에 신중하고 겸손하게 임하는 사람은 허점을 드러내지 않는다. 이와 같은 인물은 남들의 신뢰와 스스로의 내실에 힘입어 인간승리의 주인공이 될 수 있는 것이다.

6

안분음에서 말하기를 「편안한 마음으로 분수를 지키면 몸에 욕됨이 없고, 세상의 기미를 알면 마음이 저절로 한가로워진다. 이는 비록 인간세상에서 살더라도 도리어 인간세상을 벗어난 것이다.」고 하였다.

安分吟에 曰 安分身無辱이요 知機心自閑이니 雖居人世上이나
안분음 왈 안분신무욕   지기심자한   수거인세상

却是出人間이니라.
각시출인간

❈

안분음(安分吟) : 자신의 처지와 분수에 만족하며, 한가로이 살아
　　감을 읊은 시.
지기(知機) : 세상일의 기미를 앎.
자한(自閑) : 스스로 한가함.
수(雖) : 비록.
각(却) : 도리어. 오히려.
출인간(出人間) : 인간세상을 벗어남. 초연한 삶을 누리게 됨.

〈풀이〉

편안한 마음으로 분수를 지키며, 세상의 이치를 깨달아 한가로이 살아가는 이도 있다. 우리는 이런 분을 달인이라고 불러도 좋을 것이다. 왜냐하면 그는 비록 몸은 속세에 머물고 있어도, 정신적으로는 이미 초월적인 삶을 누리고 있기 때문이다.

7

공자께서 말씀하셨다.

「그 지위에 있지 않으면 그 정사를 논하지 말아야 한다.」

子曰 不在其位면 不謀其政이니라.
자왈 부재기위　불모기정

❖

모(謀) : 논의함.
기정(其政) : 맡은 바 직책에 따르는 제반 정사.

〈풀이〉

사공이 많으면 배가 산으로 올라 간다는 속담이 있다. 이는 사람들이 주제넘게 자기 직책 외의 일에 나서는 것을 나무란 말이다. 사실 이렇게 해서는 비능률과 불협화음만이 조성될 뿐이다. 그러므로 공직에 몸담고 있는 이는 자기의 맡은 일에 성의를 다하며, 남의 일에 대해서는 간섭지 말아야 한다. 공자는 이와 같이 공인(公人)의 직분과 책임의 한계를 분명히 하고 있다. 이는 오늘을 사는 우리들에게도 시사하는 바가 큰 것이다.

제7편 존심편(存心篇)

이 편은 사람이 기본적인 양심을 간직한 채 충성·효도·사양·청빈 등의 덕목을 실천해야 함을 강조한 글이다. 따라서 자칫하면 과열경쟁 등으로 인간성과 도의심을 저버리기 쉬운 우리들에게 인간답게 사는 길이 무엇인지 깨우쳐 주는 바가 적지 않다. 다시 말하자면 20장 모두가 현대인이 마음 깊이 새겨두고 지켜나가야 할 금과옥조인 것이다.

1

경행록에 이르기를 「밀실에 앉아 있더라도 마치 네거리에 있는 듯이 하고, 작은 마음 다스리기를 흡사 여섯 필 말이 끄는 마차 부리듯이 하면 가히 허물을 면할 수 있을 것이다.」라고 하였다.

景行錄에 云 坐密室을 如通衢하고 馭寸心을 如六馬면 可免過
경행록 운 좌밀실 여통구 어촌심 여륙마 가면과
니라.

통구(通衢) : 네거리.
어(馭) : 부리다.
촌심(寸心) : 작은 마음.

육마(六馬) : 천자의 수레를 끄는 여섯 필의 말.

가면과(可免過) : 허물을 면할 수 있다. 과오를 면할 수 있다.

〈풀이〉

  남들이 보는 데서는 근엄한 체하다가도, 막상 비밀스러운 곳에서는 좋지 못한 태도를 보이는 사람을 참된 인격자라고 할 수는 없다. 참된 인격자는 거짓과 위선을 미워하는 사람이다. 그러므로 그는 늘 인간본연의 진실된 모습을 잃지 않고 있다. 또한 자기의 마음 씀씀이를 수레를 끄는 말을 조종하듯이 하는 이는 허물을 면할 수 있고, 동시에 도덕적 향상을 이룰 수 있다. 왜냐하면 윤리와 도덕은 타율이 아닌 자율에서 발전되는 것이기 때문이다.

2

  격양시에 이르기를 「부귀를 슬기의 힘으로써 얻을 수 있다면, 중니는 마땅히 젊어서 제후가 되었을 것이다. 세상 사람들은 저 높푸른 하늘의 뜻을 헤아리지 못한 채, 헛되이 한밤중까지 몸과 마음을 근심케 하는구나.」라고 하였다.

擊壤詩에 云 富貴를 如將智力求면 仲尼도 年少合封侯라 世人
격양시   운 부귀   여장지력구   중니   연소합봉후   세인

은 不解靑天意하고 空使身心半夜愁니라.
  불행청천의   공사신심반야수

격양시(擊壤詩) : 송대의 성리학자 소강절(1011~1077)이 엮은
  시집으로 심오한 철학시가 많음. 정식 명칭은 이천격양집(伊川

擊壤集)임.

중니(仲尼) : 공자의 자(字).

여(如) : 만약.

불해(不解) : 알지 못함. 이해하지 못함.

공(空) : 부질없이. 헛되이.

반야(半夜) : 한밤중.

수(愁) : 근심. 걱정.

〈풀이〉

이 세상 사람들이 그처럼 원하는 부귀가 당사자의 지혜로만 얻어지는 거라면, 공자나 맹자와 같은 분은 제후의 지위를 차지했을 것이다. 그러나 현실은 이와는 딴판이다. 여기에는 인간의 힘이 미치지 못하는 하늘의 뜻이 담겨 있다. 따라서 성공에 대한 지나친 열망으로 고민에 잠겨봐야 부질없는 일이다. 오직 자기의 맡은 일에 최선을 다하며, 겸허한 마음으로 천명을 기다려야 하는 것이다.

3

범충선공이 자제들을 경계하여 말하였다.

「비록 매우 어리석은 사람도 남을 꾸짖는데는 밝고, 비록 총명하더라도 자기를 용서하는데는 어둡다. 너희들은 마땅히 남을 꾸짖는 마음으로 자신을 꾸짖고, 자신을 용서하는 마음으로 남을 용서한다면 성현의 위치에 이르지 못함을 걱정할 게 없다.」

范忠宣公이 戒子弟曰 人雖至愚나 責人則明하고 雖有聰明이나
범충선공　　계자제왈　인수지우　책인즉명　　수유총명

恕己則昏이니 爾曹는 但當以責人之心으로 責己하고 恕己之心
서기즉혼　　이조　단당이책인지심　　책기　　서기지심

으로 恕人則不患不到聖賢地位也니라.
　　서인즉불환부도성현지위야

❖

범충선공(范忠宣公) : 북송때의 명신으로 이름은 순인(純仁), 자
　는 요부(堯夫), 충선(忠宣)은 그의 시호임. 범중엄(范仲淹)의
　둘째 아들로 왕안석의 신법에 반대하여 좌천되기도 함. 철종
　때 중서시랑을 역임.

책인(責人) : 다른 사람을 책망함.

서기(恕己) : 자기를 용서함.

혼(昏) : 사리에 어두워짐.

이조(爾曹) : 너희들.

서인(恕人) : 다른 사람을 용서함.

불환(不患) : 근심치 아니함. 걱정할 게 없음.

〈풀이〉

　누구나 자기의 잘못에 대해서는 너그럽게 마련이다. 그
러나 남의 과오에 대해서는 관용을 베푸는데 인색하다. 이
렇게 사람은 자기본위로 살고 있다. 그러나 늘 이런 수준
에 머물고 있다면 인격의 향상이나 도덕적 발전을 기대할
수 없다. 따라서 남을 책망하는 마음으로 자신을 책망하
고, 자기를 용서하는 마음으로 남들에게 관용을 베푼다면,
진실로 고결한 인품의 소유자가 될 수 있을 것이다.

4

공자께서 말씀하셨다.

「총명하고 생각이 지혜롭다 하더라도 어리석은 체하며 이를 지켜야 하고, 공로가 천하를 덮더라도 겸양으로 이를 지켜야 한다. 또한 용기와 힘이 세상에 떨칠지라도 두려움으로 이를 지켜야 하고, 부(富)가 온 세상을 차지했다 하더라도 겸손으로 이를 지켜야 한다.」

子曰 聰明思睿라도 守之以愚하고 功被天下라도 守之以讓하고
자왈 총명사예   수지이우   공피천하   수지이양

勇力振世라도 守之以怯하고 富有四海라도 守之以謙이니라.
용력진세   수지이겁   부유사해   수지이겸

사예(思睿) : 생각이 깊고 지혜로움.
수지이양(守之以讓) : 겸양으로 이를 지킴.
진세(振世) : 세상에 떨침.
사해(四海) : 온 세상. 세계.

〈풀이〉

삼국시대 오나라의 명장 육손은 원래 지방호족 출신이었다. 그는 청년시절 단양과 산월의 적을 토벌하여 뛰어난 수완을 보였다. 그리고 육손은 후일 유비의 대군을 이릉전투에서 무찔러 용맹과 지략을 천하에 떨친 바 있다. 그는 형주목이 되어 위나라의 침공을 막아내었다. 위(魏)에 비해 국력이 훨씬 약소했던 오(吳)가 사직을 유지한데는

육손의 공이 컸던 것이다. 그는 승상고옹이 죽자 그 직책을 겸직하였다(244년). 평소 사려깊고 겸손하게 처신했던 육손은 제갈각에게 이런 말로 타이른 바 있다.

「나는 윗사람을 공손히 섬기며 따른다. 또한 아랫사람들을 잘 부양하고 있다. 그러나 지금 자네를 보니 위세는 윗사람을 넘보고, 뜻은 아랫사람을 멸시하고 있다. 덕망이란 하루아침에 쌓아지는게 아닐세.」

육손의 우려대로 제갈각은 후일 자기의 재능을 과신하다가 끝내 몰락하고 만다.

5

소서에 이르기를 「박하게 베풀고도 후한 것을 바라는 사람은 보답을 받지 못하고, 귀하게 되고나서 비천했던 시절을 잊는 사람은 오래가지 못한다.」고 하였다.

素書에 云 薄施厚望者는 不報하고 貴而忘賤者는 不久니라.
소서   운 박시후망자   불보   귀이망천자   불구

소서(素書) : 한나라때의 황석공(黃石公)이 저술한 책이라고 하나 후인의 위작(僞作)으로 보는 이가 많음.
박시후망(薄施厚望) : 조금 베풀고도 많이 보답해 주기를 바람.
불보(不報) : 보답을 받지 못함.
귀이망천(貴而忘賤) : 귀하게 되고나서 비천했던 시절을 잊음.
불구(不久) : 오래 지속되지 못함.

〈풀이〉

은혜 베풂이란 반대급부를 바라지 않는 것에 순수성과
의미가 담겨있다. 조금 베풀고도 많은 보답을 바란다면 이
는 일종의 상행위처럼 되어 그 의미가 퇴색되고 만다. 그
리고 귀한 신분이 되고 나서는 가난하고 어려웠던 시절을
잊는 사람이 많다. 개구리가 올챙이적 생각을 못하는 것이
다. 그러나 이런 사람이 부귀를 계속 유지하기는 힘들 것
이다. 왜냐하면 교만과 방심은 자기몰락의 지름길이기 때
문이다.

6

은혜를 베풀었거든 갚아주기를 바라지 말고, 남에게 주
었거든 나중에 후회하지 말라.

施恩이어든 勿求報하고 與人이어든 勿追悔하라.
시은　　　　물구보　　　여인　　　　물추회

❖

시은(施恩) : 은혜를 베푸는 것.
구보(求報) : 갚아주기를 바람.
추회(追悔) : 나중에 후회함.

〈풀이〉

은혜를 베풀었거든 보답을 바라지 말고, 남에게 준 것에
대해서는 미련이나 후회가 없어야만 한다. 준 것은 그 자
체에 의미가 있는 것이다. 그리고 저마다 조금쯤 이기심을
억누르고 소외된 이웃에 관심을 쏟을 때, 이 사회는 좀더

살기 좋은 곳으로 발전할 수 있다. 미국의 여류시인 에밀리 디킨슨(1830~1886)은 순수한 은혜 베풂의 의미를 아래와 같이 노래하고 있다.

내가 만약 애타는 한 가슴을 달랠 수 있다면
내 삶은 진정 헛되지 않으리.
내가 만약 한 생명의 아픔을 덜어 주거나
또는 고통을 가라앉게 하거나
또는 괴로워하는 울새 한 마리를 도와서
둥지로 되돌아가게 해줄 수 있다면
내 삶은 진정 헛되지 않으리.
　　　　　내가 만약 애타는 한 가슴을 - 에밀리 디킨슨

If I can stop one heart from breaking,
I shall not live in vain;
If I can ease one life the aching,
Or cool one pain,
Or help one fainting robin
Into his nest again,
I shall not live in vain.
　　　　　If I Can Stop One Heart From Breaking -
　　　　　　　　　Emily Dickinson

7

손사막이 말하였다.

「담력은 크게 가지되 마음 씀씀이는 세심해야 한다. 지
혜는 원만하되 행실은 방정해야 한다.」

孫思邈이 曰 膽欲大而心欲小하고 知欲圓而行欲方이니라.
손사막   왈 담욕대이심욕소   지욕원이행욕방

❖

손사막(孫思邈) : 당나라 화원(華原)사람으로 제자백가에 통달하
   고, 음양·의술에도 밝음. 천금요방(千金要方)·복록론(福祿論)
   등의 저술을 남김.
담(膽) : 쓸개. 용기. 담력.
원(圓) : 원만함.

〈풀이〉

담력이 있고 마음 씀씀이는 세심하며, 지혜는 원만하고
행실은 방정하다면, 이는 탁월한 인물임에 틀림이 없다.
평범한 사람들이 이와 같은 덕성을 골고루 갖추기는 힘든
일이다. 다만 저마다 이런 인간상에 가까워지도록 애쓴다
면, 인격향상을 이룰 것이다.

8

생각은 반드시 싸움터에 나아가는 날처럼 하고, 마음은
늘 다리를 건너는 때처럼 지녀라.

念念要如臨戰日하고 心心常似過橋時니라.
염념요여림전일   심심상사과교시

❖

염념(念念) : 거듭 생각함.

임전일(臨戰日) : 싸움터에 나아가는 날.

〈풀이〉

생각은 늘 싸움터에 나아가는 날처럼 하고, 마음은 항상 외나무 다리를 건너는 때처럼 지녀야 한다. 인생은 연습이 아니다. 단 한 번의 실수로 재기불능의 치명상을 입는 사람도 드물지 않다. 오직 신중한 생각과 몸가짐으로 매사에 임하는 것만이 자기를 지키는 방도가 될 것이다.

9

법을 두려워하면 날마다 즐겁고, 나랏일을 속이면 늘 근심하게 된다.

懼法이면 朝朝樂이요 欺公이면 日日憂니라.
구법　　　조조락　　　기공　　　일일우

❖

구법(懼法) : 국법을 두려워함.

조조(朝朝) : 아침마다 곧 날마다의 뜻.

기공(欺公) : 관청의 일을 속임.

일일우(日日憂) : 날마다 근심함.

〈풀이〉

법과 질서를 제대로 지키는 사람은 마음 속에 거리낌이나 두려움이 있을 수 없다. 그러므로 그는 늘 편안한 마음

으로 살 수 있는 것이다. 이에 반하여 범법행위를 한 사람
은 늘 불안 속에서 살게 마련이다. 따라서 법과 질서를 잘
지키는 것만이 가장 현명한 처세술일 것이다.

10

주문공이 말하였다.
「입을 지키는 것을 병마개처럼 하고, 뜻을 막기를 성곽
처럼 하라.」

朱文公이 曰 守口如瓶하고 防意如城하라.
주문공　　왈 수구여병　　　방의여성

❖

주문공(朱文公) : 남송(南宋)의 명유(名儒) 주자(朱子)를 가리킴.
　이름은 희(熹), 자는 원회(元晦), 중회(仲晦), 호는 회암(晦
　庵), 창주병수(滄州病叟), 시호는 문(文). 주돈이(周敦頤)·정호
　(程顥)·정이(程頤)·장재(張載)의 학풍을 이어 성리학을 집대
　성함. 사서집주(四書集註)·근사록(近思錄)·자치통감강목(資治
　通鑑綱目)등의 저서가 있음.
병(瓶) : 병.
방의(防意) : 사욕을 막음.

〈풀이〉
　입을 지키기를 병마개처럼 하고, 뜻을 막기를 견고한 성
곽과 같이 해야 한다. 왜냐하면 말을 함부로 하면 재앙을
불러 들이고, 사욕을 누리지 못하면 방탕과 악덕의 길로
빠져들기 때문이다. 따라서 말을 삼가며, 사욕을 억제함은

배운 사람의 기본적인 처신일 것이다. 이 장과 같은 취지
의 말을 셰익스피어도 하고 있다.

'너의 속마음을 함부로 말하지 말고, 그릇된 생각을 행
동으로 옮기지 말라.'(Give thy thoughts no tongue, nor
any unproportion'd thought his act. 햄릿 제1막 제3장)
다같이 우리의 좌우명으로 삼을 만한 격언이다.

11

속마음으로 남을 저버리지 않으면, 얼굴에 부끄러운 기
색이 없을 것이다.

心不負人이면 面無慙色이니라.
심불부인   면무참색

❧

면(面) : 얼굴.
참색(慙色) : 부끄러운 빛.

〈풀이〉

군자는 하늘을 우러러 한점의 부끄러움이 없다고 했다.
이는 속마음과 행위에 표리가 없고, 양심에 가책을 느낄
일을 저지르지 않았다는 뜻이다. 따라서 이런 사람은 늘
떳떳하고 당당하게 살아 갈 수 있는 것이다.

12

사람은 백년을 살지 못하면서도, 헛되이 천년의 계획을
세운다.

人無百歲人이나 枉作千年計니라.
인 무 백 세 인   왕 작 천 년 계

❖

왕(枉) : 부질없이. 헛되이.
계(計) : 계획.

〈풀이〉

우리의 삶을 아침 이슬로 비유하거나, 한바탕의 봄꿈으로
보는 이도 있다. 그만큼 짧고 덧없다는 뜻이다. 사실 건강
하고 복되게 백년을 산다고 해도 고작 3만 6천 5백 일에
불과하다. 더욱이 백세의 수(壽)를 누리는 사람은 몇 만명
에 한둘에 지나지 않는다. 그러나 이와 같은 찰나의 삶에서
도 사람은 천년을 살 것처럼 온갖 집착에서 벗어나지 못하
고 있다. 그것은 또한 우리들의 긴장과 속박의 원인이 되고
있다. 그러므로 집착을 버려야만 마음의 평화와 해방을 얻
게 되는 것이다. 시인 이백의 춘일취기언지(春日醉起言志 :
봄날 취해서 깨어나 나의 뜻을 말하노라)에는 인생을 달관
한 이만이 누릴 수 있는 해방감이 잘 그려져 있다.

이 세상에 산다는 게 꿈과 같은데

어이하여 삶을 수고롭게 하랴.
그러므로 하루종일 술에 취한 채
몸을 앞기둥에 대고 잠들었노라.
홀연히 깨어서 뜰 앞을 바라보니
새 한 마리 꽃가지에 앉아 울더라.
지금이 몇 시인가 물었더니
봄바람을 타고 꾀꼬리 소리 들리네.
그 소리에 느껴 탄식하며
술을 대하니 이미 단지는 비었도다.
소리높여 노래 부르며 밝은 달을 기다리니
노래 소리 다하매 온갖 정 사라지네.

處世若大夢　　胡爲勞其生
처세약대몽　　호위로기생

所以終日醉　　頹然臥前楹
소이종일취　　퇴연와전영

覺來眄庭前　　一鳥花間鳴
교래면정전　　일조화간명

借問如何時　　春風語流鶯
차문여하시　　춘풍어류앵

感之欲歎息　　對酒還自傾
감지욕탄식　　대주환자경

浩歌待明月　　曲盡已忘情
호가대명월　　곡진이망정

13

구래공의 육회명(六悔銘)에 이르기를 「관직에 있으면서

사심을 따르다가 벼슬을 잃게 되면 후회하고, 부유할 적에
절약하지 않아 가난하게 되면 후회한다. 기예를 젊어서 배
우지 않으면 때를 놓쳤을 때 후회하게 되고, 일을 보고 배
워 두지 않으면 필요할 때에 후회하게 된다. 술 취한 후에
함부로 말하면 깬 뒤에 후회하고, 건강할 적에 휴식을 취
하지 않으면 병들었을 때에 후회하게 된다.」고 하였다.

寇萊公六悔銘에 云 官行私曲失時悔요 富不儉用貧時悔요 藝不
구래공육회명   운 관행사곡실시회   부불검용빈시회   예불

少學過時悔요 見事不學用時悔요 醉後狂言醒時悔요 安不將息
소학과시회   견사불학용시회   취후광언성시회   안부장식

病時悔니라.
병시회

❖

구래공(寇萊公) : 성은 구(寇), 이름은 준(準), 평중(平仲)은 그
　의 자. 북송(北宋) 진종(眞宗)때의 재상으로 절의가 있고 강직
　한 위인(爲人)임. 그는 황제에게 직언을 하여 부정을 범한 관
　리들을 떨게 했고, 널리 인재를 발탁함. 중서성의 회식때 그의
　수염에 묻어 있는 국 찌꺼기를 털어준 정위(丁謂)를 꾸중하여
　불수진(拂鬚塵 : 수염에 붙어있는 먼지를 턴다는 뜻)의 고사를
　남김. 내국공(萊國公)에 봉해짐.
육회명(六悔銘) : 여섯 가지 후회하게 될 일을 경계하여 적은 글.
사곡(私曲) : 부정. 바른 도리를 외면함.
검용(儉用) : 절약함.
예(藝) : 기술. 기예.

〈풀이〉

이 장에서 구준(寇準)은 사람들이 평소 소홀히 하다가
뉘우치게 될 여섯 가지 사항을 지적하고 있다. 즉 부정부

패로 인한 관직해임, 낭비로 인한 재산탕진, 기술의 불습
득, 실무를 배워두지 않은 점, 술주정, 건강의 상실 등이
다. 그의 육회명은 사람마다 자신의 생활에 성실하여, 후
회없는 인생이 되도록 하기 위함이었다.

14

익지서에 이르기를 「차라리 아무 탈없는 가난한 집이
될지언정 근심있는 부잣집은 되지 말라. 차라리 아무 걱정
없이 초가집에 살지언정 걱정많은 호화주택에는 살지 말
라. 차라리 병없이 거친 음식을 먹을지언정 병이 있어 좋
은 약을 먹지 말라.」고 하였다.

益智書에 云 寧無事而家貧이언정 莫有事而家富요 寧無事而住
익지서   운 영무사이 가빈   막유사이 가부   영무사이주

茅屋이언정 不有事而住金屋이요 寧無病而食麁飯이언정 不有病
모옥   불유사이주금옥   영무병이식추반   불유병

而服良藥이니라.
이복양약

❖

녕(寧) : 차라리.
무사(無事) : 탈이 없음.
모옥(茅屋) : 초가집.
금옥(金屋) : 호화주택.
추반(麁飯) : 거친 밥. 거친 음식.

〈풀이〉

현대인은 소유의 많고 적음이 곧 복된 삶의 지표가 된

다고 생각한다. 그러므로 남보다 좀더 많이 가져보겠다고
애쓰고 있다. 그러나 부유한 생활 속에서도 늘 근심이 떠
날 새가 없는 사람도 드물지 않다. 이에 반하여 재물은 많
지 않아도 화목한 가정을 이루고 있는 사람도 적지 않다.
전자보다는 후자가 더 복된 삶을 누린다고 해야 할 것이
다. 그리고 식견이 높은 사람은 지나친 소유가 오히려 우
리의 삶을 속박할 수도 있다는 점을 인식하고 있다. 따라
서 그는 되도록 적은 것으로 만족해 하고자 한다. 그러나
정신적으로는 늘 고양된 삶을 살고자 하는 것이다. 이것이
바로 안빈낙도사상(安貧樂道思想)이다.

15

　마음이 편안하면 띠풀로 덮은 집도 아늑하고, 성품이 안
정되어 있으면 푸성귀국도 향기롭다.

心安茅屋穩이요 性定菜羹香이니라.
심안모옥온　　　성정채갱향

❁

온(穩) : 안온함. 편안함. 아늑함.
성(性) : 성품.
채갱(菜羹) : 나물국. 푸성귀국.

〈풀이〉

　마음이 편안하고 성품이 안정되어 있으면, 초가집에서
나물국을 먹는 생활에도 별다른 불만이 없을 것이다. 쾌락

주의의 개조 에피쿠로스(Epikuros, B.C. 341~270)도 사실은 이와 같은 삶을 즐긴 현인이었다. 그가 말하는 쾌락이란 육체적·관능적인 것이 아니라, 정신적인 것이며 고통으로부터의 해방을 뜻하는 것이기도 하다. 에피쿠로스는 또한 일체의 욕망을 끊고 외물에 흔들리지 않아야만 아타락시아(ataraxia : 마음의 흐트러짐이 없는 상태, 곧 무감동을 뜻함)에 이르게 된다고 했다. 그는 물과 한 조각의 빵만으로도 만족해 한 것이다. 따라서 에피쿠로스의 생활철학도 또한 안빈낙도의 범주에 속한다고 하겠다.

16

경행록에 이르기를 「남을 꾸짖는 사람과는 제대로 사귈 수 없고, 자신을 용서하는 사람은 잘못을 고치지 못한다.」고 하였다.

景行錄에 云 責人者는 不全交요 自恕者는 不改過니라.
경행록 운 책인자 부전교 자서자 불개과

❖

책인자(責人者) : 남을 잘 책망하는 사람.
부전교(不全交) : 제대로 사귈 수 없음.
자서(自恕) : 자신을 용서함.
불개과(不改過) : 잘못을 고치지 못함.

〈풀이〉

흔히 잘못된 일은 무조건 남의 탓으로 돌리며, 이를 책망하는 사람은 원만한 대인관계를 유지할 수 없다. 그는

도량이 좁은 사람이기 때문이다. 또한 자기의 허물과 결점
은 덮어둔 채 남의 허물과 결점만을 비판하는 사람도 있
다. 그러나 이와 같은 독선적인 태도는 사회에 해악을 끼
칠 뿐이다. 모름지기 자기 자신에 대해서는 늘 엄격하고
남에게는 너그러움으로 대할 때 보다 바람직한 인간관계
를 이룰 수 있는 것이다.

17

　아침 일찍 일어나면서부터 밤늦게 잠들 때까지 충효를
생각하는 이는 다른 사람들이 알아 주지 않더라도 하늘이
반드시 알게 될 것이다. 배불리 먹고 따뜻이 입으며 편안
히 자기 한 몸만을 위하는 자는 몸은 비록 편안할지라도
자손에 이르러서는 어찌될 것인가?

夙興夜寐하여 所思忠孝者는 人不知나 天必知之요 飽食煖衣하
숙흥야매　　소사충효자　　인부지　천필지지　　포식난의

여 怡然自衛者는 身雖安이나 其如子孫에 何오.
　이연자위자　　신수안　　기여자손　　하

❖

숙흥야매(夙興夜寐) : 새벽에 일어나고 밤늦게 잠듦.
소사(所思) : 생각.
포식난의(飽食煖衣) : 배불리 먹고 따뜻이 옷을 입음.
이연(怡然) : 기뻐함. 편안함. 즐거워함.

〈풀이〉

어버이를 지극한 정성으로 섬기는 효자가 곧 임금에게

충성하는 신하가 될 수 있다는 게 옛 사람들의 신념이었다. 따라서 충효사상은 우리 조상들의 기본적인 가치관으로 나라와 사회를 지탱하는 버팀목 역할을 한 셈이다. 그러므로 효자와 충신은 하늘이 도와준다고까지 믿었다. 이에 반하여 자기 한 몸의 편안함만을 추구하는 이기적인 사람은 자손대에 가서는 재앙을 면치 못하게 된다고 여긴 것이다.

18

자기의 아내와 자식을 사랑하는 마음으로 어버이를 섬긴다면 그 효도가 지극할 것이요, 부귀를 지키려는 마음으로 임금을 받든다면 어디에 가든 충성할 것이다. 남을 꾸짖는 마음으로 자신을 꾸짖는다면 잘못이 적을 것이요, 자신을 용서하는 마음으로 다른 사람을 용서한다면 교제를 온전히 할 수 있을 것이다.

以愛妻子之心으로 事親則曲盡其孝요 以保富貴之心으로 奉君
이 애 처 자 지 심   사 친 즉 곡 진 기 효   이 보 부 귀 지 심   봉 군

則無往不忠이요 以責人之心으로 責己則寡過요 以恕己之心으로
즉 무 왕 불 충   이 책 인 지 심   책 기 즉 과 과   이 서 기 지 심

恕人則全交니라.
서 인 즉 전 교

❖

사친(事親) : 어버이를 섬김.

곡진(曲盡) : 정성을 다함.

봉군(奉君) : 군주를 받듦.

무왕불충(無往不忠) : 가는 곳마다 충성 아님이 없음. 어디를 가

도 충성하게 된다는 뜻.

과과(寡過) : 허물이 적음. 과오가 적음.

서인(恕人) : 남을 용서함.

전교(全交) : 교제를 온전히 함.

〈풀이〉

누구나 자기의 아내와 자식은 사랑하게 마련이다. 따라서 그런 마음으로 부모를 섬긴다면 그 효도는 지극할 것이다. 누구나 부귀를 지키려는 마음은 간절한 법이다. 바로 그런 마음으로 임금을 받든다면 그 충성 또한 지극할 것이다. 그러나 현실적으로 그와 같은 정성으로 어버이를 섬긴다거나 임금께 충성을 바친다는 것은 어려운 일이다. 그러므로 이렇게 직설적인 비유로 경각심을 촉구한 것이다. 그리고 남을 책망하기에 앞서 자기자신부터 책망하고, 자기의 과오를 용서하는 마음으로 남을 용서한다면 교제 관계를 온전히 할 수 있다. 사실 모든 반목과 분쟁은 자기만이 옳고 남들은 무조건 그르다는 편견과 불관용에서 일어난 것이다. 따라서 관용과 포용력만이 인화(人和)를 이루는 지름길이다.

19

너희 꾀함이 착하지 않으면 뉘우친들 어찌 미칠 것이며, 너희 소견이 훌륭하지 않으면 가르친들 무슨 도움이 되랴. 오로지 자기 이익만을 챙긴다면 도리에 어긋나게 되고, 사사로운 뜻이 굳어지면 공적인 일을 망치게 된다.

爾謨不臧이면 悔之何及이며 爾見不長이면 敎之何益이리오. 利
이모부장   회지하급   이견부장   교지하익   이

心專則背道요 私意確則滅公이니라.
심전즉배도   사의확즉멸공

❖

장(臧) : 착함.

부장(不長) : 뛰어나지 못함. 훌륭하지 못함.

전(專) : 오로지함. 전념함.

배도(背道) : 도리에 어긋나는 것.

사의(私意) : 사사로운 마음.

확(確) : 굳어짐. 확고해짐.

멸공(滅公) : 공적인 일을 망침.

〈풀이〉

도모하는 일이 정당하지 못하면 나중에 재앙이 따르게 된다. 그러나 막상 그때에 이르러 후회해 봐야 소용이 없다. 또한 피교육자의 자질이 낮다면 가르쳐 봐야 별다른 진전이 없을 것이다. 그리고 사리 추구에 혈안이 되면 도리에 어긋나는 짓도 저지르고, 사사로운 마음을 버리지 못하면 공익을 저버리게 되는 것이다.

20

일을 만들면 일이 생기게 되고, 일을 덜면 일이 덜어지게 된다.

生事事生이요 省事事省이니라.
생사사생   생사사생

❖

생(省) : 줄이다.

⟨풀이⟩

열심히 일하는 사람의 모습은 옆에서 보기에도 아름답다. 그러나 그다지 필요치 않은 일을 만들어서 번거로움만 더하는 경우도 있다. 이렇게 되면 막상 꼭 해야 될 일을 소홀히 하기가 쉽다. 따라서 일은 필수적인 것부터 능률적으로 처리해야 할 것이다.

제8편 계성편(戒性篇)

사람의 성품을 선한 것으로 보는 이도 있고, 악한 것으로 보는 이도 있다. 또한 우리 동양에서는 성선설 쪽이 좀더 많은 사람들의 공감을 얻은 것도 사실이다. 이 편에서도 우리가 분노와 격정과 방종을 멀리한다면 하늘로부터 부여받은 선한 성품을 지켜나갈 수 있다고 하였다. 그리고 이를 위해서는 먼저 참을성부터 길러야 함을 강조하고 있다.

1

경행록에 이르기를 「사람의 성품은 물과 같다. 물은 한 번 엎질러지면 다시 주워 담을 수가 없고, 성품은 한 번 방종해지면 다시 돌이킬 수가 없다. 물을 다스리려면 반드시 제방을 쌓아야 하고, 성품을 다스리려면 반드시 예법을 지켜야 한다.」고 하였다.

景行錄에 云 人性이 如水하여 水一傾則不可復이요 性一縱則
경행록 운 인성 여수   수일경즉불가복   성일종즉

不可反이니 制水者는 必以堤防하고 制性者는 必以禮法이니라.
불가반   제수자   필이제방   제성자   필이예법

인성(人性) : 사람의 성품.
경(傾) : 기울어짐.

불가복(不可復) : 회복할 수 없음. 다시 담을 수 없음.

종(縱) : 놓여짐. 방종함.

불가반(不可反) : 돌이킬 수 없음. 바로잡지 못한다는 뜻.

제수(制水) : 물을 다스림. 물을 제어함.

제방(堤防) : 둑.

〈풀이〉

엎질러진 물은 다시 주워 담을 수 없다. 사람도 한 번 악에 물들게 되면 다시 착실해지기는 어려운 법이다. 그러므로 제방을 쌓아 물을 다스리는 것처럼, 예의 범절로써 사람의 성품을 다스려 나가야 할 것이다.

2

한때의 분노를 참는다면, 백날의 근심을 면할 수 있다.

忍一時之忿이면 免百日之憂니라.
인일시지분　　　면백일지우

인(忍) : 참다.

분(忿) : 성을 냄.

〈풀이〉

참을 인(忍)자 셋이면 살인도 피한다고 했다. 이렇게 자제력만이 분한 감정을 터트렸을 때 일어나는 불상사와 근심을 사전에 막을 수 있다. 분노를 다스릴 수 없다는 것은 그만큼 성격적인 결함이 크다는 뜻이다. 이런 사람은 큰 일을 그르칠 수밖에 없다.

3

참고 또 참아야 하며, 경계하고 또 경계해야 한다. 참지도 않고 경계하지도 않으면 작은 일이 크게 된다.

得忍且忍이요 得戒且戒하라 不忍不戒면 小事成大니라.
득 인 차 인　　 득 계 차 계　　 불 인 불 계　　 소 사 성 대

❀

득인차인(得忍且忍) : 참고 또 참다.
득계차계(得戒且戒) : 경계하고 또 경계함. 득(得)은 …할 수 있다의 뜻.
불인불계(不忍不戒) : 참지도 않고 경계하지도 않음.

〈풀이〉

사람이 세상을 살다보면 어려운 일에 부딪힐 때가 있게 마련이다. 또한 성급한 일처리로 인해 손해를 보는 경우도 있다. 따라서 인내력과 신중함만이 자신을 지키는 보루가 되는 셈이다. 은인자중(隱忍自重)하는 이는 언젠가는 큰일을 해낼 수 있을 것이다. 이런 사람은 또한 사소한 일을 크게 약화시키는 우(愚)를 범하지도 않는다.

4

어리석고 똑똑지 못한 자가 꾸짖고 화내는 것은 다 사

리에 통하지 못해서이다. 마음에 불을 붙이지 말고, 단지 귓전을 스치는 바람결인 듯 여겨라. 잘잘못은 어느 집에나 있고, 따뜻함과 냉정함은 곳곳이 모두 같다. 옳고 그름이란 본래 실체가 없어 끝내는 다 빈 것이 되고 만다.

愚濁生瞋怒는 皆因理不通이라 休添心上火하고 只作耳邊風하
우탁 생진노   개인리불통   휴첨심상화   지작이변풍

라. 長短은 家家有요 炎凉은 處處同이라 是非無相實하여 究竟
    장단   가가유   염량   처처동   시비무상실   구경

摠成空이니라.
총성공

❖❖

우탁(愚濁) : 어리석고 머리가 나쁜 사람.

진노(瞋怒) : 성냄.

이불통(理不通) : 사리에 통하지 못함. 이치를 알지 못하는 것.

휴(休) : …하지 말라.

첨(添) : 더함.

지(只) : 다만. 단지.

이변풍(耳邊風) : 귓전을 스치는 바람.

가가(家家) : 집집마다.

염량(炎凉) : 따뜻함과 냉정함.

처처동(處處同) : 곳곳이 같음.

시비(是非) : 옳고 그름.

무상실(無相實) : 실체가 없음.

구경(究竟) : 마침내.

총성공(摠成空) : 모두 헛된 것이 됨. 다 빈 것이 됨.

〈풀이〉

이치에 통달한 사람이라면 다소 화가 나는 일이 있더라

도, 이를 이성으로 다스릴 수 있을 것이다. 따라서 화를 잘 내는 것은 그만큼 사리판단에 미숙하다는 뜻이기도 하다. 또한 사람은 누구나 잘잘못과 약점이 있게 마련이다. 완벽함이란 신의 세계에서나 가능한 일일 것이다.

그리고 세상의 인심은 늘 번영하는 자에게는 친절하고 몰락한 자에게는 쌀쌀한 법이다. 따라서 지성인은 이런 이치쯤은 이미 이해하고 있어야만 한다. 또한 시시비비를 따진다는 것도 결국은 부질없는 일이다. 왜냐하면 옳고 그름이란 본래 실상(實相)이 없기 때문이다.

원래 그리스의 소피스트인 프로타고라스(Protagoras B. C. 480~410)는 '인간은 만물의 척도다'라고 갈파하였다. 이는 사람마다 모두 자기나름의 진리를 가지고 있다는 것이다. 따라서 옳고 그름을 판별할 객관적인 기준이 있을 수 없다는 뜻이기도 하다. 이것은 시비(是非)의 실상이 없다는 말과도 의미가 통한다. 이와 같은 관점에 공감하는 이라면 시시비비를 초월하는 안목을 지닐 수 있을 것이다.

5

자장이 떠나려고 공자께 하직인사를 드리면서 아뢰었다.
「원컨대 한 말씀을 내려주시면, 몸을 닦는 아름다운 가르침으로 삼으려 합니다.」
공자께서 말씀하셨다.
「모든 행실의 근본 가운데 참는 게 제일이다.」
자장이 여쭈었다.

「참으면 어떻게 됩니까?」

공자께서 말씀하셨다.

「천자가 참으면 나라에 해로움이 없고, 제후가 참으면
큰 나라를 이루게 되고, 관리가 참으면 지위가 높아지고,
형제가 참으면 집안이 부귀해지고, 부부가 참으면 백년해
로 할 수 있고, 친구끼리 참으면 명예가 훼손되지 않고,
자기 스스로가 참으면 재앙이 없게 된다.」

子張이 欲行에 辭於夫子할새 願賜一言이 爲修身之美하노이다.
자장   욕행   사어부자   원사일언   위수신지미

子曰 百行之本이 忍之爲上이니라. 子張이 曰 何爲忍之니까. 子
자왈 백행지본   인지위상   자장   왈 하위인지   자

曰 天子忍之면 國無害하고 諸侯忍之면 成其大하고 官吏忍之면
왈 천자인지   국무해   제후인지   성기대   관리인지

進其位하고 兄弟忍之면 家富貴하고 夫妻忍之면 終其世하고 朋
진기위   형제인지   가부귀   부처인지   종기세   붕

友忍之면 名不廢하고 自身이 忍之면 無禍害니라.
우인지   명불폐   자신   인지   무화해

자장(子張) : 성은 전손(顓孫), 이름은 사(師), 자장은 자임. 공
　자의 제자로 문학과 언변(言辯)에 뛰어남.

사(辭) : 작별을 고함.

부자(夫子) : 만인의 스승이 될만한 이를 높이어 일컫는 말. 여기
　서는 공자를 뜻함.

수신지미(修身之美) : 몸을 닦는 뛰어난 방법. 몸을 수양하는 현
　명한 방도.

백행지본(百行之本) : 모든 행동의 근본.

불폐(不廢) : 떨어뜨리지 아니함. 훼손되지 아니함.

무화해(無禍害) : 재앙이 없게 됨.

〈풀이〉

공자의 제자 자장은 원래 풍채가 당당하고, 문학과 언변에 능한 재사였다. 그러나 그는 참을성이 부족한 면이 있었던 것 같다. 바로 그가 스승 공자의 곁을 떠나면서 수양에 도움이 될 좌우명을 청하였다. 제자의 미흡한 점을 잘 알고 있는 공자는 모든 행실의 근본 중 참는 게 제일이라고 강조하고 있다.

6

자장이 여쭈었다. 「참지 않으면 어떻게 됩니까?」

이에 공자께서 말씀하셨다.

「천자가 참지 않으면 나라가 텅비게 되고, 제후가 참지 않으면 그 몸을 망치게 되며, 관리가 참지 않으면 형법에 의해 죽게 되고, 형제끼리 참지 않으면 각각 헤어져 살게 되며, 부부끼리 참지 않으면 그 자식들이 고아가 되고, 친구끼리 참지 않으면 정과 뜻이 서로 멀어지게 되며, 자기 스스로가 참지 않으면 근심이 없어지지 않게 된다.」

자장이 말하였다.

「진실로 훌륭한 말씀입니다. 참는다는 것은 참으로 어려운 일이군요. 사람이 아니면 참지 못하고, 참지 못하면 사람이 아닐 것입니다.」

子張이 曰 不忍則如何니까. 子曰 天子不忍이면 國空虛하고 諸
자장   왈 불인즉여하   자왈 천자불인   국공허   제

侯不忍이면 喪其軀하고 官吏不忍이면 刑法誅하고 兄弟不忍이면
후불인   상기구   관리불인   형법주   형제불인

各分居하고 夫妻不忍이면 令子孤하고 朋友不忍이면 情意疎하고
각분거   부처불인   영자고   붕우불인   정의소

自身이 不忍이면 患不除니라. 子張이 曰 善哉善哉라 難忍難忍
자신   불인   환부제   자장   왈 선재선재   난인난인

이여 非人不忍이요 不忍非人이로다.
     비인불인   불인비인

❖

국공허(國空虛) : 나라가 텅빔.

상(喪) : 잃음.

구(軀) : 몸.

주(誅) : 죽이다.

정의소(情意疎) : 감정과 의지가 서로 소원(疏遠)해짐. 마음이 서
　로 멀어지게 됨.

환부제(患不除) : 근심걱정이 없어지지 않음.

〈풀이〉

이 장에서 공자는 제자인 자장에서 참지 못했을 때 일
어나는 온갖 불상사와 파탄에 대해 언급하고 있다. 이렇게
참을성은 우리의 삶을 원만히 꾸려나가는데 있어 필수적
인 덕목이다. 진실로 최후에 웃는 자가 가장 잘 웃게 되
며, 참는 자만이 인간승리의 주인공이 될 수 있다.

7

경행록에 이르기를 「자신을 굽힐 줄 아는 이는 능히 중
요한 지위에 처할 수 있고, 이기기를 좋아하는 이는 반드
시 적을 만나게 된다.」고 하였다.

景行錄에 云 屈己者는 能處重하고 好勝者는 必遇敵이니라.
경행록　운 굴기자　능처중　　호승자　필우적

❧

굴기자(屈己者) : 자신을 굽힐 줄 아는 이.
호승자(好勝者) : 이기기를 좋아하는 사람.
우적(遇敵) : 적을 만남. 적과 조우함.

〈풀이〉

　사람은 남들과의 경쟁에서 늘 이길 수만은 없다. 때로는 지기도 하고 또한 스스로 양보해야 될 경우도 있다. 겸손과 양보는 인간관계를 원만하게 한다. 따라서 이와 같은 덕성을 갖춘 이는 널리 뭇사람의 믿음과 협조를 얻게 된다. 그러므로 그는 중요한 직책도 능히 감당할 수 있는 것이다. 이에 반하여 언제나 교만함과 승부 근성을 버리지 못하는 사람도 있다. 이런 사람에게는 적대자가 많게 마련이다. 그도 때로는 잠시 동안 성공의 기쁨을 만끽할 수 있다. 그러나 결국은 패배와 좌절의 쓴 잔을 맛보게 될 것이다. 왜냐하면 그는 미워하는 사람들과의 힘겨운 경쟁에서 언제까지나 승리할 수는 없기 때문이다.

8

　악한 자가 착한 이를 꾸짖거든 착한 이는 아예 상대하지 말라. 상대하지 않는 이는 마음이 맑고 한가하지만, 꾸짖는 자는 입이 뜨겁게 끓어 오를 것이다. 이는 마치 사람이 하늘에 침을 뱉으면, 그게 다시 자기 몸에 떨어짐과 같다.

惡人이 罵善人커든 善人은 總不對하라. 不對는 心淸閑이요 罵
악인   매선인   선인   총부대   부대   심청한   매

者는 口熱沸라 正如人唾天하여 還從己身墜니라.
자   구열비   정여인타천   환종기신추

❖

매(罵) : 꾸짖다. 욕하다.
총(總) : 모두. 다. 전연. 도무지.
부대(不對) : 대응하지 않음. 상대하지 않음.
구열비(口熱沸) : 입이 뜨겁게 끓어 오름.
타천(唾天) : 하늘에 대고 침을 뱉다.
환종기신추(還從己身墜) : 도로 자기 몸에 떨어짐.

〈풀이〉

심술궂은 자의 비방에 대해서는 아예 이를 묵살하는 게 좋다. 왜냐하면 선량한 사람이 이런 부류와 상대함은 도리어 인정해 주는 결과가 되기 때문이다. 누워서 침 뱉기란 말처럼 저주하는 자의 저주는 그 자신이 받게 되는 것이다.

9

내가 만일 남에게서 욕을 먹더라도 일부러 귀먹은 척하여 대꾸하지 말자. 비유컨대 마치 불이 허공에서 타오르다가 끄지 않아도 저절로 꺼짐과 같다. 내 마음은 허공과 같아, 너희 입과 혀만이 놀려지는구나.

我若被人罵라도 佯聾不分說하라. 譬如火燒空하여 不救自然滅
아약피인매   양롱불분설   비여화소공   불구자연멸

이라 我心은 等虛空이어늘 總爾飜唇舌이니라.
    아심   등허공   총이번순설

❖

약(若) : 만약. 만일.

피인매(被人罵) : 남에게서 욕을 먹음.

양롱(佯聾) : 거짓 귀먹은 체함.

분설(分說) : 옳고 그름을 가려서 말함.

소(燒) : 타다. 연소함.

불구(不救) : 구하지 아니함. 끄지 않음.

멸(滅) : 꺼지다. 사라지다.

등(等) : …와 같음.

번(飜) : 놀림. 놀려댐.

〈풀이〉

사람은 스스로 해를 입지 않고서 남에게 피해를 줄 수는 없다고 말한 이는 에머슨(1803~1882)이었다. 사실 욕먹는 사람보다는 욕하는 사람이 더 큰 상처를 입게 된다. 그러므로 남의 비방에 대해 구차스레 옳고 그름을 따질 필요는 없는 것이다.

10

모든 일에 인정을 남겨두면, 후일에 만났을 때 서로 좋은 얼굴로 대할 수 있다.

凡事에 留人情이면 後來에 好相見이니라.
범사   유인정   후래   호상견

❖

범사(凡事) : 모든 일.
유인정(留人情) : 인정을 남겨둠.
후래(後來) : 뒷날. 후일.

〈풀이〉

선조때의 역관 홍순언(1568~1608)은 인정과 의협심이
있는 인물이었다. 서울태생인 그는 스물 안팎의 젊은 나이
에 역관의 신분으로 명나라에 가게 된다. 일행은 북경에
이르기에 앞서 통주에서 하루를 묵게 되었다. 그가 어느
유곽 앞을 지나자 '은 천냥을 가진 사람만 들어오시오.'
라는 글씨가 그의 눈에 띄었다. 술값이 터무니없이 비싼
것에 호기심을 느낀 그는 그 유곽으로 들어갔다. 잠시 후
소복을 입은 여인이 방 안으로 들어왔다. 참으로 미인이었
다. 「무슨 곡절로 소복을 입었소?」하고 홍순언이 묻자 그
녀가 대답했다.

「소첩의 아버지는 절강(浙江)출신이온데 북경에서 벼슬
을 하고 있었습니다. 그러나 갑자기 몹쓸 병으로 양친이
모두 돌아 가셨습니다. 북경에서는 도움을 청할 친척도 없
습니다. 소첩이 몸을 팔아서 고향으로 모실까 합니다.」

이렇게 말하는 그녀의 눈에는 이미 이슬이 맺히고 있었
다. 사연을 듣고 보니 딱하였다.

「장례비용은 얼마면 되겠소?」

「한 삼백 냥이면 될 것 같습니다.」

이에 홍순언은 주머니를 털어 거금 삼백 냥을 내놓았다.
그러나 그녀의 몸을 가까이 하지는 않았다. 그가 밖으로
나오자 그녀가 따라 나오면서 말했다.

「대인의 존함을 알려 주십시오?」

홍순언은 여인의 간청에 못이겨 자신의 이름을 일러 주었다. 그녀는 홍역관의 도움으로 부모의 시신을 고향땅에 매장할 수 있었다. 그후 그녀는 예부시랑(외무·교육부 차관)석성의 후실(後室)이 되었다. 그녀와 석성은 홍역관의 은혜에 감격해하며 하루도 그 일을 잊지 못하였다. 그래서 조선에서 사신이 올 때마다 홍통사(洪通事─통사는 역관을 가리킴)를 찾았다. 당시 우리나라 왕실에서는 이인임이 태조 이성계의 아버지로 명나라 문서에 잘못 기재된 것을 바로 잡고자 애쓰고 있었다. 사실 이 일은 국초이래의 현안이었다. 이에 조정에서는 선조 17년(1584년) 황정욱을 종계변무주청사(宗系辨誣奏請使)로 삼아 명나라에 보내었는데 홍순언도 따라가게 되었다. 사신 일행이 북경의 조양문 근처에 이르자 말탄 사람이 다가와 홍통사를 찾고 있었다. 홍순언이 그를 따라가자 장막이 쳐진 곳에서 예부시랑 석성과 그 부인이 마중을 나오고 있었다. 부인은 홍순언에게 절을 올린 후 말했다.

「공의 은덕으로 저는 어버이의 장례를 잘 치르고, 또 이렇게 잘 살고 있습니다. 이제 제가 그 은덕을 갚을 차례인 것 같습니다.」

이윽고 석시랑은 잔치를 베풀어 사신 일행을 환대하였다. 홍순언은 이번 행차의 목적을 석성에게 말했다. 예부시랑 석성의 주선으로 이왕실 종계의 잘못된 기록은 고쳐지게 된다.

사신 일행이 일을 마치고 떠나는 날 석성의 부인이 나전함 열 개를 홍역관에게 선물하였다. 함마다 비단 열 필씩 들어 있고, 또 그 비단에는 보은(報恩)이라는 글자가 새겨져 있었다. 이는 부인이 손수 수놓은 것이었다. 홍순언은 부인의 선물을 사양하였다. 그러나 일행이 압록강에 이르자 이미 비단함을 든 사람들이 그를 기다리고 있었다.

그후 임진왜란이 일어나자 나라에서는 이덕형을 청원사로 명나라에 보내었다. 이때도 홍순언은 일행에 참여하였다. 당시 석성은 병부상서(국방부 장관)로 재직하고 있었다. 명나라가 임진왜란때 5만의 원병을 조선에 파견한 일에는 석성의 역할이 컸던 것이다. 이는 또한 홍순언이 수렁에 빠질 뻔한 한 여인을 구해준 것과 연관된 일이기도 하다. 홍순언은 그 공로로 광국공신(光國功臣)에 책록되고, 또한 당릉군(唐陵君)에 봉해진다. 그가 살던 동네는 보은단골(報恩緞洞)이라고 불렸으며, 그의 집은 지금의 롯데호텔 자리에 있었다.

제9편 근학편(勤學篇)

다이아몬드는 정교한 가공과정을 거쳐야만 찬란한 빛을 낼 수 있다. 사람의 경우도 이와 마찬가지이다. 두뇌가 명석한 이도 학문에 정진해야만 큰 인물이 될 수 있는 것이다. 그리고 배움은 개인의 입신영달뿐만이 아니라 국가와 민족을 발전시키는 원동력이 된다. 그러므로 이 편은 사람마다 배움에 힘써 사회가 필요로 하는 유능한 인재가 될 것을 역설하고 있다.

1

자하가 말하였다.

「널리 배우되 뜻을 두터이 하며, 간절히 묻되 가까운 것부터 생각하면 인(仁)은 그 가운데 있다.」

子夏曰 博學而篤志하고 切問而近思면 仁在其中矣니라.
자 하 왈 박 학 이 독 지   절 문 이 근 사   인 재 기 중 의

박학(博學) : 널리 배움. 폭넓게 공부함.
독지(篤志) : 뜻을 독실하게 지님.
절문(切問) : 간절하게 묻다.
근사(近思) : 자기가 실천할 수 있는 가까운 일부터 생각함. 일상
　　생활의 흔하고 가까운 일부터 생각함.

〈풀이〉

올바른 목적의식을 지닌 이는 박학·독지·절문·근사의 네 가지를 실천해 나갈 수 있을 것이다. 그리고 인(仁)은 바로 이와 같은 덕목 속에 있다.

2

장자가 말하였다.

「사람이 배우지 않음은 재주도 없이 하늘에 오르려 함과 같다. 배워서 슬기로워지면 상서로운 구름을 헤치고 푸른 하늘을 보며, 높은 산에 올라가 온 세상을 굽어봄과 같다.」

莊子曰 人之不學은 如登天而無術하고 學而智遠이면 如披祥雲
장자왈 인지불학   여등천이무술   학이지원   여피상운

而覩靑天하고 登高山而望四海니라.
이도청천   등고산이망사해

불학(不學) : 배우지 않음.

등천(登天) : 하늘에 오름.

무술(無術) : 재주가 없음.

지원(智遠) : 지혜가 깊음.

피상운(披祥雲) : 상서로운 구름을 헤침.

도(覩) : 보다.

망(望) : 바라보다.

사해(四海) : 사방의 바다. 온 세상. 온 천하.

〈풀이〉

　이 편은 배움의 참뜻과 보람에 대해 말하고 있다. 즉 사람은 배우지 않으면 앞뒤가 막혀 폭넓은 사고를 할 수가 없다. 이런 사람은 주먹구구식의 억측에 의존할 뿐 사물의 이치를 깨닫지 못한다. 이에 반하여 폭넓게 배운 이는 심오한 학식과 합리적인 사고의 소유자이다. 그는 마치 높은 산에 올라가 온 세상을 굽어봄과 같이 사물의 이치를 터득하게 되는 것이다.

3

　예기에 이르기를 「옥은 다듬지 않으면 그릇을 이루지 못하고, 사람은 배우지 않으면 의(義)를 알지 못한다.」고 하였다.

禮記에 云 玉不琢이면 不成器하고 人不學이면 不知義니라.
예기　운 옥불탁　　불성기　　인불학　　부지의

예기(禮記) : 오경(五經)의 하나. 주말(周末)에서 진한(秦漢)시대까지의 예제(禮制)에 대해서 기술한 책. 서한(西漢)의 대덕(戴德)이 편찬한 대대기(大戴記) 85편과 그의 조카 대성(戴聖)이 엮은 소대기(小戴記) 49편이 있음. 오늘날 예기라고 하면 대체로 소대기를 가리킴. 주례(周禮) 및 의례(儀禮)와 더불어 삼례(三禮)라 함.
탁(琢) : 다듬고 쪼음.
불성기(不成器) : 그릇을 이루지 못함. 그릇을 만들 수 없다는 뜻.

〈풀이〉

옥돌은 솜씨좋은 이가 다듬고 갈아야 값비싼 그릇이 될 수 있다. 사람도 배워야만 쓸모있는 인물이 될 수가 있는 것이다. 그러므로 재능과 기량이 남다른 이도 배움을 통한 자기계발을 소홀히 하면 끝내 대성할 수가 없다. 그리고 옳고 그름에 대한 우리의 도덕적 판단은 높은 식견을 갖추었을 때만이 가능하다. 그것은 후천적인 배움에서 얻어지는 것이다.

4

태공이 말하였다.

「사람이 배우지 않으면 어두운 밤에 길을 가는 것과 같다.」

太公이 曰 人生不學이면 如冥冥夜行이니라.
태공   왈 인생불학   여명명야행

명명(冥冥) : 어두운 밤. 캄캄한 밤.

〈풀이〉

여기서도 앞장에 이어 배움의 중요성을 강조하고 있다. 배우지 못한 사람은 사물의 이치를 깨닫지 못하며, 인습과 미신의 굴레에서 벗어날 수도 없다. 따라서 그의 삶은 어두운 밤길을 걷는 것처럼 늘 고달프게 마련이다.

5

한문공이 말하였다.
「사람이 고금(古今)을 통하지 못하면 말과 소에 옷을 입힌 것과 같다.」

韓文公이 曰 人不通古今이면 馬牛而襟裾니라.
한문공　왈 인불통고금　　마우이금거

❁

한문공(韓文公:768~824) : 당나라 중엽의 문학자로 이름은 유(愈), 자는 퇴지(退之), 시호는 문(文)임. 유종원과 함께 고문(古文)의 부흥을 위해 노력함. 당송팔대가(唐宋八大家)의 한 사람으로 한창려집(韓昌黎集)등의 저술을 남김.

고금(古今) : 옛날과 지금.

금거(襟裾) : 옷을 입혀놓음. 금(襟)은 옷깃, 거(裾)는 옷자락.

〈풀이〉

한퇴지는 성현의 가르침과 고금의 사실(史實)을 알지 못하면 참다운 사람이 될 수 없다고 보았다. 따라서 그는 무지몽매한 삶의 무의미함을 신랄하게 규탄하고 있다. 사람은 학문을 통해서만이 의미있는 삶을 누릴 수 있다는 그의 지론은 만인의 공감을 얻을 만하다.

6

주문공이 말하였다.

「만약 집안이 가난하더라도 그 가난으로 인하여 배움을 그만 두어서는 안되며, 만약 집안이 부유하더라도 그것을 믿고 배움을 게을리해서는 안된다. 가난하더라도 배움에 부지런하면 입신할 수 있고, 부유하면서도 배움에 부지런하면 그 이름이 더욱 빛날 것이다. 나는 오직 배운 사람이 벼슬과 명성이 드러남을 보았을 뿐 배운 사람치고 뜻을 이루지 못함을 보지 못하였다. 배움은 바로 자신의 몸에 지니는 보배요, 배운 이는 바로 세상의 보배이다. 따라서 배우면 곧 군자가 되고, 배우지 않으면 소인이 되니, 앞으로 배우는 사람은 모름지기 각자 힘써야 할 것이다.」

朱文公이 日 家若貧이라도 不可因貧而廢學이요 家若富라도 不
주문공   왈 가약빈   불가인빈이폐학   가약부   불

可恃富而怠學이니라. 貧若勤學이면 可以立身이요 富若勤學이면
가시부이태학   빈약근학   가이입신   부약근학

名乃光榮하리니 惟見學者顯達이요 不見學者無成이니라. 學者는
명내광영   유견학자현달   불견학자무성   학자

乃身之寶요 學者는 乃世之珍이니라. 是故로 學則乃爲君子요
내신지보   학자   내세지진   시고   학즉내위군자

不學則爲小人이니 後之學者는 宜各勉之니라.
불학즉위소인   후지학자   의각면지

폐학(廢學) : 배움을 그만둠. 학문을 그만둠.
시부(恃富) : 부유한 것을 믿음.
태학(怠學) : 배움을 게을리함.
입신(立身) : 사회적으로 인정을 받고 훌륭하게 됨. 출세함.
광영(光榮) : 영광.
현달(顯達) : 벼슬이나 명성이 높아짐. 출세하여 이름을 세상에

드러냄.

무성(無成) : 이룸이 없음.

내신지보(乃身之寶) : 바로 몸에 지니는 보배임.

내세지진(乃世之珍) : 바로 세상의 진귀한 보배임.

시고(是故) : 이런 까닭으로. 그러므로. 따라서.

의각면지(宜各勉之) : 모름지기 각자 힘써야 함. 마땅히 각자 힘
써야 함.

〈풀이〉

빈자이거나 부자이거나 다같이 배움에 정진해야 한다.
왜냐하면 배움을 통한 깨우침이 없이는 쓸모있는 존재가
될 수 없기 때문이다. 우리의 주변에는 오직 배움 하나로
역경을 이겨내고 입지전적인 인물이 된 이도 드물지 않다.
이렇게 배움은 개인의 영달과 사회발전의 원천이 된다.

7

휘종황제가 말하였다.

「배운 사람은 벼와 같고, 배우지 않은 사람은 쑥대풀과
같다. 벼와 같음이여, 나라의 좋은 양식이요, 세상의 큰
보배로다. 쑥대풀과 같음이여, 밭가는 이가 미워하고 김매
는 이가 괴로워 한다. 훗날 담을 마주한 듯 답답해 뉘우친
들 이미 때는 늦으리.」

徽宗皇帝曰 學者는 如禾如稻하고 不學者는 如蒿如草로다. 如
휘종황제왈　학자　여화여도　　불학자　여호여초　　여

禾如稻兮여 國之精糧이요 世之大寶로다. 如蒿如草兮여 耕者憎
화여도혜　국지정량　세지대보　　여호여초혜　경자증

嫌하고 鋤者煩惱라 他日面墙에 悔之已老로다.
혐   서자번뇌   타일면장   회지이로

❖

휘종황제(徽宗皇帝) : 북송(北宋)의 제8대 임금. 학문과 예술을
   장려했으며 그 자신도 뛰어난 화가임.
여화여도(如禾如稻) : 벼와 같음.
여호여초(如蒿如草) : 쑥이나 풀과 같음. 호(蒿)는 쑥을 뜻함.
혜(兮) : 어조사.
정량(精糧) : 좋은 양식. 알곡.
경자(耕者) : 밭가는 사람. 농부.
증혐(憎嫌) : 미워하고 싫어함.
서자(鋤者) : 김매는 사람.
번뇌(煩惱) : 귀찮고 괴로워함.
면장(面墙) : 담에 얼굴을 대함. 식견이 좁아 앞뒤가 막혀있다는
   뜻.
회지이로(悔之已老) : 후회할 때는 이미 늙어 있으리로다.

〈풀이〉

공부도 때가 있게 마련이다. 기억력과 체력이 왕성한 젊
은 시절에 학문을 닦지 않다가 막상 나이를 먹은 후에 뉘
우친들 이미 늦은 것이다. 그러므로 젊은이는 귀중한 시간
을 낭비하지 말고 학업에 정진해야 한다.

8

논어에 이르기를 「배우는 데는 따르지 못하는 것처럼
하고, 오직 배운 것은 잃을까 두려워해야 한다.」고 하였
다.

論語에 曰 學如不及이요 惟恐失之니라.
논어   왈 학여불급   유공실지

❀

논어(論語) : 공자와 그의 제자들의 언행을 기록한 책. 맹자·대
학·중용과 함께 사서(四書)로 불리워짐.

〈풀이〉

이 장은 배우는 사람이 지녀야 할 태도에 대해서 언급
하고 있다. 즉 피교육자는 늘 진도에 따르지 못하는 듯이
힘써 배워야 한다. 또한 배운 것을 망각하지 않도록 해야
한다. 그러기 위해서는 그것을 생활의 현장에서 실천해 나
가야 할 것이다.

제10편 훈자편(訓子篇)

맹자의 어머니가 세 번씩이나 집을 옮긴 것은 자식에 대한 교육적 배려 때문이었다. 이렇게 자녀교육에 대한 부모의 책임은 막중한 것이다. 이 편의 자녀교육의 원칙과 방법론은 산업사회를 사는 우리들에게도 큰 의미를 지닌다.

1

경행록에 이르기를 「손님이 찾아오지 않으면 집안이 속되고, 시서를 가르치지 않으면 자손이 어리석어진다.」고 하였다.

景行錄에 云 賓客不來면 門戶俗하고 詩書無教면 子孫愚니라.
경행록 운 빈객불래 문호속   시서무교 자손우

❀

빈객(賓客) : 손님.
문호(門戶) : 집안.
속(俗) : 속됨. 비속해짐.
시서(詩書) : 시경과 서경. 학문을 뜻하는 말임.

〈풀이〉
손님이 찾아오지 않으면 집안 분위기가 비속해 질 수밖에 없다. 이와는 대조적으로 훌륭한 사람들이 자주 출입하는 집안은 그만큼 덕망은 갖추고 있는 것이다. 이런 집안

은 자녀교육면에서도 보다 좋은 환경을 조성하고 있는 셈
이다.

　그리고 학문은 가정에서부터 장려해야 한다. 만일 자녀
들에게 학문을 제대로 가르치지 않으면 이들이 무지몽매
해질 수밖에 없다.

2

　장자가 말하였다.
「일이 비록 작더라도 하지 않으면 이루어지지 않고, 자
식이 비록 어질더라도 가르치지 않으면 명석해지지 않는
다.」

莊子曰 事雖小나 不作이면 不成이요 子雖賢이나 不敎면 不明이
장자왈 사수소　부작　　불성　　자수현　　불교　　불명
니라.

❖

부작(不作) : 만들지 않음. 하지 않음.
불교(不敎) : 가르치지 않음.
불명(不明) : 밝지 못함. 현명하지 못함.

〈풀이〉

　부뚜막의 소금도 집어 넣어야 짜다는 속담이 있다. 즉
손쉽게 할 수 있는 일도 하지 않으면 소용이 없다는 뜻이
다. 자식의 교육문제도 이와 마찬가지이다. 아무리 재주가
뛰어난 자식이라도 가르치지 않으면 대성할 수가 없는 것

이다. 따라서 어버이된 이는 자식에게 보다 좋은 교육을
베푸는 일에 관심을 가져야 할 것이다.

3

한서에 이르기를 「황금이 상자에 가득 차 있다하더라도
자식에게 경서 한 권을 가르침만 못하고, 자식에게 천금을
물려준다 해도 재주 한 가지를 가르침만 못하다.」고 하였
다.

漢書에 云 黃金滿籯이 不如敎子一經이요 賜子千金이 不如敎
한서　　운　황금만영　　불여교자일경　　　사자천금　　불여교

子一藝니라.
자일예

❖

한서(漢書) : 24사(史)의 하나로 전한(前漢)의 고조(高祖)에서
　왕망에 이르기까지 229년간의 역사를 기술한 책임. 후한(後
　漢)의 반표가 시작한 것을 아들 반고(班固)가 뒤를 이었으며,
　누이동생 반소(班昭)가 마무리함. 사마천의 사기(史記)를 본
　떠 기전체(紀傳體)로 서술함.
영(籯) : 상자. 궤짝. 바구니.
사(賜) : 주다.
천금(千金) : 많은 돈. 거액.
예(藝) : 재주. 기예.

〈풀이〉
어제까지만 해도 내 것이던 것이 오늘에는 이미 남의
소유물이 되어버린 예는 흔히 있는 일이다. 이렇게 재물이

란 원래 믿을게 못된다. 그러나 전문지식과 기예는 한번 익혀두면 평생을 유용하게 쓸 수가 있다. 그러므로 부모는 자식에게 재산을 물려주기보다는 가르치는 일에 보다 큰 의미를 두어야 한다.

4

지극한 즐거움에 책을 읽는 일만한 게 없고, 지극한 요긴함에 자식을 가르치는 일만한 게 없다.

至樂은 莫如讀書요 至要는 莫如敎子니라.
지락　막여독서　지요　막여교자

❖

지락(至樂) : 지극한 즐거움.
막여(莫如) : …만한 것이 없다.

〈풀이〉

사람의 생애는 지극히 짧고, 체험 또한 한정되어 있다. 이와 같은 시간과 공간적인 제약을 벗어나는 길은 오직 독서뿐이다. 우리는 그것을 통해서만이 비로소 인류 문화의 진정한 상속인이 될 수 있는 것이다. 지성인이 독서에서 가장 큰 의미와 즐거움을 찾는 것도 바로 이와 같은 이유 때문이다. 그리고 2세의 교육은 가정과 나라의 앞날을 좌우하는 중요한 일이다. 따라서 기성세대는 이 일에 모든 힘을 기울여야 할 것이다.

5

여형공이 말하였다.

「집안에는 어진 부형이 없고, 밖으로는 엄한 스승과 벗이 없이 능히 뜻을 이룬 이는 드물다.」

呂榮公이 曰 內無賢父兄하고 外無嚴師友而能有成者는 鮮矣니
여형공   왈 내무현부형   외무엄사우이능유성자   선의
라.

❖

여형공(呂榮公) : 북송(北宋)때의 학자. 이름은 희철(希哲), 자는
　　원명(原明)임. 형양군공(滎陽郡公)에 봉해졌으며, 여씨잡기(呂
　　氏雜記)의 저술을 남김.
부형(父兄) : 아버지와 형.
사우(師友) : 스승과 벗.
선(鮮) : 거의 없음.

〈풀이〉

한 그루의 사과나무가 성장하여 좋은 열매를 맺기까지
에는 농부의 알뜰한 보살핌이 있어야만 한다. 인재도 그냥
배출되는 것은 아니다. 그를 길러내기 위해서는 부형과 스
승의 현명한 교육적 배려가 있어야만 하는 것이다.

6

태공이 말하였다.

「남자가 배우지를 못하면 자라서는 반드시 미련하고 어리석게 되며, 여자가 배우지를 못하면 자라서는 반드시 거칠고 허술하게 된다.」

太公이 曰 男子失敎면 長必頑愚하고 女子失敎면 長必麤疎니
태공　 왈　 남자실교　 장필완우　　 여자실교　 장필추소
라.

❖

실교(失敎) : 가르침을 받지 못함.
완우(頑愚) : 완고하고 어리석음.
추소(麤疎) : 거칠고 허술함.

〈풀이〉

남자는 배우지 못하면 사물의 이치를 터득할 수가 없다. 따라서 그는 완고함과 미련함에서 벗어나지 못하는 것이다. 여자도 또한 배우지 못하면 깔끔함과 세련됨과는 거리가 먼 존재가 된다. 이렇게 남녀 모두 적절한 교육을 통해서만이 쓸모있는 인물이 될 수 있는 것이다.

7

남아가 나이들면 풍류와 술을 익히지 못하게 하고, 여아가 나이들면 놀러 다니지 못하게 하라.

男年長大어든 莫習樂酒하고 女年長大어든 莫令遊走하라.
남년장대　 막습악주　　 여년장대　　 막령유주

❖

막습(莫習) : 배우지 못하게 함. 익히지 못하게 함.
악주(樂酒) : 풍류와 술마시기.
령(令) : 하게 하다.
유주(遊走) : 놀러다님.

〈풀이〉

아들이 나이가 들면 풍류와 술과 같은 유흥에 빠져들기
가 쉽다. 어버이된 이는 각별히 지도하여 이를 사전에 막
아야 한다. 또한 나이가 찬 딸이 함부로 밖으로 나돌아 다
니다가 행실을 그르치는 일이 있을 수도 있다. 어버이된
이는 딸의 바깥 출입에 각별히 신경을 쓰며 이를 단속해
야 한다. 이것이 우리 조상들의 자녀를 이끄는 방도였다.
이는 오늘날의 생활 감정에 비추어 볼때 너무 억압적인
분위기인 것 같기도 하다. 그러나 자녀를 악의 유혹에서
보호하고자 하는 근본 취지만은 잃지 않도록 해야 할 것
이다.

8

엄격한 아버지는 효자를 길러내고, 엄격한 어머니는 효
녀를 길러낸다.

嚴父는 出孝子하고 嚴母는 出孝女니라.
엄부   출효자   엄모   출효녀

❖

엄모(嚴母) : 엄격한 어머니.

〈풀이〉

요즘은 핵가족시대라 자녀를 많이 낳지도 않고, 또한 과
잉보호하는 경향이 있다. 그러나 그들을 응석받이로 키워
서는 아니된다. 절도있는 가정교육을 통해서만이 책임감이
있고 어버이의 노고를 이해하는 자녀를 길러낼 수 있는
것이다.

9

귀여워하는 아이에겐 매를 많이 때리고, 미워하는 아이
에겐 먹을 것을 많이 주라.

憐兒엔 多與棒하고 憎兒엔 多與食하라.
연아   다여봉   증아   다여식

련(憐) : 귀여워함. 어여삐 여김.
여(與) : 주다. 때리다.
봉(棒) : 몽둥이.
증(憎) : 미워함. 증오함.
식(食) : 먹을 것. 밥.

〈풀이〉

속이 깊은 부모일수록 사랑의 매를 아끼지 않는다. 이는
자식을 올바른 길로 이끌기 위한 고육책(苦肉策)인 셈이
다. 그러나 이미 교정을 단념한 자식이라면 그냥 내버려
둘 수밖에 없을 것이다. 매를 아끼면 아이를 버린다는 속
담이 있다. 엄하게 부모의 훈육을 받은 아이는 장성하여

제몫을 다하는 인물이 될 수 있을 것이다.

10

세상 사람들은 모두 주옥을 사랑하지만, 나는 자손의 현명함을 사랑한다.

人皆愛珠玉이나 我愛子孫賢이니라.
인 개 애 주 옥　　　아 애 자 손 현

❦

개(皆) : 모두.
애(愛) : 사랑하다. 아끼다.
주옥(珠玉) : 진주와 구슬.

〈풀이〉

이 세상에는 값비싼 보물이 많다. 그러나 어버이는 자식에 관한 일을 가장 소중히 여긴다. 자식의 성공을 위해서는 모든 것을 바칠 수 있는게 부모의 마음이다. 슬하에 재주있고 똑똑한 자식을 둔 부모는 이 세상의 모든 보물을 혼자 차지한 것과도 같은 만족감을 맛보게 되는 것이다.

제11편 성심편(省心篇)

　사람은 늘 성공과 실패·영예와 치욕의 부침 속에서 살고 있다. 그러나 욕망과 집착을 떨쳐 버리고 자아를 성찰하는 시간을 갖는다는 것은 큰 의미를 지닌다고 하겠다. 그런 뜻에서 이 편의 주옥같은 경구들은 독자를 위한 유익한 지침이 될 것이다.

1

　경행록에 이르기를 「보화는 쓰면 다함이 있지만, 충효는 아무리 누려도 다함이 없는 것이다.」고 하였다.

景行錄에 云 寶貨는 用之有盡이요, 忠孝는 享之無窮이니라.
경 행 록　운 보 화　용 지 유 진　　충 효　향 지 무 궁

❀

보화(寶貨) : 보물과 재화.
진(盡) : 다함.
향(享) : 누리다.
무궁(無窮) : 다함이 없다.

〈풀이〉
　금은보화는 늘 양이 한정되어 있다. 그것은 쓰면 곧 없어지게 마련이다. 그리고 그 소유권은 고정된 것이 아니다. 그러나 충효의 정신적 가치는 무궁하다. 충성과 효행

으로 후세에 이름을 남긴 이는 어떤 의미에서는 아직도
살아 있는 것이다.

2

집안이 화목하면 가난해도 좋으나, 의롭지 않다면 부유
한들 무엇하겠는가? 다만 효도하는 자식 하나만 있으면
되지, 자손의 많음이 무슨 소용 있겠는가?

家和貧也好어니와 不義富如何오 但存一子孝면 何用子孫多리
가화빈야호   불의부여하   단존일자효   하용자손다
오.

❀

가화(家和) : 집안이 화목함.
빈야호(貧也好) : 가난해도 좋다.
불의(不義) : 의롭지 못함. 올바르지 못함.
단(但) : 단지. 다만.
하용(何用) : 무엇에 쓰겠는가?

〈풀이〉

가족간의 화목은 언제나 험한 세상을 살아가는데 큰 힘
이 된다. 이런 집안은 가진 것은 없더라도 가족간의 불화
로 고민하는 부유한 가정보다 훨씬 복을 누리고 있는 셈
이다. 그리고 자식이 많아도 모두 제 욕심 채우기에 급급
하다면 소용없는 노릇이다. 슬하에 효도하는 자식 한 명만
있다면, 남들의 자손 많음을 부러워하지 않을 것이다.

3

아버지가 근심하지 않음은 자식의 효도 때문이요, 남편이 번뇌하지 않음은 아내가 어진 때문이다. 말이 많아 말로써 실수함은 모두 술 탓이요, 의리가 끊어지고 다정하던 사이가 벌어짐은 오직 돈 때문이다.

父不憂心은 因子孝요 夫無煩惱는 是妻賢이라 言多語失은 皆因
부불우심   인자효   부무번뇌   시처현   언다어실   개인

酒요 義斷親疎는 只爲錢이라.
주   의단친소   지위전

❖

불우심(不憂心) : 근심하지 않음.
번뇌(煩惱) : 마음이 시달림을 받아 괴로움.
의단친소(義斷親疎) : 의리가 끊어지고, 다정하던 사이가 벌어짐.
지(只) : 다만. 단지. 오직.

〈풀이〉

효도하는 착한 자식과 내조를 잘하는 어진 아내는 그만큼 가정을 편안한 곳으로 만들어 주는 것이다. 그러나 지나친 음주로 인해 가장이 실수를 한다거나, 돈 문제 때문에 형제간에 의리가 끊어지는 경우도 있다. 형제·자매 사이에는 늘 한솥밥을 나누어 먹던 정분을 잊지 않고, 서로 조금씩 양보하는 자세로 대한다면 화목한 집안을 이루게 될 것이다.

4

이미 심상치 않은 즐거움을 누렸거든 모름지기 헤아리지 못할 근심을 막아야 한다.

旣取非常樂이어든 須防不測憂니라.
기 취 비 상 락　　　수 방 불 측 우

❖

기(旣) : 이미. 벌써.
비상(非常) : 심상치 않음.
수(須) : 모름지기.
방(防) : 막음. 방비함.
불측(不測) : 미리 헤아리지 못함. 예측할 수 없음.
우(憂) : 근심. 걱정.

〈풀이〉

원래 행운과 불운·즐거움과 근심은 동전의 양면과도 같은 것이다. 그리고 그것은 어느 때나 뒤집어질 수가 있다. 따라서 우리는 즐거울 때 슬픈 일이 닥쳐 올 것에 미리 대비해야 한다. 이는 비오는 날에는 우산을 들고 외출해야 하는 것과 같다.

5

총애를 받을 때 욕됨을 생각하고, 편안히 지낼 때 위태로움을 염려하라.

得寵思辱하고 居安慮危니라.
득총사욕   거안여위

❖

득총(得寵) : 굄을 받음. 총애를 받음.
거안(居安) : 편안히 지냄.
여위(慮危) : 위태로움을 염려함.

〈풀이〉

　보에티우스(480~524)는 로마의 귀족가문에서 태어난 재사였다. 어린시절 아버지를 여읜 그는 귀족 쉼마쿠스의 집에서 성장하였다. 성년(成年)이 된 보에티우스는 쉼마쿠스의 딸 루스티키아나를 아내로 맞이한다. 그는 청년시절에 이미 박학으로 세상 사람들의 주목을 받은 바 있다. 당시 이탈리아를 다스리던 동코트족의 왕 테오도리쿠스는 보에티우스(30세)를 콘술(집정관)에 임명하였다. 그리고 12년 후에 테오도리쿠스는 아직 소년이었던 그의 두 아들도 서둘러 콘술에 임명한다. 이렇게 테오도리쿠스의 그에 대한 신임과 총애는 두터웠던 것이다. 그러나 승진가도를 달리던 보에티우스에게도 불운의 먹구름이 다가오고 있었다. 불과 2년 후인 44살 때 그는 키푸리아누스라는 자의 모함을 받고 감옥에 갇혀야 했다. 코트족의 지배에서 벗어나고자 하는 음모를 꾸몄다는 것과 악마의 학문을 연구했다는 게 그의 죄목이었다. 동로마제국과 이탈리아 귀족간의 제휴를 두려워했던 테오도리쿠스는 아무런 근거도 없는 고소를 받아들여 보에티우스에게 사형선고를 내리고야 만다. 총리대신의 위치에서 이제 사형수로 전락한 보에티우스는 감옥에서 《철학의 위안(The Consolations of philosophy)》을 집필하였다. 그는 이 책의 서두에서 이런 글로 자신의 쓰라린 심경을 달래야 했다.

죽음은 행복이다.
만약 그것이 삶의 즐거운 시간에 오지 않고
비탄에 잠긴 이의 부름에만 이따금 응한다면.

이렇게 총애가 욕됨으로, 편안함이 괴로움으로 순식간에 뒤바뀔 수 있는 게 우리의 삶이다. 그러므로 사람은 총애를 받을 때 치욕을 생각하고, 편안할 때 괴로움이 닥칠 것을 예상해야 하는 것이다.

6

영화가 가벼우면 욕됨도 얕고, 이익이 무거우면 손해도 깊다.

榮輕辱淺이요 利重害深이니라.
영경욕천   이중해심

✤

영(榮) : 영화로움.
욕천(辱淺) : 욕됨이 얕음.
심(深) : 깊음.

〈풀이〉
높이 올라간 용은 뉘우치게 된다고 했다. 사실 남들이 부러워하는 부귀영화의 절정에 이르자마자 곧장 몰락의 나락으로 떨어진 이들을 우리는 많이 알고 있다. 그리고 지나치게 이익을 탐하다가 끝내 파산을 당한 이들도 적지 않다. 원래 사물은 극에 이르면 쇠퇴해지게 마련이다. 이와 같은 이치를 깨우친 선비는 가난 속에서도 진리를 탐구하는 생활에 만족하는 것이다.

7

지나친 사랑은 반드시 지나친 소모를 가져오고, 지나친 명예는 반드시 지나친 헐뜯음을 받게 한다. 지나친 기쁨은 반드시 지나친 근심을 초래하고, 뇌물을 탐하는 마음이 지나치면 반드시 크게 망한다.

甚愛必甚費요 甚譽必甚毀요 甚喜必甚憂요 甚贓必甚亡이니라.
심애필심비   심예필심훼   심희필심우   심장필심망

심애(甚愛) : 사랑이 지나침.
필(必) : 반드시.
심비(甚費) : 지나치게 소모함.
예(譽) : 명예. 기림.
훼(毀) : 헐뜯음. 비방.
심장(甚贓) : 지나치게 뇌물을 탐함.
심망(甚亡) : 크게 잃음. 크게 망함.

〈풀이〉
그리스신화에 나오는 푸어리즈(Furies : 세 자매의 복수의 여신)는 태양조차도 제 궤도를 벗어나면 처벌했다고

한다. 이는 극단에 치우침에 대한 그리스인들의 경각심을
상징하는 이야기일 것이다. 사실 극단적인 것은 언제나 좋
지 않은 결과를 초래한다. 삼천궁녀를 제쳐놓고 하필이면
며느리(양귀비)를 빼앗아 총애하고, 믿음직하게 보인다고
해서 안록산을 파격적으로 우대했던 당나라의 현종도 마침
내 자신의 지나친 조처에 대해 비극적인 대가를 치르어야
했던 것이다(안록산의 난 - 천보14, 755년 11월). 지성인
은 극단의 폐단을 알고 있는 사람이다. 따라서 그는 늘 중
용의 덕을 구현하고자 한다. 중용이란 이것도 저것도 아닌
미지근한 태도를 뜻하는 게 아니다. 그것은 극단과 치우침
에서 벗어나 조화와 균형을 이룸을 의미하는 말이다.

8

공자께서 말씀하셨다.

「높은 벼랑을 보지 않고서야 어찌 굴러 떨어지는 근심
을 알겠는가? 깊은 연못에 다가가지 않고서야 어찌 빠져
죽는 근심을 알겠는가? 큰 바다를 보지 않고서야 어찌 풍
파의 근심을 알겠는가?」

子曰 不觀高崖면 何以知顚墜之患이며 不臨深淵이면 何以知沒
자왈 불관고애　하이지전추지환　　불림심연　　하이지몰

溺之患이며 不觀巨海면 何以知風波之患이리오.
닉지환　　불관거해　하이지풍파지환

불관(不觀) : 보지 않음.

고애(高崖) : 높은 벼랑.

하이지(何以知) : 어찌 알겠는가?

전추(顚墜) : 굴러 떨어짐.

환(患) : 근심. 걱정.

심연(深淵) : 깊은 연못.

몰닉(沒溺) : 물에 빠짐.

〈풀이〉

아침에 멀쩡하게 출근하던 사람이 저녁에는 이미 유명(幽明)을 달리하는 것도 드문 일은 아니다. 이렇게 한치 앞을 내다볼 수 없는게 인생사이다. 그러므로 우리는 반드시 미래의 일에 대비해야 한다. 평소 불상사에 대처하지 않다가는 막상 당하게 되면 당황할 수밖에 없다. 이런 사람은 위기관리 능력이 없는 것이다. 항상 준비를 갖추고 있는 이는 어려운 일도 효과적으로 해결할 수 있을 것이다.

9

앞날을 알려거든 먼저 지난 일을 살펴라.

欲知未來인댄 先察已然이니라.
욕지미래   선찰이연

욕지(欲知) : 알고자 함.

이연(已然) : 이미 지나간 일.

〈풀이〉

지나간 일을 밝게 살피는 이는 그만큼 생각이 깊다. 그는 그것으로 일의 득실을 알게 되며, 앞날에 닥쳐올 일까지 예상한다. 이에 반하여 지나간 일을 쉽게 잊는 사람은 그것의 잘못까지도 되풀이 할 수 있다. 따라서 우리들은 과거를 거울삼아 미래의 일에 슬기롭게 대비해야 할 것이다.

10

공자께서 말씀하셨다.
「맑은 거울로는 얼굴을 살필 수 있고, 지나간 일로는 현재를 알 수 있다.」

子曰 明鏡은 所以察形이요 往古는 所以知今이니라.
자왈 명경   소이찰형   왕고   소이지금

명경(明鏡) : 맑은 거울.
찰형(察形) : 용모를 살펴봄.
왕고(往古) : 옛날. 과거.
지금(知今) : 지금을 앎.

〈풀이〉
맑은 거울은 사람의 용모를 단정하게 해주고, 지난 일은 현재를 이해하는데 큰 도움을 준다. 그러나 때묻은 거울은 사람의 참모습을 제대로 반사할 수 없고, 또한 혼탁한 마음은 세상을 어지럽게 할 뿐이다. 우리는 명경과 같이 맑고 깨끗한 마음으로 살아가야만 이 세상의 빛이 될 수 있다.

11

지난 일은 맑은 거울과 같고, 앞으로 올 일은 어둡기가 칠흑과 같다.

過去事는 明如鏡이요 未來事는 暗似漆이로다.
과거사　　명여경　　　미래사　　암사칠

❖

과거사(過去事) : 지나간 일.
미래사(未來事) : 앞으로 닥쳐올 일.
암(暗) : 어둠.
칠(漆) : 옷칠. 아주 어둡다는 뜻.

〈풀이〉

이미 겪은 일들은 누구나 거울을 보듯 쉽게 살필 수 있다. 그러나 앞날에 닥쳐 올 일은 좀처럼 감을 잡을 수가 없다. 이 점에 대해서는 저마다 능력의 한계를 느낀다. 다만 자기의 일에 최선을 다하며, 성사여부는 하늘에 맡겨야 할 것이다.

12

경행록에 이르기를 「내일 아침 일을 저녁때에 기약할 수 없고, 저녁의 일을 오후 네 시경에 기약할 수가 없다.」고 하였다.

景行錄에 云 明朝之事를 薄暮에 不可必이요 薄暮之事를 晡時
경행록   운 명조지사   박모   불가필   박모지사   포시
에 不可必이니라.
   불가필

❖

명조(明朝) : 내일 아침.
박모(薄暮) : 저녁때. 해질 무렵.
불가필(不可必) : 반드시 그렇게 되리라 단정할 수 없음. 한치 앞
   을 내다 볼 수 없다는 뜻.
포시(晡時) : 오후 네시 경.

〈풀이〉

바로 한치 앞을 내다 볼 수 없는게 우리의 삶이다. 따라
서 내일 아침 일을 오늘 저녁무렵에 꼭 어떻게 되리라 단
정할 수 없고, 저녁의 일을 한두 시간 전에도 장담할 수가
없다. 그러므로 우리는 하루하루를 무사히 지내는 것에 감
사할 줄 알아야 한다. 또한 늘 근신하는 자세로 앞으로 닥
칠지도 모를 불상사에 대비해야 하는 것이다.

13

하늘에는 헤아릴 수 없는 비바람이 있고, 사람에게는 아
침 저녁으로 화와 복이 있다.

天有不測風雨하고 人有朝夕禍福이니라.
천유불측풍우   인유조석화복

불측(不測) : 헤아릴 수 없음.

화복(禍福) : 재앙과 복.

〈풀이〉

　하늘에는 헤아릴 수 없는 비바람이 있고, 사람에게는 아침 저녁으로 화와 복이 있는 것이다. 사실 부유하고 복된 나날을 보내고 있는 사람도 그것을 끝까지 누릴 수 있을지는 알 수 없다. 이렇게 사람은 자신의 운명에 대해 무력한 존재이다. 이런 관점에서 헤로도토스(Herodotos, 484 ~425 B.C.)의 역사(Historiai)에 실려있는 아테네의 입법가 솔론과 리디아 왕 크로이소스와의 대화는 흥미롭다.

　이집트 여행을 마친 솔론은 리디아 왕 크로이소스의 왕궁을 방문한다. 융숭한 대접을 받은 솔론은 사흘째 되는 날 임금의 보물창고를 구경하였다. 당시 세계 제일의 부를 지녔던 크로이소스는 솔론에게 이 세상에서 누가 가장 행복한 사람인가고 묻는다. 이에 솔론은 텔로스라는 아테네 시민을 가장 행복한 사람이라고 말하였다. 은근히 자신을 이 세상에서 가장 행복한 이라고 자부했던 크로이소스는 추궁하듯 그 이유를 물었다. 텔로스가 번영하는 나라에 태어나 우수한 아들들을 두었고, 그 자신 조국 아테네를 위해 싸우다가 전사했으며, 국민장의 영예로 모셔진 점을 솔론은 지적한다.

　그 다음에는 누가 행복한 사람인가 묻는 크로이소스의 말에 솔론은 클레이비스와 비톤과 같은 아테네 시민의 이름을 들었다. 이에 자존심이 크게 상한 크로이소스가 외쳤다. 「그대는 짐의 행복이 고작 아테네의 평범한 시민보다 못하다고 생각하는가?」 솔론은 침착하게 대답하였다. 「임금님이시여! 사람은 행복하게 70년을 산다고 해도 고작 이만 오천오십 일을 누리는 것에 지나지 않습니다. 그러나 사람은 누구나 언제 어떻게 될지 장담할 수 없습니다. 임 금님께서는 지금 만백성의 어버이시고, 또한 세계 제일의 부자이십니다. 그러나 과연 끝까지 권세와 부를 누릴 수 있을지는 알 수 없습니다. 사람은 잘 살아야 하는 것처럼 또한 잘 죽어야 합니다. 신의 은총으로 복된 삶을 누리던 사람이 하루 아침에 버림받고 파멸당한 예는 무수히 많습 니다.」솔론의 대답에 크게 불쾌해 한 크로이소스는 그를 아테네로 되돌려 보내고 만다. 그러나 후일 크로이소스는 아들 아티스를 사고로 잃고, 또한 페르샤의 왕 키로스와의 전쟁에서 패배하게 된다. 급기야 포로의 몸으로 장작더미 위에서 화형을 당하게 된 크로이소스는 솔론의 이름을 큰소리로 외쳤다고 한다.

14

아직 석자 흙 속으로 돌아가기 전까지는 몸이 백년을 살 것을 보장하기가 어렵고, 이미 석자 흙 속으로 돌아간 뒤에는 무덤이 백년 가기를 보장하기 어렵다.

未歸三尺土하얀 難保百年身이요 已歸三尺土하얀 難保百年墳이
미귀삼척토   난보백년신   이귀삼척토   난보백년분
니라.

❖

미귀(未歸) : 아직 돌아가지 않음.

삼척토(三尺土) : 석자 흙 속. 무덤.
난보(難保) : 지탱하기 어려움. 보전하기 어려움.
이(已) : 이미. 벌써.
분(墳) : 무덤.

〈풀이〉

그대의 목숨은 나날이 줄어 들고, 어두운 무덤의 평화도
어김없이 다가와 바로 그날
하룻밤의 아늑한 잠과 헤어져
깨어날 수 없는 잠에 빠져들게 된다.

싸우라, 싸움 속에 있어라. 그대의 죽음은
아득한 꿈 속의 일이 아니요, 기이한 일도 아니다.
이 슬픔과 같이 다가오고 있고,
그날은 아마 오늘일지도 모른다.
　　　　　　　　　오늘은 울지 말아라 — 로버트 브리지

Daily thy life shortens, the grave's dark peace
Draweth surely nigh,
When good—night is good—bye;
For the sleeping shall not cease.

Fight, to be found fighting: nor far away
Deem, not strange thy doom.
Like this sorrow 'twill come,
And the day will be to—day.
　　　　　　Weep Not To—Day(Robert Bridges)

이 시는 로버트 브리지(1844~1930, 영국의 계관시인)
의 오늘은 울지 말아라의 후반부이다. 우리의 삶은 덧없이
짧고, 죽음은 시시각각 다가오고 있다. 그러나 삶의 긍지를
위해 현실에 최선을 다하며, 후회없는 생활을 영위해야 한
다고 시인은 스스로에게 다짐하고 있는 것이다. 사실 사람
은 백년을 살기가 어렵고, 무덤조차 백년 동안 보전된다고
장담할 수 없다. 이렇게 인생은 무상하다. 그러나 이러하기
때문에 우리의 삶은 더욱 소중하고 의미가 있는 것이다.
사람은 저마다 회한을 남기는 일이 없어야 한다. 그러기
위해서는 자신의 주어진 역할에 최선을 다해야 할 것이다.

15

경행록에 이르기를 「나무를 제대로 기르면 뿌리가 단단
해지고 가지와 잎이 무성하여, 기둥이나 대들보감을 이룬
다. 물을 제대로 다스리면 근원이 왕성하고 흐름이 길어
져, 물을 대는 이로움이 많아진다. 사람을 바르게 기르면
뜻과 기상이 커지고 식견이 밝아져, 충의의 선비가 나온
다. 그러니 어찌 기르지 아니하랴.」고 하였다.

景行錄에 云 木有所養이면 則根本固而枝葉茂하여 棟梁之材成
경행록   운 목유소양   즉근본고이지엽무   동량지재성

하고 水有所養이면 則泉源壯而流波長하여 灌漑之利博하고 人
수유소양   즉천원장이류파장   관개지리박   인

有所養이면 則志氣大而識見明하여 忠義之士出하나니 可不養哉
유소양   즉지기대이식견명   충의지사출   가불양재

아.

❖

소양(所養) : 기르는 바.
고(固) : 단단함. 굳음.
지엽(枝葉) : 가지와 잎.
동량지재(棟梁之材) : 기둥과 들보로 쓸 수 있는 좋은 재목.
천원(泉源) : 물의 근원.
관개(灌漑) : 농토에 물을 댐.
박(博) : 넓음.
지기(志氣) : 의지와 기상.
가불양재(可不養哉) : 기르지 아니할 수 있겠는가? 반드시 길러
  야 한다는 뜻.

〈풀이〉

나무를 잘 심고 가꾸면 좋은 재목으로 쓸 수 있고, 물을
잘 다스리면 농사에 큰 도움을 얻는다. 사람의 경우도 이
와 마찬가지이다. 윗사람이 인재를 알아보고 이들을 제대
로 육성해야만 국운을 걸머질 큰 인물이 나올 수 있다.

16

스스로를 믿는 이는 다른 사람 역시 그를 믿어 주니, 오
(吳)와 월(越)도 모두 형제처럼 된다. 스스로를 의심하는
이는 다른 사람 역시 그를 의심하니 자기 이외는 모두 적
국처럼 된다.

自信者는 人亦信之하나니 吳越이 皆兄弟요 自疑者는 人亦疑之
자신자   인역신지   오월   개형제   자의자   인역의지

하나니 身外는 皆敵國이니라.
　　　신외　　개적국

자신자(自信者) : 스스로를 믿는 사람.

오월(吳越) : 춘추시대 오나라(회수이남·절강상 일부)와 월나라 (절강·복건·광동성일대)는 국경선을 맞댄 채 대를 이어 전쟁을 하고 있었다. B.C. 496년 오왕 합려는 월왕 구천과 싸우다 적군의 독화살을 맞고 진중에서 숨지게 된다. 합려는 임종때 태자인 부차(夫差)에게 원한을 갚아 줄 것을 유언한다. 임금이 된 부차는 섶 위에서 잠자며 방문 앞에는 사람을 시켜 이렇게 외치게 하였다. 「부차야, 구천이 너의 아비를 죽인 원수임을 잊지 말아라.」 이 소식을 들은 월왕 구천은 군사를 이끌고 오나라에 쳐들어갔다. 그러나 싸움에서 패하고 겨우 패잔병 5천 명으로 회계산에서 농성하였다. 구천(句踐)은 범려의 진언에 따라 오나라의 간신 백비를 뇌물로 매수하고, 오왕 부차의 신하가 되겠다고 맹세하였다. 승리감에 도취한 부차는 충신 오자서의 간언을 물리치고, 구천의 항복을 받아 들인다. 귀국한 구천은 좌우에 쓸개를 매달아 두고 수시로 그 맛을 보며 회계의 치욕을 씻을 기회를 노렸다. 비밀리 군사를 훈련시킨 월왕은 오왕이 기땅의 황지(黃池)에서 제후들과 회맹하는 시기에 오나라를 공격하였다 |(B.C. 482년). 월왕 구천의 군사들은 무려 7년간의 혈전을 치른 끝에 오나라의 수도 고소(姑蘇 : 지금의 소주)를 점령하였다. 오왕 부차는 자결하고 구천은 그를 대신하여 천하의 패자(霸者)임을 선언한다. 이후부터 오월이라고 하면 지극히 사이가 나쁜 원수관계를 뜻하는 말이 되었다. 그리고 부차의 와신(臥薪 : 섶 위에서 잠든다는 뜻)과 구천의 상담(嘗膽 : 쓸개를 맛봄)에서 와신상담(臥薪嘗膽 : 원수를 갚거나 목적을 이루기 위해 온갖 어려움을 참는다는 뜻)이란 고사성어가 생긴 것은 널리 알려진 일이다.

〈풀이〉

사람과 사람 사이를 맺어주는 것은 서로에 대한 믿음이
다. 상호불신의 벽을 허물 수만 있다면 비록 오월과 같은
숙적관계일지라도 화해의 길이 트일 수 있을 것이다. 그러
나 서로에 대한 신뢰감을 잃게 되면 원만한 인간관계를
유지할 수 없게 된다.

17

의심스러운 사람은 쓰지 말고, 사람을 썼거든 의심치 말라.

疑人이어든 莫用하고 用人이어든 勿疑하라.
의인   막용   용인   물의

❖

막용(莫用) : 쓰지 말라. 기용하지 말라.
물의(勿疑) : 의심치 말라.

〈풀이〉

의심스러운 사람은 쓰지 말고, 사람을 썼거든 의심치 말
라는 이 장의 말은 인재의 등용을 신중히 하고, 모처럼 등
용한 인재에 대해서는 신뢰와 지원을 아끼지 말아야 한다
는 뜻일 것이다.

초나라의 충신 굴원(B.C. 343?∼277?)이나 남송의 명
장 악비의 경우를 예로 들 것도 없이 인재가 없어 국력이
쇠퇴해진 예는 드물다. 오히려 대부분의 나라가 인재를 쓰
지 못해 멸망해간 것이다. 삼국지에는 용인술에 뛰어난 인

물들이 등장하고 있다. 무명의 백면서생인 제갈량을 세 번 씩이나 찾은 유비나 능력위주로 사람을 발탁한 조조는 인 재등용에 남다른 수완을 지니고 있었다. 그러나 그 중에서 도 오주 손권의 용인술은 특히 돋보이고 있다. 그는 18세 때 형 손책의 뒤를 이어 오나라의 최고 통치권자가 된다 (200년, 건안 5년). 조조가 헌제의 조칙을 내세우며 83만 대군(실제로는 24·5만 내외)으로 오(吳)를 침공할 때 그 는 청년장군 주유(34세)를 총사령관으로 임명하였다. 주 유는 불과 3만의 병력으로 조조의 대군을 섬멸한다(적벽 대전, 208년 10월). 적벽대전 이후 관우가 형주의 책임자 로 오나라와 대치하고 있을 때였다. 손권은 여몽의 건의를 받아들이여 육손을 편장군으로 임용하였다. 이에 크게 마 음을 놓은 관우는 오(吳)에 대비한 수비병력을 빼돌려 위 (魏)의 번성공략에 투입한다. 여몽은 이 기회를 놓치지 않 고 단 한 번의 기습으로 관우의 세력을 뿌리채 뽑아 내었 다. 한 사람의 병사도 희생시키지 않은 완벽한 승리를 거 둔 것이다. 형주를 빼앗기고 관우가 패사한 것에 크게 노 한 유비는 4만의 대군으로 오나라에 쳐들어 갔다. 이때 손권은 배후의 안전을 위해 위나라와 신하의 예(禮)로써 동맹을 맺었다. 그리고 사령관으로는 역전의 노장을 제치 고 육손을 기용하였다. 육손은 이릉까지 진출한 유비군의 예봉을 피한 채 방어에만 치중한다. 드디어 봄이 가고 여 름이 되었다. 적군이 지치고 해이해지는 기미를 보이자, 육손은 화공으로 이를 격파하였다(이릉전투, 222년 윤6 월). 이 승리로 오나라의 국가적 위기는 해소되었다. 일개 지방정권에 불과한 오(吳)가 장기간(손권의 치세는 52년 동안 지속됨) 사직을 유지할 수 있었던 것은 손권의 남다른 인재발탁의 재능 때문이었다. 그는 유능한 인물을 알맞는 부서에 배치하여 그 능력을 마음껏 발휘할 기회를 준 것이다. 삼국지의 저자 진수가 손권의 재능은 감탄할 만하다고 한 것은 당연한 일이다.

18

　풍간에 이르기를 「물 속에 있는 고기와 하늘가에 떠있는 기러기는, 높아도 쏠 수가 있고 낮아도 낚을 수가 있다. 오직 사람의 마음은 바로 곁에 있어도, 그 가까이 있는 마음을 헤아릴 수가 없다.」고 하였다.

諷諫에 云 水底魚天邊雁은 高可射兮低可釣어니와 惟有人心咫
풍간　운 수저어천변안은 고가사혜저가조　　　유유인심지

尺間에 咫尺人心不可料니라.
척간　지척인심불가료

풍간(諷諫) : 슬며시 둘러서 말하여 잘못을 깨우침. 여기에서는
　작자미상의 책 이름임.
수저어(水底魚) : 물 밑에 있는 고기.
천변(天邊) : 하늘가.
안(雁) : 기러기.
가사(可射) : 쏠 수 있음.
가조(可釣) : 낚을 수 있음.
지척(咫尺) : 가까운 거리.
불가료(不可料) : 헤아릴 길이 없음.

〈풀이〉

열길 물 속은 알아도 한길 사람의 마음 속은 알 수 없다고 했다. 사실 사람의 마음은 지척에 있어도 헤아릴 길이 없는 것이다. 따라서 믿고 의지한 사람에게 배신당한 예는 흔히 있는 일이다.

19

범을 그림에 있어 가죽은 그릴 수 있지만 그 뼈를 그리기는 어렵다. 사람을 앎에 있어 얼굴은 알 수 있어도 그 마음은 알 수가 없다.

畫虎畫皮難畫骨이요 知人知面不知心이니라.
화호화피난화골　　　지인지면부지심

화피(畫皮) : 가죽을 그림.
난화골(難畫骨) : 뼈를 그리기는 어려움.
부지심(不知心) : 마음은 알 수 없음.

〈풀이〉

19세기 영국의 작가 로버트 루이스 스티븐슨은《지킬박사와 하이드》라는 작품에서 이중인격자의 모습을 그려내고 있다. 즉 남들이 알아 주는 사회적 지위와 학식을 갖춘 인물이 밤중에는 흉악범으로 돌변하는 것이다(이 소설은 실화를 바탕으로 해서 쓴 것임). 이렇게 야누스의 두 얼굴을 지닌 사람도 있게 마련이다. 그리고 저마다의 통찰력에

도 한계가 있다. 따라서 사람의 참마음을 파악하기란 참으로 어려운 일이다. 우리는 상대방에 대한 경솔한 판단을 삼가야 할 것이다.

20

얼굴을 마주대하고 서로 이야기를 나누지만 마음은 여러 산이 가로막힌 듯 떨어져 있다.

對面共話하되 心隔千山이니라.
대면공화   심격천산

❖

공화(共話) : 함께 이야기함.
격(隔) : 멀리 떨어져 있음. 막혀 있음.
천산(千山) : 많은 산. 천(千)은 많다는 뜻.

〈풀이〉
그렇다, 삶의 바다 속에서 섬이 되어
서로의 사이에는 물결이 메아리치는 해협이 있고
기슭도 없는 물의 불모지에 점점이 흩어진 채
우리 수많은 인간들은 외로이 살아간다.
섬들은 저마다 둘러싼 물의 흐름을 느끼고
게다가 한없이 넓은 세계를 느낀다.

마거리트에게 — 매슈 아놀드

Yes! in the sea of life enisled,
With echoing straits between us thrown,

Dotting the shoreless watery wild,
We mortal millions live alone.
The islands feel the enclasping flow,
And then their endless bounds they know.

To Marguerite—Matthew Arnold

이렇게 매슈 아놀드(1822~1888, 영국의 시인·비평가)
는 읊고 있다. 그는 단절된 인간관계를 서글퍼하며, 인간
의 고독과 소외감을 사랑과 우정으로 해소해야 함을 강조
하였다. 사실 우리들은 자주 얼굴을 맞대고 대화를 나눈다
고 해서 반드시 마음의 문까지 열어 놓는 것은 아니다. 그
보다는 자기의 좁은 소견과 불신 등으로 인해 마음의 벽
을 높이는 수가 많다. 그러나 언제까지나 이런 차원에 머
물러서는 단절과 고독에서 벗어날 수 없다. 보다 바람직한
인간관계를 이루기 위해서는 저마다 자기가 먼저 마음의
벽을 허물어야 할 것이다.

21

바다는 마르면 마침내 그 밑을 볼 수 있지만, 사람은 죽
어도 그 마음 속을 알 수 없다.

海枯終見底나 人死不知心이니라.
해 고 종 견 저   인 사 부 지 심

❖

고(枯) : 마르다.

종견저(終見底) : 마침내 밑바닥을 봄.

〈풀이〉

사람의 마음은 복잡미묘하고 또한 가면을 쓰고 행동하는 위선자도 있다. 그러므로 그 마음 속을 헤아리기가 힘들 수밖에 없다.

22

태공이 말하였다. 「무릇 사람은 닥쳐올 일을 거스릴 수 없고, 바닷물은 말(斗)로 양을 잴 수가 없다.」

太公이 曰 凡人은 不可逆相이요 海水는 不可斗量이니라.
태공　왈 범인　　불가역상　　해수　　불가두량

역상(逆相) : 운명을 거스림.
두량(斗量) : 말로 되다. 말(斗)로 양을 재다.

〈풀이〉

사람은 앞날에 닥쳐올 일을 회피하거나 거역할 능력이 없다. 이는 마치 바닷물의 양을 말(斗)로 재는 일이 불가능한 것과도 같다.

23

경행록에 이르기를 「남들과 원수를 맺음은 재앙을 심는

짓이요, 착한 일을 버리고 하지 아니함은 스스로를 해치는
짓이다.」고 하였다.

景行錄에 云 結怨於人은 謂之種禍요 捨善不爲는 謂之自賊이니
경행록   운 결원어인   위지종화   사선불위   위지자적
라.

❧

결원(結怨) : 원수를 맺음.
종화(種禍) : 재앙을 심다.
사선(捨善) : 선을 버려둠.
불위(不爲) : 행하지 않음.
자적(自賊) : 자기자신을 해침.

〈풀이〉

다른 사람과 원수를 맺지 않음은 처세술의 기본이다. 한
번 맺은 원한으로 보복의 악순환을 되풀이하는 수도 있다.
이럴 경우 용서와 화해만이 궁극적인 해결책이 된다. 또한
선을 행하는 이는 가슴 뿌듯한 감회를 느낄 것이다. 선은
그것 자체가 보람이기 때문이다. 따라서 사람은 선을 실천
함에 인색해서는 아니될 것이다.

24

만약 한쪽의 말만 듣는다면, 가깝던 사이가 갑자기 멀어
질 것이다.

若聽一面說이면 便見相離別이니라.
약청일면설   변견상리별

❖

약(若) : 만약. 만일.

일면설(一面說) : 한쪽의 말.

변(便) : 문득. 갑자기.

상리별(相離別) : 서로 멀어짐.

〈풀이〉

똑같은 일에 대해 어떤 사람은 긍정적으로 평가하고, 또한 어떤 사람은 부정적으로 평가한다. 이렇게 사람마다 안목과 견해를 달리하는 것이다. 그러므로 어느 일방의 말만 듣는다면 공정한 판단을 내릴 수가 없다. 따라서 보다 공정하고 객관적으로 사물을 판단하기 위해서는 여러 사람의 의견을 골고루 청취해야 한다.

25

배부르고 따뜻하면 음욕이 일어나고, 굶주리고 추우면 도심이 일어나는 것이다.

飽煖엔 思淫慾하고 飢寒엔 發道心이니라.
포난   사음욕   기한   발도심

❖

포난(飽煖) : 배부르고 따뜻함.

음욕(淫慾) : 음탕한 욕심. 정욕.

기한(飢寒) : 굶주림과 추위.

발도심(發道心) : 도덕적 마음이 일어남.

〈풀이〉

가난과 어려움 속에서도 도덕과 지조를 지키며 살아가는 이도 있다. 이에 반하여 부유함 속에서 유흥과 쾌락으로 세월을 보내는 이도 드물지 않다. 이런 사람은 자신의 부(富)를 생산적인 방면으로 돌릴 능력이 없는 것이다. 이 장은 부유함에서 일어나기 쉬운 퇴폐·향락적 경향에 대해 경계하고 있다.

26

소광이 말하였다.

「어진 사람이 재물을 많이 가지면 지조가 손상되고, 어리석은 사람이 재물을 많이 가지면 허물을 보태게 된다.」

疎廣이 曰 賢人多財면 則損其志하고 愚人多財면 則益其過니
소광   왈 현인다재   즉손기지   우인다재   즉익기과
라.

❖

소광(疎廣) : 한선제(漢宣帝)때 사람으로 자는 중옹(仲翁). 춘추
   (春秋)에 밝아 박사(博士)가 됨.
익기과(益其過) : 그 허물을 보태게 됨.

〈풀이〉

어리석고 식견이 낮은 사람이 지나칠 정도로 부(富)를 소유하게 되면 추악한 면만 드러내기가 쉽다. 또한 현명한 사람이 재물을 많이 소유하는 것도 그의 지조를 손상하기

쉬운 것이다. 권세의 경우와 마찬가지로 부(富)에도 사회적 책임이 따른다. 따라서 그것은 사회발전에 기여하는 쪽으로 쓰여져야 할 것이다.

27

사람이 가난하면 슬기가 부족해지고, 복이 이르면 마음이 영특해진다.

人貧智短하고 福至心靈이니라.
인빈지단   복지심령

❖

지단(智短) : 지혜가 짧아짐. 슬기가 모자라게 됨.
심령(心靈) : 마음이 영특해지는 것.

〈풀이〉

가난하면 고립과 소외감 속에서 자기능력을 발휘할 기회를 얻지 못하는 수가 많다. 이렇게 되면 세상 보는 안목이 좁아지고, 위축된 생활을 할 수밖에 없을 것이다. 이에 반하여 복많고 부유한 이는 보다 폭넓고 활달한 삶과 싫은 것을 거절할 자유도 누릴 수 있다.

빈곤의 병폐와 풍요로움의 이점(利點)을 지적한 이 장은 25·26장과는 모순되는 것 같기도 하다. 그러나 사람은 어떤 경우에 처하든 인간적인 성실성을 잃지 말아야 함을 강조한 글로 새겨야 할 것이다.

28

한 가지 일을 겪지 않으면, 한 가지 슬기도 자라지 않는다.

不經一事면 不長一智니라.
불경일사   부장일지

❖

경(經) : 겪다. 체험하다.
부장(不長) : 자라지 않음.
일지(一智) : 한 가지 지혜. 한 가지 슬기.

〈풀이〉

사람은 경험을 통해 지혜를 터득하게 된다. 이렇게 경험
은 우리의 삶에 큰 의미를 지닌다. 진실로 그것은 지혜의
어머니인 것이다.

29

하루종일 시비가 있더라도 이를 듣지 않으면 저절로 없
어지는 것이다.

是非終日有라도 不聽이면 自然無니라.
시비종일유   불청   자연무

❖

시비(是非) : 옳고 그름.

불청(不聽) : 듣지 않음. 묵살한다는 뜻.

자연(自然) : 저절로.

무(無) : 없어짐. 소멸됨.

〈풀이〉

손바닥도 마주쳐야 소리가 나게 된다. 시비에 대해 맞상
대를 하지 않는다면 상대방도 꺾이게 마련이다. 이렇게 묵
살하는 것이 곧 시비와 분쟁에서 벗어나는 길이다.

30

찾아와서 시비(是非)를 말하는 이가 곧 시비하는 사람
이다.

來說是非者는 便是是非人이니라.
내설시비자   변시시비인

〈풀이〉

찾아와서 시시비비를 따지는 것은 바람직한 행위가 못
된다. 이렇게 하는 사람이 곧 시비와 분쟁을 조성하는 것
이다.

31

격양시에 이르기를 「한평생 눈썹 찌푸릴 일을 하지 않
으면 세상에 당연히 이를 갈 이가 없을 것이다. 큰 이름을
어찌 무딘 돌에 새길 것인가. 지나가는 길손들의 말이 비

석보다 나으니라.」고 하였다.

擊壤詩에 云 平生에 不作鄒眉事면 世上에 應無切齒人이라 大
격양시 운 평생 부작추미사 세상 응무절치인 대

名이 豈有鐫頑石가 路上行人이 口勝碑라.
명 기유전완석 노상행인 구승비

❖

추미(鄒眉) : 눈썹을 찌푸림.

응(應) : 마땅히.

절치(切齒) : 분하여 이를 갊.

대명(大名) : 크게 떨친 이름. 큰 명성.

기(豈) : 어찌.

전(鐫) : 새기다.

완석(頑石) : 무딘 돌.

구승비(口勝碑) : 사람들의 말이 비석보다 나음.

〈풀이〉

남에게 나쁜 일을 하지 않는다면 보복당할 일도 없을
것이다. 또한 명성은 얻기도 어렵지만 이를 유지하기는 더
욱 어려운 법이다. 돌에다 이름을 새긴다고 해서 사람들이
기억해 주는 것은 아니다. 세상 사람들의 입에서 입으로
널리 칭송되는 사람이야말로 진정한 명성을 얻은 이일
것이다.

32

사향을 지녔으면 절로 향내가 날 것이다. 어찌 꼭 바람
을 맞아서야만 알랴.

有麝自然香이니 何必當風立가.
유사자연향   하필당풍립

❖

사(麝) : 사향. 사향노루 수컷의 하복부에 있는 향주머니를 쪼개
　어 말린 흑갈색의 약재. 향료로도 쓰임.

하필(何必) : 어찌 반드시 …하랴.

〈풀이〉

　진실로 학식과 덕망을 갖춘 이라면 자기선전에 나서지
는 않을 것이다. 그러나 그는 자신의 실력과 인품으로 남
들의 존경을 받게 된다. 이는 마치 사향을 지닌 이가 저절
로 그 향기를 풍기는 것과 같다.

33

　복이 있다고 모두 다 누리지 말라. 복이 다하면 몸이 빈
궁해진다. 세력이 있다고 함부로 부리지 말라. 세력이 다
하면 원통한 이와 서로 만나게 된다. 복이 있거든 늘 스스
로 아껴야 하고, 세력이 있거든 늘 삼가야 한다. 인생에
있어서 교만과 사치는 처음은 있으나 끝이 없는 경우가
많다.

有福莫享盡하라 福盡身貧窮이라 有勢莫使盡하라 勢盡冤相逢이
유복막향진   복진신빈궁   유세막사진   세진원상봉

니라. 福兮常自惜하고 勢兮常自恭하라 人生驕與侈는 有始多無
　　　복혜상자석   세혜상자공   인생교여치   유시다무

終이니라.
종

❖

막사진(莫使盡) : 다 부리지 말라. 막(莫)은 금지사.

상봉(相逢) : 서로 만남.

석(惜) : 아끼다.

자공(自恭) : 스스로 공손함.

교여치(驕與侈) : 교만과 사치.

다무종(多無終) : 끝이 없는 경우가 많다.

〈풀이〉

복과 권세는 늘 누릴 수 있는 게 아니다. 그것은 언제든
지 사라질 수도 있다. 따라서 복은 다 누리려고 하지말고,
권세는 남용해서는 아니된다. 사치스럽고 교만한 자가 재
기불능의 몰락을 당하는 것은 흔한 일이다. 모름지기 행운
과 득세할 때에 삼가고 행실을 닦아 남들의 기림을 받아
야 할 것이다.

34

왕참정의 사류명(四留銘)에 이르기를 「재주를 다 쓰지
않고 남겨 두었다가 조물주에게 돌려주고, 봉록을 다 쓰지
않고 남겨 두었다가 나라에 돌려주며, 재물을 다 쓰지 않
고 남겨 두었다가 백성에게 돌려주고, 복을 다 누리지 않
고 남겨 두었다가 자손에게 돌려주어야 한다.」고 하였다.

王參政四留銘에 日 留有餘不盡之巧하여 以還造物하고 留有餘
왕참정사류명 왈 유유여부진지교 이환조물 유유여

不盡之祿하여 以還朝廷하며 留有餘不盡之財하여 以還百姓하고
부진지록 이환조정 유유여부진지재 이환백성

留有餘不盡之福하여 以還子孫이니라.
유유여부진지복　　이환자손

❧

왕참정(王參政) : 이름은 단(旦), 자는 자명(字明). 북송 진종때
　　의 명신(名臣).
사류명(四留銘) : 네 가지 남겨 두어야 할 것에 관한 명문(銘文).
유(留) : 남겨둠.
부진(不盡) : 다 쓰지 않음.
환(還) : 돌려줌.
조물(造物) : 조물주.

〈풀이〉

재주·봉록·재물·복은 함부로 쓰거나 마음껏 누리려고
해서는 아니된다. 반쯤 남겨 두었다가 조물주와 사회와 자
손에게 돌려 주어야 한다. 낭비와 탕진 다음에 오는 것은
몰락과 환멸뿐이다. 절제와 중용만이 바람직한 덕을 이룰
수 있는 것이다.

35

황금 천냥이 소중한 게 아니라, 남의 좋은 말 한 마디를
듣는 게 천금보다 낫다.

黃金千兩이 未爲貴요 得人一語가 勝千金이니라.
황금천냥　　미위귀　　득인일어　　승천금

❧

득(得) : 얻다. 즉 듣는다는 뜻임.

승(勝) : 낫다.

〈풀이〉

재물보다 귀한 것이 현명한 사람의 한 마디 말이다. 재
물은 있다가도 언제든지 사라질 수 있다. 그러나 좋은 말
한 마디를 듣고, 이를 실천한다면 인격향상을 이룰 수 있
기 때문이다.

36

재주있는 이는 재주없는 이의 노예요, 괴로움은 즐거움
의 어머니이다.

巧者는 拙之奴요 苦者는 樂之母니라.
교자　　졸지노　　고자　　낙지모

교자(巧者) : 재주있는 이.
졸(拙) : 재주가 없음.
고자(苦者) : 괴로움. 고생.
낙지모(樂之母) : 즐거움의 어머니. 즐거움의 근원.

〈풀이〉

능력이 있는 사람일수록 많은 일을 해야만 한다. 그러므
로 무능한 사람보다 혹사당하는 경우도 많다. 그러나 고뇌
를 통한 환희라는 말처럼 고생과 괴로움 끝에 참된 즐거
움을 맛보게 된다고도 했다. 따라서 괴로움은 즐거움의 근
원이 된다고 할 수 있을 것이다.

37

작은 배는 무거운 짐을 견디지 못하고, 으슥한 길은 혼자 다니기에 좋지 않다.

小船은 難堪重載요 深逕은 不宜獨行이니라.
소선   난감중재   심경   불의독행

❖

소선(小船) : 작은 배.
난감(難堪) : 감당하기 어려움.
중재(重載) : 무겁게 실음.
심경(深逕) : 인적이 드문 길. 으슥한 길.
불의(不宜) : 마땅치 않음.

〈풀이〉

작은 배에 무거운 짐을 실으면 뒤집어 질 수밖에 없다. 이와 마찬가지로 사람도 자신의 분수에 맞지 않는 행위를 하게 되면 좋지 않은 결과를 초래할 뿐이다.

38

황금이 귀한 게 아니라, 편안하고 즐거운 삶이 보다 값진 것이다.

黃金이 未是貴요 安樂이 値錢多니라.
황금   미시귀   안락   치전다

✤

미시귀(未是貴) : 귀한 것이 아님.

〈풀이〉

부를 얻기 위해 수단과 방법을 가리지 않는 사람도 적지 않다. 이런 사람들은 정작 거부가 되어도 마음의 평화를 얻지는 못할 것이다. 그것은 집착과 소유욕에서 벗어나야만 얻을 수 있는 것이기 때문이다. 그리고 우리의 삶에서 참으로 소중한 것은 바로 마음의 평화와 정신적 안락일 것이다.

39

집에 있을 때 손님을 맞아 들일 줄 모르면, 밖에 나갔을 때에 비로소 주인이 적음을 알게 된다.

在家에 不會邀賓客이면 出外에 方知少主人이니라.
재가　불회요빈객　　출외　방지소주인

✤

불회요(不會邀) : 맞아 대접할 줄 모름.
빈객(賓客) : 손님.
방(方) : 바야흐로. 이제 막.

〈풀이〉

평소 집에 찾아오는 손님을 소홀히 대접하게 되면 자신도 남의 집에 가서는 푸대접을 받을 수밖에 없다. 손님을 정성껏 대접함은 주인된 도리일 것이다.

40

가난하게 살면 시끄러운 시장에 살아도 서로 아는 사람
이 없다. 부유하게 살면 깊은 산골에 살아도 먼 친척이 찾
아 든다.

貧居鬧市無相識이요 富住深山有遠親이니라.
빈거요시무상식   부주심산유원친

❖

요시(鬧市) : 번잡한 저자.
무상식(無相識) : 서로 아는 사람이 없음.
원친(遠親) : 먼 친척.

〈풀이〉

가난하고 몰락한 이에 대해서는 냉담하고, 부유하고 성
공한 이에 대해서는 필요 이상으로 친절하게 대하는 사람
들이 많다. 이런 사람들을 움직이게 하는 것은 이해타산
뿐이다. 그러므로 이들은 이득과 손실에 따라 이합집산을
거듭하게 되는 것이다.

41

사람의 의리는 모두 가난에 따라 끊어지고, 세상의 인정
은 바로 돈있는 집으로 쏠린다.

人義는 盡從貧處斷이요 世情은 便向有錢家니라.
인의   진종빈처단   세정   변향유전가

❆

종(從) : 따르다.
세정(世情) : 세상의 인정.
향(向) : 쏠리다. 향하다.

〈풀이〉
앞장과 같이 야박한 세상 인심에 대해 말하고 있다.

42

차라리 밑 빠진 항아리는 막을 수 있지만 코 아래 가로
놓인 입은 막기가 어렵다.

寧塞無底缸이언정 難塞鼻下橫이니라.
영 색 무 저 항   난 색 비 하 횡

❆

영(寧) : 차라리.
무저항(無底缸) : 밑 빠진 독.
난색(難塞) : 막기가 어렵다.
비하횡(鼻下橫) : 코 밑에 가로놓인 것. 입을 뜻함.

〈풀이〉
임금님의 귀는 당나귀 귀라는 우화가 있듯이 비밀을 지
키기가 어려움을 강조하고 있다.

43

사람의 정은 모두 군색한 가운데 멀어지게 된다.

人情은 皆爲窘中疎니라.
인정 개위군중소

❖

군중소(窘中疎) : 군색한 가운데서 멀어지게 됨.

〈풀이〉

어려운 처지에 있는 사람을 따돌리는 세상 인심을 말한
글이다.

44

사기에 이르기를 「하늘에 제사 지내고 사당에 제사를
올리는 데는 술이 아니면 받지를 않는다. 임금과 신하, 친
구 사이에도 술이 아니면 의리를 두터이 할 수 없다. 싸움
을 한 뒤 서로 화해하는 데도 술이 아니면 권유하지 못한
다. 따라서 술에는 성공과 좌절이 있으니 이를 마시되 함
부로 해서는 아니될 것이다.」고 하였다.

史記에 曰 郊天禮廟엔 非酒不享이요 君臣朋友엔 非酒不義요
사기 왈 교천예묘 비주불향 군신붕우 비주불의

鬪爭相和엔 非酒不勸이라 故로 酒有成敗而不可泛飮之니라.
투쟁상화 비주불권 고 주유성패이불가봉음지

⚜

사기(史記) : 전한(前漢)의 사마천(司馬遷)이 저술한 기전체(紀
傳體)의 사서. 황제(黃帝)로부터 한무제까지의 역사를 총130
권에 압축함.
교천(郊天) : 하늘에 제사를 지냄.
예묘(禮廟) : 선조의 사당에 제례를 올림.
향(享) : 귀신이 흠향함.
봉음(泛飮) : 함부로 마심.

〈풀이〉

현대사회에서도 술은 큰 의미를 지닌다. 현대인은 하루
의 피로를 술로써 풀고, 내일을 위한 재충전의 기회를 가
진다. 그러나 지나친 음주로 인한 각종 사고와 건강의 상
실 등 그 역기능도 무시할 수 없다. 따라서 건전한 음주문
화의 정착은 현대사회의 시급한 과제가 되고 있다.

45

공자께서 말씀하셨다.
「선비가 도에 뜻을 두고서 거친 옷과 거친 음식을 부끄
럽게 여긴다면, 그런 사람과는 함께 의논할 게 없다.」

子曰 士志於道而恥惡衣惡食者는 未足與議也니라.
자왈 사지어도이치악의악식자   미족여의야

지어도(志於道) : 도에 뜻을 둠.
치(恥) : 부끄럽게 여김.

악의악식(惡衣惡食) : 거친 옷과 거친 음식.

미족(未足) : 부족함.

여의(與議) : 함께 의논함.

〈풀이〉

사람은 누구나 다 기름진 음식과 호사스러운 옷을 좋아하게 마련이다. 그러나 겉차림새나 물질에만 치중한다면 이는 정신적으로 빈곤하다는 뜻이기도 하다. 따라서 생활은 간소하게 꾸려나가되 사색은 드높은 곳을 향하여야 할 것이다. 사실 진리 탐구에 뜻을 둔 선비라면 그의 물질 생활은 소박할 수밖에 없다. 그러므로 거친 옷과 거친 음식을 수치로 여기는 사람과는 함께 진리를 논할 수 없는 것이다.

46

순자가 말하였다.

「선비에게 시기하는 벗이 있으면 어진 이와 사귀어 친할 수 없다. 임금에게 시기하는 신하가 있으면 어진 이가 오지 않는다.」

荀子曰 士有妬友則賢交不親하고 君有妬臣則賢人不至니라.
순자왈 사유투우즉현교불친   군유투신즉현인부지

투우(妬友) : 시기하는 벗. 질투하는 친구.

현교(賢交) : 어진 이와의 사귐.

부지(不至) : 이르지 않음.

〈풀이〉

시기심이 많은 자와 접촉하는 사람에게는 어진 이가 오
지 않는다. 또한 임금의 측근에 간교하고 질투심 많은 신
하들이 인의 장막을 치고 있다면 뜻있는 선비들이 모여들
수가 없는 것이다. 까마귀 우짖는 곳에 백로야 가지 말라
고 했다. 현자의 상대는 역시 현자일 수밖에 없다.

47

하늘은 녹없는 이를 내지 않고, 땅은 이름없는 풀을 자
라게 하지 않는다.

天不生無祿之人하고 地不長無名之草니라.
천 불 생 무 록 지 인   지 부 장 무 명 지 초

❖

무록(無祿) : 녹이 없음. 먹고 살 길이 없음.
부장(不長) : 기르지 않음. 자라게 하지 않음.

〈풀이〉

사람은 각자 자기 나름의 개성과 존재가치를 지니고 있
다. 이렇게 존엄한 인간을 단순히 수단적 가치로 이용한다
면, 이는 죄악이다. 또한 하늘은 먹고 살 길이 없거나 버
림받을 사람을 내지는 않았을 것이다. 따라서 시련에 봉착
한 이도 자신의 존재가치에 대한 신념을 잃지 말아야 한
다. 결국 자기긍정만이 자기구제가 되는 것이다.

48

큰 부자는 하늘에 달려 있고, 작은 부자는 부지런함에
달려 있는 것이다.

大富는 由天하고 小富는 由勤이니라.
대부   유천   소부   유근

❀

유천(由天) : 하늘의 뜻에 달려 있음.
유근(由勤) : 근면함에 달려 있음.

〈풀이〉

세상이 알아주는 큰 부를 누릴 수 있는 이는 그런 명운
을 타고난 것이다. 그러나 작은 부는 근면과 성실로써 이
룰 수 있다. 스스로 애쓰고 노력하는 이는 그만한 대가를
받게 되는 것이다.

49

집안을 일으킬 아이는 거름을 금처럼 아끼고, 집안을 망
칠 아이는 돈 쓰기를 거름과 같이 한다.

成家之兒는 惜糞如金하고 敗家之兒는 用金如糞이니라.
성가지아   석분여금   패가지아   용금여분

❀

석(惜) : 아낌.

패가(敗家) : 집안을 망침.
용금(用金) : 돈을 씀.

〈풀이〉
근검절약의 중요성을 강조한 말이다.

50

소강절 선생이 말하였다. 「한가로이 살때 걱정거리가
없다고 말하지 말라. 겨우 그렇게 말하자마자 곧 걱정거리
가 생기리라. 입에 맞는 음식도 너무 많이 먹으면 곧 병이
생길 것이요, 마음에 맞는 일도 지나치게 하다보면 반드시
재앙이 있으리라. 병이 든 후에 약을 먹기보다는 병이 들
기 전에 스스로 예방함이 좋으니라.」

康節邵先生이 曰 閑居에 愼勿說無妨하라 纔說無妨便有妨이니
강절소선생   왈 한거   신물설무방   재설무방변유방

라. 爽口物多能作疾이요 快心事過必有殃이라 與其病後能服藥
상구물다능작질   쾌심사과필유앙   여기병후능복약

으론 不若病前能自防이니라.
불약병전능자방

❧

한거(閑居) : 한가로이 지냄.
신물설(愼勿說) : 삼가 말하지 말라.
재(纔) : 겨우.
상구(爽口) : 입에 맞음.
작질(作疾) : 질병을 일으킴.
쾌심(快心) : 마음에 맞음. 마음에 쾌적함.

불약(不若) : 같지 못함. …만 못함.
자방(自防) : 스스로 예방함.

〈풀이〉

사람은 언제 무슨 일을 당할지 알 수 없다. 따라서 편안하게 지낼 때 불상사에 대비해야 한다. 또한 입에 맞는다고 해서 지나치게 먹고 마시면 질병을 일으키게 된다. 최선의 건강법은 병이 들기 전에 예방하는 것이다. 오락과 잡기는 스트레스를 해소하는 선에서 그쳐야 한다. 이런 것에 지나치게 빠져들면 패가망신할 수도 있다. 생활을 절제있게 꾸려나가는 이만이 중용의 덕을 이룰 수 있는 것이다.

51

재동제군의 수훈에 이르기를 「신묘한 약도 원한으로 인한 병은 고치기 어렵고, 횡재도 운수가 막힌 이를 부자가 되게 못한다. 일을 저지르고 나서 일이 생겼다고 원망치 말고, 남을 해치고 나서 남이 자기를 해친다고 성내지 말라. 하늘과 땅 사이의 모든 일에는 응보가 있으니, 멀리는 자손에게 있고 가까이는 자신에게 있게 된다.」고 하였다.

梓潼帝君垂訓에 曰 妙藥도 難醫冤債病이요 橫財도 不富命窮
재동제군수훈 : 왈 묘약 난의원채병 횡재 불부명궁

人이라 生事事生을 君莫怨하고 害人人害를 汝休嗔하라 天地自
인 생사사생 군막원 해인인해 여휴진 천지자

然皆有報하니 遠在兒孫近在身이니라.
연개유보 원재아손근재신

❖

재동제군(梓潼帝君) : 도교(道教)에서 숭배하는 신.

난의(難醫) : 고치기 어려움. 치료하기 어려움.

원채병(冤債病) : 원한에 의해 생긴 병.

불부(不富) : 부자가 되게 하지는 못함.

명궁인(命窮人) : 운수가 막힌 사람.

휴진(休嗔) : 성내지 말라.

〈풀이〉

원한으로 인해 생긴 병은 치료할 방도가 없고, 운수가 막힌 사람은 뜻밖에 얻은 재물로도 부자가 될 수 없다. 또한 남을 해치게 되면 남도 나를 해치게 마련이다. 따라서 남을 해치거나 원한을 살 행위를 애당초 해서는 아니된다. 이 세상의 모든 일에는 응보가 있게 됨을 우리들은 늘 명심해야 할 것이다.

52

꽃은 졌다가 피고 피었다가 또 지며, 비단옷도 다시 베옷으로 바꿔입게 된다. 부잣집도 언제까지나 부귀한 것은 아니며, 가난한 집도 늘 쓸쓸하지는 않으리. 사람을 붙잡아 올려도 푸른 하늘까지는 올리지 못하고, 사람을 밀어뜨린다 해도 깊은 구렁텅이에 빠뜨리지는 못한다. 그대에게 권하노니, 모든 일에 하늘을 원망하지 말라. 하늘의 뜻은 사람에게 후하고 박함이 없느니라.

花落花開開又落하고　錦衣布衣更換着이라　豪家未必常富貴요
화락 화 개 개 우 락　　　금 의 포 의 갱 환 착　　　호 가 미 필 상 부 귀

貧家未必長寂寞이라　扶人未必上靑霄요　推人未必塡溝壑이라
빈 가 미 필 장 적 막　　　부 인 미 필 상 청 소　　　추 인 미 필 전 구 학

勸君凡事莫怨天하라　天意於人에　無厚薄이니라.
권 군 범 사 막 원 천　　　천 의 어 인　　　무 후 박

금의(錦衣) : 비단옷.

환착(換着) : 갈아 입음.

호가(豪家) : 부유하고 세력있는 집안.

미필(未必) : 반드시 …한 것만은 아님.

적막(寂寞) : 쓸쓸함. 따돌림을 당하고 있다는 뜻.

부인(扶人) : 사람을 붙잡아 올림.

청소(靑霄) : 푸른 하늘.

전(塡) : 채움. 굴러 떨어짐.

구학(溝壑) : 골짜기. 구덩이.

무후박(無厚薄) : 두텁고 엷음이 없음. 공평하게 대우한다는 뜻.

〈풀이〉

　우리의 삶은 늘 변전을 거듭하게 마련이다. 행운이 오는가 싶었더니 곧 불운이 닥치고, 불운 속에서 악전고투하던 이가 마침내 인간승리의 주인공이 됨도 드문 일이 아니다. 따라서 자기의 삶이 고달프다고 해서 하늘을 원망해서는 아니된다. 하늘의 섭리는 늘 공평해서 사람을 차별하지 않는 것이다.

53

  사람의 마음 독하기가 뱀과 같음을 탄식하노라. 하늘의
눈이 수레바퀴처럼 돌아 보고 있음을 그 누가 알리오. 지
난 해에 망녕되이 동녘 이웃의 물건을 차지했더니, 오늘에
는 다시 북쪽 집으로 돌아갔구나. 의롭지 못한 재물은 끓
는 물에 뿌려진 눈이요, 억지로 얻은 논밭은 강물에 밀리
는 모래로다. 만일 교활한 속임수로 생계를 꾸려가려 한다
면, 아침에 피었다가 저녁에 지는 꽃과 같으리라.

堪歎人心毒似蛇라 誰知天眼轉如車오 去年妄取東隣物터니 今
감탄인심독사사   수지천안전여거   거년망취동린물   금

日還歸北舍家라 無義錢財湯潑雪이요 儻來田地水推沙라 若將
일환귀북사가   무의전재탕발설   당래전지수퇴사   약장

狡譎爲生計면 恰似朝開暮落花라.
교휼위생계   흡사조개모락화

독사사(毒似蛇) : 독하기가 뱀과 같음.

수지(誰知) : 누가 알랴.

천안(天眼) : 하늘의 눈.

망취(妄取) : 망녕되이 차지함.

동린물(東隣物) : 동녘 이웃의 물건.

환귀(還歸) : 다시 돌아감.

북사가(北舍家) : 북녘에 있는 집.

탕발설(湯潑雪) : 끓는 물에 뿌려지는 눈.

당래(儻來) : 갑자기 얻게 됨.

수퇴사(水推沙) : 강물에 밀리는 모래.

교흌(狡譎) : 간교한 속임수.
흡사(恰似) : 마치 …와 같다.

〈풀이〉

떳떳지 못한 방법으로 얻은 재물은 오래가지 못하고, 교활한 속임수로 살아 가려는 자는 천벌을 면치 못한다. 정직은 최상의 정책이라고 했다. 이마의 땀방울로 얻은 것만이 진정 자기의 소유물이 될 수 있다.

54

약으로도 정승의 수명을 고칠 수가 없고, 돈이 있더라도 자손의 현철함을 사기는 어렵다.

無藥可醫卿相壽요 有錢難買子孫賢이니라.
무약가의경상수   유전난매자손현

❖

경상(卿相) : 재상.
수(壽) : 수명.

〈풀이〉

중국의 역대 제왕들 중에는 소위 불로장생약을 복용한 이들이 적지 않았다.

그러나 그 일로 그들은 모두 목숨을 빼앗기고 만다. 방사들이 조제한 그 약의 주성분이 유황과 수은이었기 때문이다. 이렇게 절대권력자의 과도한 욕심이 오히려 저승사자를 불러들인 셈이다.

인간은 누구나 죽음 앞에서는 한낱 무력한 존재일 뿐이다. 또한 돈이 많아도 자손의 현명함을 살 수는 없다. 어차피 사람은 사람으로서의 한계를 벗어날 수 없는 것이다.

55

하룻동안 마음이 맑고 한가로우면, 그 하루는 신선이 된 것이다.

一日淸閑이면 一日仙이니라.
일일청한　　　 일일선

❖

청한(淸閑) : 마음이 맑고 한가함.
선(仙) : 신선. 선인(仙人).

〈풀이〉

우리들은 과도한 경쟁 속에서 바쁘게 살아가고 있다. 그러나 무엇을 이루기 위해 애써야 하는지 되돌아 봐야 한다. 따라서 이따금 맑고 한가한 시간을 갖는다면, 그만큼 우리의 삶은 의미있고 풍요로운 것이 된다.

56

진종황제 어제에 이르기를 「위태롭고 험한 것을 알면 그물을 쳐놓은 것과 같은 법망에 걸리는 일이 없을 것이요, 착한 이를 받들고 어진 이를 천거하면 자신의 몸이 저

절로 편안해 질 것이다. 인을 베풀고 덕을 펴는 것은 바로
여러 대에 번창을 가져 올 것이요, 질투하는 마음을 품고
원한을 갚으면 자손에게 근심을 끼칠 뿐이며, 남에게 손해
를 끼쳐서 자신을 이롭게 한다면 끝내 후손이 현달치 못
할 것이다. 뭇사람을 해쳐서 집안을 이룬다면 어찌 부귀를
오랫동안 누릴 수 있겠는가. 이름을 고치고 모습을 달리함
은 모두 교묘한 말 때문에 생기고, 재앙으로써 몸을 다치
게 함은 다 어질지 못함이 부른 것이다.」고 하였다.

眞宗皇帝御製에 曰 知危識險이면 終無羅網之門이요 擧善薦賢
진종황제어제   왈 지위식험   종무라망지문   거선천현

이면 自有安身之路라. 施仁布德은 乃世代之榮昌이요 懷妬報冤
  자유안신지로   시인포덕   내세대지영창   회투보원

은 與子孫之爲患이라 損人利己면 終無顯達雲仍이요 害衆成家
  여자손지위환   손인이기   종무현달운잉   해중성가

면 豈有長久富貴리요 改名異體는 皆因巧語而生이요 禍起傷身
  기유장구부귀   개명이체   개인교어이생   화기상신

은 皆是不仁之召니라.
  개시불인지소

❖

진종황제(眞宗皇帝 : 968～1022) : 북송의 제3대 황제. 태종의 셋
  째 아들로 이름은 항(恒)임. 1004년 요나라의 침략군을 스스
  로 나아가 정벌한 후 전연의 맹(盟)을 맺고 물러가게 함.
어제(御製) : 임금이 지은 글.
나망(羅網) : 그물을 벌려 놓음. 법망.
거선천현(擧善薦賢) : 착한 이를 받들고 어진 이를 천거함.
시인(施仁) : 인(仁)을 베풂.
포덕(布德) : 덕을 폄.
영창(榮昌) : 번영함. 번창함.

회투(懷妬) : 시기하는 마음을 품음.
보원(報寃) : 원한을 갚음.
현달(顯達) : 출세하여 이름을 떨침.
운잉(雲仍) : 먼 자손.
개명이체(改名異體) : 이름을 바꾸고 모습을 달리함.
교어(巧語) : 교묘하게 꾸며대는 말.

〈풀이〉

형벌의 준엄함을 알고 있는 이는 애당초 죄를 범하지 않는다. 또한 남에게 인덕을 베푼다면 대를 이어 번영할 것이요, 남을 해쳐서 자신의 이익을 챙긴다면 후손이 잘 되길 바랄 수 없다. 옳고 그른 행위에는 반드시 업보가 따르게 되는 것이다.

57

신종황제 어제에 이르기를 「도리에 어긋나는 재물이라면 이를 멀리하고, 정도에 지나친 술을 경계하며, 반드시 이웃을 가려서 살고, 친구를 가려서 사귀며, 질투가 마음 속에 일어나지 않게 하며, 헐뜯는 말을 입에 담지 말라. 가난한 친척을 소홀히 하지 말고, 부자인 남에게 후하게 대하지 말며, 사사로운 욕심을 이김에는 부지런하고 아껴 씀을 제일로 삼아라. 여러 사람을 사랑하되 겸손하고 화목함을 으뜸으로 하며, 늘 지난날의 허물을 생각하며, 또한 항상 앞날의 잘못을 염려하라. 만약 짐의 말대로 한다면 나라와 집안을 오랫동안 다스릴 수 있으리라.」고 하였다.

神宗皇帝御製에　曰　遠非道之財하고　戒過度之酒하며　居必擇隣
신종황제어제　　왈　원비도지재　　계과도지주　　　거필택린

하고　交必擇友하며　嫉妬를　勿起於心하고　讒言을　勿宣於口하라.
　　　교필택우　　질투　　물기어심　　　참언　　물선어구

骨肉貧者를　莫疎하고　他人富者를　莫厚하여　克己는　以勤儉爲先
골육빈자　막소　　타인부자　막후　　극기　이근검위선

이니라.　愛衆은　以謙和爲首하며　常思已往之非하고　每念未來之
　　　　애중　이겸화위수　　상사이왕지비　　매념미래지

咎하라.　若依朕之斯言이면　治國家而可久리라.
구　　약의짐지사언　　치국가이가구

❖

신종황제(神宗皇帝 : 1048~1085) : 북송의 제6대 황제. 영종의 장
　자로 이름은 욱(頊)임. 왕안석의 신법(新法)으로 정치·경제·국
　방 등의 개혁을 꾀했으나 지도층의 분열로 실패함.

참언(讒言) : 헐뜯는 말.

물선어구(勿宣於口) : 입에 담지 말라.

골육(骨肉) : 부모형제. 육친.

소(疎) : 소홀히 함.

막후(莫厚) : 후대하지 말라. 여기서는 아부하지 말라는 뜻.

극기(克己) : 자신의 사사로운 욕망을 이겨냄.

애중(愛衆) : 널리 뭇사람을 사랑함.

겸화(謙和) : 겸허하고 화평함.

위수(爲首) : 으뜸으로 삼다.

이왕지비(已往之非) : 지난날의 허물.

구(咎) : 잘못. 허물. 과오.

짐(朕) : 천자가 자신을 이르는 말. 왕의 경우는 과인(寡人)임.

가구(可久) : 오랫동안 다스릴 수 있음.

〈풀이〉

이 장은 사대부가 나라와 집안을 바르게 다스릴 수 있

는 방도에 대해 말하고 있다. 도리에 어긋나는 재물을 멀리하고, 남을 시기하고 비방하는 것을 삼가야 한다. 또한 가난한 친척을 멀리하면서 부자인 남에게 아첨하는 일이 있어서는 아니된다. 그리고 사욕을 이김에는 근면과 절약을 으뜸삼고, 남들과의 화목에 힘쓰며, 앞날에 저지를 수 있는 잘못에 대해 염려해야 한다.

58

고종황제 어제에 이르기를 「한 점의 불티가 능히 넓은 숲을 태우고, 반 마디의 잘못된 말이 평생의 덕을 그르치게 한다. 몸에 실오라기라도 걸쳤거든 늘 베 짜는 여인의 수고를 생각하고, 하루 세 끼 밥을 먹을 때마다 늘 농사짓는 이의 노고를 생각하라. 구차스레 탐내고 시기하여 남에게 손해를 끼치면, 마침내 십 년의 편안함도 없게 되고, 착한 일을 쌓고 어진 마음을 보존한다면, 반드시 자손이 영화를 누리게 될 것이다. 복과 경사는 착한 행실이 쌓여서 생기게 되고, 범용을 뛰어 넘어 성인의 경지에 드는 것은 다 진실함에서 얻어지는 것이다.」고 하였다.

高宗皇帝御製에 曰 一星之火도 能燒萬頃之薪하고 半句非言도
고종황제어제　왈　일성지화　　능소만경지신　　반구비언

誤損平生之德이라. 身被一縷나 常思織女之勞하고 日食三飱이
오손평생지덕　　신피일루　상사직녀지로　　일식삼손

나 每念農夫之苦하라. 苟貪妬損은 終無十載安康하고 積善存仁
　매념농부지고　　구탐투손　종무십재안강　　적선존인

이면 必有榮華後裔니라. 福緣善慶은 多因積行而生이요 入聖超
　　　　필유영화후예　　　복연선경　　다인적행이생　　　　입성초

凡은 盡是眞實而得이니라.
범　　진시진실이득

❖

고종황제(高宗皇帝 : 1107～1187) : 남송의 초대황제.

일성지화(一星之火) : 한점의 불티. 작은 불씨.

만경(萬頃) : 넓은 면적을 뜻함.

반구(半句) : 반 마디.

비언(非言) : 그릇된 말.

오손(誤損) : 손상시킴.

일루(一縷) : 한 올의 실.

직녀(織女) : 베 짜는 여인.

일식삼손(日食三飧) : 하루에 세끼 밥을 먹음.

구탐투손(苟貪妬損) : 구차스레 탐내고 시기하여 남에게 피해를 줌.

십재(十載) : 십 년 동안.

적선(積善) : 착한 일을 많이함.

존인(存仁) : 어진 마음을 보존함.

입성(入聖) : 성인의 경지에 들어감.

초범(超凡) : 보통 사람의 수준에서 벗어남.

〈풀이〉

　우리들이 날마다 먹는 음식이나 입고 있는 옷은 모두 농부와 기능인이 땀흘려 마련한 것이다. 따라서 한시도 이들의 노고를 잊어서는 아니된다. 또한 남몰래 착한 일을 쌓고 인덕을 베푼다면 반드시 자손이 영달하게 될 것이다. 왜냐하면 복과 경사는 모두 선행이 쌓여서 이루어진 결과이기 때문이다.

59

왕량이 말하였다.

「그 임금을 알려거든 먼저 그 신하를 보고, 그 사람을 알려거든 먼저 그 벗을 보고, 그 아버지를 알려거든 먼저 그 아들을 보라. 임금이 거룩하면 신하가 충성스럽고, 아버지가 인자하면 아들이 효성스럽다.」

王良이 曰 欲知其君커든 先視其臣하고 欲識其人커든 先視其友
왕량 왈 욕지기군   선시기신   욕식기인   선시기우

하며 欲知其父커든 先視其子하라. 君聖臣忠하고 父慈子孝니라.
      욕지기부   선시기자   군성신충   부자자효

❈

왕량(王良) : 춘추시대 진(晉)나라 사람. 말을 잘 다루었다고 함.
부자자효(父慈子孝) : 아버지가 인자하면 자식이 효도한다는 뜻임.

〈풀이〉

임금은 임금대로, 아비는 아비대로의 직분과 책임이 있다. 이들이 그것의 이행을 위해 최선을 다할 때, 신하나 자식도 충성과 효도로써 이에 보답할 것이다.

60

공자가어에 이르기를 「물이 너무 맑으면 물고기가 없고, 사람이 너무 살피면 따르는 친구가 없게 된다.」고 하였다.

家語에 云 水至淸則無魚하고 人至察則無徒니라.
가어　운 수지청즉무어　　인지찰즉무도

❖

가어(家語) : 공자가어(孔子家語). 공자의 말과 행위에 대해 기술한 책임. 10권 44책으로 구성됨.

지(至) : 지나치게. 지극히.

찰(察) : 살핌.

무도(無徒) : 따르는 무리가 없다. 따르는 친구가 없다.

〈풀이〉

물이 지나치게 맑으면 고기가 없고, 사람이 너무 비판적이면 친구가 없다는 격언은 널리 알려져 있다. 사실 누구나 결점은 있게 마련이다. 털어서 먼지가 나지 않는 사람은 없다. 그러나 남의 결점을 비판하는 것으로 그쳐서는 아니된다. 이를 이해하고 진실한 마음으로 포용해야만 할 것이다.

61

허경종이 말하였다.

「봄비는 땅을 기름지게 하지만 길 가는 이는 그 진흙탕을 싫어하고, 가을 달은 높게 떠올라 밝지만 도둑은 그 밝게 비침을 싫어한다.」

許敬宗이 曰 春雨如膏나 行人은 惡其泥濘하고 秋月揚輝나 盜
허경종　왈 춘우여고　행인　오기이녕　　추월양휘　도
者는 憎其照鑑이니라.
자　증기조감

❧

허경종(許敬宗) : 당나라 고종때의 정치가로 무소의를 황후로 세
　우는 일에 앞장섰음.
춘우여고(春雨如膏) : 봄비가 땅을 기름지게 한다는 뜻.
오(惡) : 미워함. 싫어함.
이녕(泥濘) : 진창. 진흙탕.
양휘(揚輝) : 매우 밝게 빛남.
증(憎) : 싫어함. 미워함.
조감(照鑑) : 밝게 비치다.

〈풀이〉

　사람은 모두 자기위주로 사물을 대하게 된다. 따라서 아
무리 공평하고 합리적인 조처일지라도 못마땅해 하는 자
가 있게 마련이다.

62

　경행록에 이르기를 「대장부는 착함을 봄이 분명하여 명
분과 절개를 태산보다 중하게 여기고, 마음씀이 깨끗하여
삶과 죽음을 기러기 털보다 가벼이 여긴다.」고 하였다.

景行錄에　云　大丈夫는　見善明故로　重名節於泰山하고　用心精
경행록　　운　대장부　　견선명고　　중명절어태산　　　용심정

故로　輕死生於鴻毛니라.
고　　경사생어홍모

❧

명절(名節) : 명분과 절개.
홍모(鴻毛) : 기러기의 깃털. 가볍다는 뜻.

〈풀이〉

대장부는 목숨을 버릴지언정 이름을 더럽힐 수는 없다고 생각한다. 그는 불의와의 타협과 기회주의적 처신을 거부하는 것이다. 비겁한 자는 여러 번 죽지만 용감한 이는 단 한 번 죽는다고 했다. 명분과 절개를 위해 목숨을 바친 이는 어떤 의미에선 지금도 살아있는 것이다.

63

남의 흉한 일은 딱하게 여기고, 남의 좋은 일은 기뻐하라. 남의 급함을 건져주고, 남의 위태로움을 구해 주도록 하라.

悶人之凶하고 樂人之善하며 濟人之急하고 救人之危니라.
민 인 지 흉   낙 인 지 선   제 인 지 급   구 인 지 위

민(悶) : 민망하게 여김. 딱하고 안쓰럽게 여김.
흉(凶) : 흉한 일.
제(濟) : 건져줌.

〈풀이〉

챙기기보다는 베푸는 것에 보다 큰 의미를 둔다면 이는 어질고도 지혜로운 사람이다. 이런 이는 남의 흉사를 민망하게 여기고, 남의 위급함을 건져내는데 최선을 다한다. 이기주의가 팽배한 사회에 반드시 필요한 존재가 바로 이와 같은 사람이다.

64

눈으로 본 일도 참이 아닐까 염려스러운데, 등 뒤에서 하는 말을 어찌 깊이 믿겠는가?

經目之事도 恐未皆眞이어늘 背後之言을 豈足深信이리오.
경목지사   공미개진   배후지언   기족심신

❀

경목(經目) : 눈을 거쳐 간 것. 눈으로 봄.
공미(恐未) : 아닐까 염려스럽다.
배후(背後) : 등뒤.

〈풀이〉

우리의 눈과 귀는 악한 증인라고 했다. 편견 때문에 사물의 진면목을 파악하지 못하는 경우가 많다는 뜻이다. 따라서 자신이 직접 본 일도 그 진상을 바로 알았다고 속단할 수 없다. 지성인은 냉철한 안목으로 진실을 추구해야 할 것이다.

65

자기 집의 두레박 끈이 짧음을 탓하지 아니하고, 다만 남의 집 우물이 깊은 것을 한탄한다.

不恨自家汲繩短이요 只恨他家苦井深이로다.
불한자가급승단   지한타가고정심

❖

급승(汲繩) : 두레박 줄.
고정심(苦井深) : 우물이 깊은 것을 괴로워함.

〈풀이〉

잘되면 제 탓, 못되면 조상 탓이라는 속담이 있다. 이는
일이 잘못되었을 때 그 책임을 남에게 떠넘기는 인정세태
를 이르는 말이다. 그러나 이렇게 해서는 아무런 발전이
없다. 먼저 자신의 잘못을 반성하여 다음에는 일을 보다
잘할 수 있도록 노력해야 한다. 자기반성에 인색하지 않은
이는 마침내 실패를 성공으로 돌릴 수 있을 것이다.

66

뇌물을 받고 법을 범한 사람이 세상에 가득한데, 복없는
사람만이 법망에 걸려 드는구나.

臟濫이 滿天下하되 罪拘薄福人이니라.
장람   만천하   죄구박복인

❖

장람(臟濫) : 뇌물을 받고 직권을 남용함.
구(拘) : 구속함.
박복인(薄福人) : 복없는 사람.

〈풀이〉

큰 죄를 지은 자는 빠져나가고, 사소한 범법자만 구속된
다면 이는 법 집행이 공평치 못한 것이다. 이 장은 이와

같은 부조리한 현실을 개탄하고 있다.

67

하늘이 만약 상도를 벗어나면 바람도 불지 않고 바로
비가 내리고, 사람이 만약 상도를 벗어나면 앓지 않고 바
로 죽는다.

天若改常이면 不風卽雨요 人若改常이면 不病卽死니라.
천약개상　　불풍즉우　　인약개상　　불병즉사

개상(改常) : 정상적인 도리에 벗어남.
불병즉사(不病卽死) : 앓지 않고 바로 죽음.

〈풀이〉

바람도 불지 않고 갑자기 비부터 쏟아짐은 비정상적인
일기 현상일 것이다. 사람도 정상적인 도리를 벗어나면 반
드시 좋지 않은 일을 당하게 된다.

68

장원시에 이르기를 「나라가 바르면 하늘의 뜻도 순조롭
고, 벼슬아치가 깨끗하면 백성이 저절로 편안하게 된다.
아내가 현명하면 남편이 화를 적게 당하고, 자식이 효도하
면 아비의 마음이 너그러워진다.」고 하였다.

壯元詩에 云 國正天心順이요 官淸民自安이라 妻賢夫禍少요 子
장원시 운 국정천심순   관청민자안   처현부화소   자

孝父心寬이니라.
효부심관

❖

장원시(壯元詩) : 과거에서 갑과에 수석으로 급제한 사람의 시.

국정(國正) : 나라가 바르게 다스려짐.

천심순(天心順) : 하늘의 뜻이 순조로움. 기후가 순조롭고 천재지
　변이 없다는 뜻.

관청(官淸) : 벼슬하는 이가 청렴함.

자안(自安) : 저절로 편안함.

〈풀이〉

이 장은 사람마다 지켜야 할 의무와 본분에 대해 말하
고 있다. 즉 관리는 청렴해야 하고, 아내는 내조를 잘해야
하며, 자식은 어버이를 잘 섬겨야 한다. 이렇게 각자의 의
무와 본분을 다할 때 보다 살기좋은 사회를 이룰 수 있는
것이다.

69

공자께서 말씀하셨다.

「나무는 먹줄을 따르면 곧아지고, 사람은 남의 간하는
말을 들으면 거룩해진다.」

子曰 木從繩則直하고 人受諫則聖이니라.
자왈 목종승즉직   인수간즉성

❖

승(繩) : 먹줄.
수간(受諫) : 남의 간언을 받아들임.

〈풀이〉

사람은 원만하고 융통성이 있어야만 훌륭한 일을 해낼
수 있다. 고집과 독단으로 성공할 수 없는 것이다.

70

한 줄기 푸른 산은 경치가 그윽한데, 앞사람의 밭을 뒷
사람이 차지했구나. 뒷사람은 그 땅을 얻었다고 기뻐하지
말라. 그걸 다시 차지할 이가 바로 뒤에 있으리라.

一派靑山景色幽러니　　前人田土後人收라　　後人收得莫歡喜하라
일 파 청 산 경 색 유　　　　전 인 전 토 후 인 수　　　후 인 수 득 막 환 희

更有收人在後頭니라.
갱 유 수 인 재 후 두

❖

일파(一派) : 한 줄기.
경색(景色) : 경치.
유(幽) : 그윽함.
전인(前人) : 옛 사람. 앞사람.
수득(收得) : 차지함. 거두어들임.
후두(後頭) : 바로 뒤. 뒷머리.

〈풀이〉

우리의 소중한 육신도 이 생명이 다하면 이슬처럼 사라

지게 마련이다. 하물며 우리가 소유했다고 자랑하는 재산 등은 언제든지 주인이 바뀔 수가 있다. 또한 지나친 집착 은 인간을 속박하는 멍에이기도 하다. 따라서 지혜로운 이 는 무소유에서 정신적 해방감을 맛보는 것이다.

71

소동파가 말하였다.
「아무런 까닭없이 천금을 얻으면 큰 복이 있는 게 아니 라, 반드시 큰 재앙이 있게 된다.」

蘇東坡曰 無故而得千金이면 不有大福이라 必有大禍니라.
소동파왈 무고이득천금   불유대복   필유대화

소동파(蘇東坡 : 1036~1101) : 북송의 문인으로 이름은 식(軾),
　자는 자첨(子瞻), 호는 동파(東坡)임. 아버지 순(洵), 아우 철
　(轍)과 함께 삼소(三蘇)라고 일컬어짐. 이들 삼부자는 저마다
　당송팔대가(唐宋八大家)의 한 사람이기도 함. 왕안석과 의견이
　맞지않아 좌천되었으나, 철종때 중용되어 한림학사·예부상서
　를 역임. 서화에도 뛰어났으며 적벽부는 지금도 애송되고 있
　음. 동파전집(東坡全集)115권을 남김.
무고(無故) : 아무런 까닭없이.

〈풀이〉
정당한 대가를 치르지 않고 얻은 재물은 재앙을 초래할 수도 있다. 세상에는 공짜가 없다. 진정 땀흘려 얻은 것만 이 내 것이라고 할 수 있을 것이다.

72

소강절 선생이 말하였다.

「어떤 이가 찾아와 화와 복을 점쳐 달라고 하였다. 내가 다른 사람을 헐뜯으면 이게 바로 화요, 다른 사람이 나를 헐뜯으면 이게 바로 복이니라.」

康節邵先生이 曰 有人이 來問卜하되 如何是禍福고 我虧人是
강절소선생   왈 유인   내문복   여하시화복   아휴인시

禍요 人虧我是福이니라.
화   인휴아시복

유인(有人) : 어떤 사람.
복(卜) : 점.
인휴아(人虧我) : 남이 나를 헐뜯음.

〈풀이〉

내가 남을 해치면 남도 나에게 보복을 가할 것이다. 이게 바로 재앙이다. 남이 나를 비방하더라도 이를 자신을 되돌아보는 계기로 삼을 수 있다. 이렇게 하면 비방이 곧 복이 될 수도 있다. 복이든 재앙이든 결국은 모두 자기 스스로가 불러 들이는 것이다.

73

천간이나 되는 큰 집이라 하더라도 밤에 눕는 것은 여

넓 자면 되고, 좋은 밭이 만 이랑이라도 먹는 것은 하루에
두 되면 된다.

大廈千間이라도 夜臥八尺이요 良田萬頃이라도 日食二升이니라.
대하천간　　　　야와팔척　　　양전만경　　　　일식이승

❈

대하(大廈) : 큰 집.
야와(夜臥) : 밤에 눕다. 밤에 잠을 자다.
만경(萬頃) : 넓은 땅. 경(頃)은 이랑.

〈풀이〉

　개인의 물질적 소비량은 한계가 있게 마련이다. 부자라
고 해서 지나치게 넓은 침실과 많은 양의 식량을 필요로
하는 것은 아니다. 사람은 재물욕과 공명심에서 벗어날 때
비로소 참다운 자유를 누릴 수 있는 것이다.

74

　오래 머물면 사람이 천해지고, 자주 오면 가깝던 사이도
멀어진다. 다만 사흘이나 닷새 사이에도 서로 보는 눈이
처음과 같지 않다.

久住令人賤이요 頻來親也疎라 但看三五日에 相見不如初라.
구주령인천　　　빈래친야소　　단간삼오일　　상견불여초

❈

빈래(頻來) : 자주 찾아 오다.
소(疎) : 성기다. 멀어진다는 뜻.

〈풀이〉

생선과 손님은 사흘이 지나면 냄새가 난다고 했다. 사실 귀한 손님도 오래 머물면 천해지고, 친밀한 벗도 너무 자주 오면 귀찮아진다. 사람은 저마다 누려야 할 사생활이 있다. 우정도 상대방에 폐를 끼치지 않아야만 지속될 수 있는 것이다.

75

목이 마를 때에 물 한 방울은 단 이슬과 같고, 취한 후에 더 따르는 술잔은 없느니만 못하다.

渴時一滴은 如甘露요 醉後添盃는 不如無니라.
갈시일적　여감로　취후첨배　불여무

갈시(渴時) : 목이 마를 때.
일적(一滴) : 한 방울의 물.
감로(甘露) : 단 이슬.
첨배(添盃) : 잔에 술을 더 따르다. 술을 더 마신다는 뜻.
불여무(不如無) : 없느니만 못하다.

〈풀이〉

우스갯소리로 사람이 술을 마시다가 지나치면 술이 술을 마시고, 더 지나치면 술이 사람을 마신다고 했다. 무슨 일이나 한계를 넘어서면 좋지 않은 결과를 초래할 뿐이다.

76

술이 사람을 취하게 하는 게 아ㅣ라 사람 스스로가 취하는 것이요, 미색이 사람을 미혹시키는 게 아니라 사람 스스로가 미혹되는 것이다.

酒不醉人人自醉요 色不迷人人自迷니라.
주불취인인자취   색불미인인자미

❖

취인(醉人) : 사람을 취하게 함.
색(色) : 여색. 미색(美色).
미(迷) : 미혹됨.

〈풀이〉

술이 사람을 취하게 하는 게 아니라 자기 스스로 취하고 싶어서 마시는 것이다. 또한 여색의 경우에도 사람이 스스로 정욕을 이기지 못해 미혹될 뿐이다. 이렇게 이 세상 모든 일은 자기가 할 나름인 것이다. 따라서 결과에 따르는 책임도 자신이 져야 한다.

77

공(公)을 위하는 마음이 사(私)를 위하는 마음과 견줄 수 있다면 무슨 일인들 분별하지 못하리오. 도에 대한 마음이 만일 남녀의 사랑과 같다면 오래 전에 부처님이 되었을 것이다.

公心이 若比私心이면 何事不辨이며 道念이 若同情念이면 成佛
공심　약비사심　　하사불변　　도념　약동정념　　성불

多時니라.
다시

❦

공심(公心) : 공을 위하는 마음.
약비(若比) : 만일 …와 같다면.
사심(私心) : 사사로운 마음.
변(辨) : 시비를 가려냄. 분별함.
도념(道念) : 도를 지키는 마음.
성불(成佛) : 부처님이 됨.

〈풀이〉

대부분의 사람들은 자신의 사사로운 일을 최우선으로
생각한다. 따라서 공적인 일에도 그처럼 관심을 보인다면
만사가 제자리를 잡게 될 것이다. 그리고 남녀간의 뜨거운
사랑과 같이 도에 정진하는 이가 있다면, 그는 오래 전에
해탈하여 부처가 되었을 것이다.

78

염계 선생이 말하였다. 「능숙한 이는 말을 잘하고 서툰
이는 말이 없다. 능숙한 이는 애쓰고 서툰 이는 편안하다.
능숙한 이는 남을 해치고 서툰 이는 덕이 있다. 능숙한 이
는 흉하고 서툰 이는 길하다. 아, 천하가 서툰 듯하면 형

정이 사라져 윗사람이 편안하고 아랫사람이 잘 따르며, 풍
속은 맑아지고 나쁜 관습은 없어지게 된다.」

廉溪先生이 曰 巧者言하고 拙者默하며 巧者勞하고 拙者逸하며
염계선생 왈 교자언   졸자묵   교자로   졸자일

巧者賊하고 拙者德하며 巧者凶하고 拙者吉하나니 嗚呼라 天下
교자적   졸자덕   교자흉   졸자길   오호   천하

拙이면 刑政이 撤하여 上安下順하며 風淸幣絶이니라.
졸   형정 철   상안하순   풍청폐절

❀

염계선생(廉溪先生 : 1017~1073) : 북송의 유학자로 성은 주(周),
　　이름은 돈이(敦頤), 자는 무숙(茂叔), 염계는 그의 호임. 성
　　리학의 개조로 이정(二程)의 스승이기도 함. 저서에 태극도설
　　(太極圖說)과 통서(通書)등이 있음.

교자(巧者) : 재치있고 교활한 사람.

졸자(拙者) : 어리석고 서툰 듯하나 순수한 덕을 지닌 이.

묵(默) : 말이 없음.

일(逸) : 편안함.

적(賊) : 해치다.

오호(嗚呼) : 감탄사.

형정(刑政) : 형벌에 관한 행정.

철(撤) : 철폐함. 폐지함.

풍청폐절(風淸弊絶) : 풍속은 맑아지고 나쁜 습관은 사라짐.

〈풀이〉

　세상에는 잔재주에 능하고 교활한 사람도 적지 않다. 이
런 사람은 유창한 말솜씨로 자신을 합리화 할 수 있다. 그
러나 사회를 이롭게 하는 이들은 이런 부류가 아니다. 사
실은 조금 어리석고 서툰 듯하나 순수한 인간성을 지닌

이들일 것이다. 이와 같은 인물이 많은 사회는 그만큼 형벌을 집행할 일이 줄어들고, 나쁜 습관도 사라지게 된다.

79

주역에 이르기를 「덕이 적으면서 지위가 높고, 슬기가 없으면서 꾀하는 바가 크면 재앙을 당하지 않은 자가 드물다.」고 하였다.

易에 曰 德微而位尊하고 智小而謀大면 無禍者鮮矣니라.
역　왈　덕미이위존　　　지소이모대　　무화자선의

역(易) : 오경(五經)의 하나로 역경(易經) 또는 주역(周易)이라고도 불리움. 팔괘(八卦)의 조합에 의해 인간의 길흉화복을 점치는 경전임.
미(微) : 미약함.
존(尊) : 높음.
지(智) : 지혜. 슬기.
선(鮮) : 드물다. 거의없다.

〈풀이〉

덕이 적은 자가 높은 지위를 차지하거나, 지혜가 부족한 자가 야심만 크다면 재앙을 불러들일 뿐이다. 자신의 분수와 역량을 헤아리지 못해 일어난 비극을 예로 들자면 한이 없을 것이다.

80

설원에 이르기를 「벼슬아치는 지위가 높아짐에 따라 게을러지고, 병은 조금 나으면서 더해진다. 화는 게으른 데서 생기고, 효도는 처자를 거느리는 데서 희미해진다. 따라서 이 네 가지를 살펴 끝맺음을 처음과 같도록 삼가야 한다.」고 하였다. ·

說苑에 曰 官怠於宦成하고 病加於小愈하며 禍生於懈怠하고 孝
설원　왈　관태어환성　　병가어소유　　화생어해태　　　효

衰於妻子니 察此四者하여 愼終如始니라.
쇠어처자　찰차사자　　신종여시

설원(說苑) : 전한 성제(成帝)때의 유학자 유향(劉向)이 지은 책. 춘추전국으로부터 한나라에 이르기까지의 여러 인물들의 일화를 수록한 것임. 유가의 입장에서 임금과 신하 사이의 도리를 밝힘.
환성(宦成) : 지위가 높아짐.
소유(小愈) : 병이 조금 나음.
해태(懈怠) : 게으름. 태만함.
신종여시(愼終如始) : 끝맺음을 시작과 같도록 조심함.

〈풀이〉

천리길을 가는 사람은 구백 리를 반으로 생각해야 한다. 따라서 벼슬이 높아졌다고 직무를 게을리한다든지, 병이 조금 차도를 보인다고 해서 마음을 놓는다면 이는 어리석은 사람일 뿐이다. 재앙은 늘 게으르고 방심하는데서 생긴다. 지성인은 모든 일에 유종의 미를 거두도록 애써야 할 것이다.

81

그릇은 가득 차면 넘치게 되고, 사람은 가득 차면 잃는다.

器滿則溢하고 人滿則喪이니라.
기만즉일   인만즉상

❖

만(滿) : 가득 차다.
일(溢) : 넘침.
상(喪) : 잃어버림.

〈풀이〉

번성하면 곧 쇠퇴해지는 게 자연의 섭리이다. 인간사도 이와 별다른 차이가 없다. 그러므로 사람도 번영하고 있다고 해서 으시대지 말고, 불우한 이웃에게 널리 덕을 베풀어야 한다.

82

양고기 국이 비록 맛이 좋다해도, 뭇사람의 입에 모두 맞추기는 어렵다.

羊羹이 雖美나 衆口는 難調니라.
양갱　수미　중구　난조

❖

양갱(羊羹) : 양고기 국.
수미(雖美) : 비록 맛이 좋아도.
난조(難調) : 모두 맞추기는 어려움.

〈풀이〉

사람은 얼굴 생김이 다르듯 저마다의 성격과 기호(嗜好)도 다르게 마련이다. 따라서 어떤 뜻있는 일을 추진 할 때에도 모든 사람의 지지와 찬성을 받을 수는 없다. 지도적 위치에 있는 이는 옳다고 생각하는 일에 대해 때로는 과감하게 밀고 나가야만 한다. 그냥 뭇사람의 눈치나 보는 식으로는 큰 일을 성취할 수 없는 것이다.

83

큰 구슬을 보배로 여기지 말고, 짧은 시간을 다투어야 한다.

尺璧이 非寶요 寸陰을 是競하라.
척벽　비보　촌음　시경

❖

척(尺) : 한 자.
벽(璧) : 구슬.
보(寶) : 보배.
촌음(寸陰) : 아주 짧은 시간.

시경(是競) : 이를 다툼. 소중하게 여긴다는 뜻.

〈풀이〉

우리에게 소중한 것은 한 자나 되는 구슬이 아니요, 시간이다. 짧은 시간을 아껴 업적을 이루어야 한다. 세월은 사람을 기다려 주지 않는다. 단순히 오락잡기로 세월을 보냄은 일종의 죄악이다.

84

익지서에 이르기를「흰 구슬은 진흙에 던져지더라도 그 빛을 더럽힐 수 없고, 군자는 좋지 못한 곳에 가더라도 그 마음을 어지럽힐 수 없다. 그러므로 솔과 잣나무는 눈서리를 이겨내고, 밝은 슬기는 위태롭고 어려운 일을 헤쳐나갈 수 있다.」고 하였다.

益智書에 云 白玉은 投於泥塗라도 不能汚穢其色이요 君子는
익지서 운 백옥 투어니도   불능오예기색   군자

行於濁地라도 不能染亂其心하나니 故로 松栢은 可以耐雪霜이
행어탁지   불능염란기심   고 송백 가이내설상

요 明智는 可以涉危難이니라.
  명지   가이섭위난

니도(泥塗) : 진흙탕.
오예(汚穢) : 더럽힘.
탁지(濁地) : 더러운 곳.
염란(染亂) : 물들여 어지럽게 함.

송백(松栢) : 솔과 잣나무.
내(耐) : 견딤.
설상(雪霜) : 눈과 서리.
명지(明智) : 밝은 지혜. 명석한 슬기.
섭(涉) : 건너다. 겪어나감.
위난(危難) : 위급하고 어려운 일.

〈풀이〉

　사람은 예기치 않은 고난에 부딪히는 경우가 많다. 그리고 그것을 어떻게 이겨내느냐에 따라 그 사람의 진가가 드러난다. 솔과 잣나무는 눈서리 속에서도 늘 푸른 나무의 생명력을 간직하고 있다. 군자 또한 슬기와 지조로서 위태롭고 어려운 일을 헤쳐나가야 할 것이다.

85

　산에 들어가 범을 잡기는 쉬워도, 입을 열어 다른 사람에게 말하기는 어렵다.

入山擒虎는 易어니와 開口告人은 難이니라.
입산금호　　이　　　개구고인　　난

금호(擒虎) : 범을 사로잡음.
이(易) : 쉽다. 용이하다.

〈풀이〉

사람들에게 사건의 이면에 담겨있는 진상을 알도록 하

는 것은 결코 쉬운 일이 아니다. 진실을 말하다가 불순한
세력에 의해 목숨을 빼앗긴 이들도 적지 않기 때문이다.
그러므로 고발하기보다는 산에 들어가 호랑이를 사로잡는
게 쉽다고 한 것이다.

86

멀리 있는 물로는 가까운 곳의 불을 끄지 못하고, 먼 곳
에 사는 친척은 가까운 이웃보다 못하다.

遠水는 不救近火요 遠親은 不如近隣이니라.
원수   불구근화   원친   불여근린

불구근화(不救近火) : 가까운 곳의 불을 끄지 못함.
원친(遠親) : 먼 곳에 사는 친척.
불여(不如) : …만 못함.
근린(近隣) : 가까운 이웃.

〈풀이〉

멀리 있는 물은 가까운 곳의 불을 끄는데 도움이 될 수
없다. 또한 먼 곳에 사는 친척은 어려운 일이 있을 때 가
까운 이웃보다 못한 것이다. 이웃 사촌이라고 했다. 이웃
끼리 서로 돕고 의지함은 재난을 이겨내는 슬기이다.

87

태공이 말하였다.

「해와 달이 비록 밝으나 엎어 놓은 항아리의 밑은 비추지 못하고, 칼날이 비록 날카로워도 죄없는 이를 베지 못하며, 때아닌 재난이나 재앙도 삼가는 집 문에는 들어오지 못한다.」

太公이 曰 日月이 雖明이나 不照覆盆之下하고 刀刃이 雖快나
태공   왈 일월이   수명   부조복분지하   도인   수쾌

不斬無罪之人하고 非災橫禍는 不入愼家之門이니라.
불참무죄지인   비재횡화   불입신가지문

일월(日月) : 해와 달.
부조(不照) : 비추지 못함.
복분(覆盆) : 엎어 놓은 항아리.
도인(刀刃) : 칼날.
수쾌(雖快) : 비록 잘 들어도. 비록 날카로워도.
불참(不斬) : 베지 못함.
비재(非災) : 때 아닌 재난.
횡화(橫禍) : 뜻하지 않은 재앙.
신가(愼家) : 조심하는 집. 삼가는 집.

〈풀이〉

큰 사고도 방심과 부주의에서 비롯된다. 모든 일을 삼가는 집안에는 재앙이 미치지 못하는 것이다.

88

태공이 말하였다.

「좋은 밭 만 이랑이 하찮은 재주 한 가지를 몸에 지님만 못하다.」

太公이 曰 良田萬頃이 不如薄藝隨身이니라.
태공   왈 양전만경   불여박예수신

❖

양전(良田) : 토질이 기름진 전답.
박예(薄藝) : 하찮은 재주.

〈풀이〉

토지나 집과 같은 부동산은 언제든지 소유권자가 바뀔 수 있다. 이에 반하여 한 번 익힌 기능과 재주는 한평생 생활의 밑천이 될 수 있는 것이다.

89

성리서에 이르기를 「사물에 접할 때 알아두어야 할 점은 자기가 하고 싶지 않은 바를 남에게 베풀지 말고, 행하여 얻지 못하는 바가 있으면 그 까닭을 자신에게서 찾아야 한다.」고 하였다.

性理書에 云 接物之要는 己所不欲을 勿施於人하고 行有不得이
성리서 운 접물지요   기소불욕   물시어인   행유부득

어든 反求諸己니라.
     반구저기

❖

접물지요(接物之要) : 사람이나 사물을 대할 때의 요점.

기소불욕(己所不欲) : 자신이 원치 않는 것.
부득(不得) : 뜻대로 되지 않음.
반구저기(反求諸己) : 자신에게서 원인을 찾음. 스스로를 반성해
  봄.

〈풀이〉

자기가 원치 않는 바를 남에게 베풀지 않음은 최소한의
도리일 것이다. 그러나 그렇게 하기란 쉽지 않다. 또한 자
신이 도모했던 일이 뜻대로 되지 않으면 그 책임을 남에
게 돌리는 사람이 많다. 그러나 이와 같은 안이한 태도로
는 발전을 이룰 수 없다. 냉철한 자기반성은 실패를 성공
으로 돌이키는 지름길이 된다.

90

술·여색·재물·기운의 네 가지로 쌓은 담 안의 행랑채에
수많은 현명한 이와 어리석은 자가 들어 있네. 만약 세상
사람들이 이곳에서 벗어날 수만 있다면, 그게 바로 신선의
죽지 않는 방법이라네.

酒色財氣四堵墻에 多少賢愚在內廂이라 若有世人이 跳得出이
주색재기사도장   다소현우재내상   약유세인   도득출

면 便是神仙不死方이니라.
  변시신선불사방

도장(堵墻) : 담.
내상(內廂) : 안 행랑.

도득출(跳得出) : 뛰쳐 나옴. 벗어날 수 있다는 뜻.
변시(便是) : 그게 바로.

〈풀이〉

술과 여색은 현우(賢愚)를 막론하고 빠져들기가 쉽다.
재물에 대한 탐욕과 객쩍게 부리는 혈기 또한 우리의 약
점이다. 우리들이 이런 것에서 일찌감치 빠져나올 수 있다
면, 신선과 같은 삶을 영위할 수 있을 것이다.

제12편 입교편(立敎篇)

이 입교편에는 유교사회의 기본 도덕률이 체계적으로 서술되어 있다. 이 중에는 산업사회를 살아가는 현대인에게 도움이 될 조목도 적지 않다. 따라서 이 편의 좋은 점을 가려내어 오늘날에 되살릴 수 있다면, 우리들의 도덕적 품성은 좀더 향상될 수 있을 것이다.

1

공자께서 말씀하셨다.

「입신에는 의로움이 있어야 하니 효행이 그 근본이 되고, 상사에는 예법이 있어야 하니 슬픔이 그 근본이 되고, 싸움터에는 대열을 맞추어야 하니 용기가 그 근본이 되고, 다스림에는 방도가 있어야 하니 농사가 그 근본이 되고, 사직의 보전에는 도리가 있어야 하니 대를 잇는 게 그 근본이 되고, 재물을 얻는 데는 때가 있으니 힘쓰는 게 그 근본이 된다.」

子曰 立身有義而孝爲本이요 喪祀有禮而哀爲本이요 戰陣有
자 왈 입 신 유 의 이 효 위 본   상 사 유 례 이 애 위 본   전 진 유

列而勇爲本이요 治政有理而農爲本이요 居國有道而嗣爲本이요
렬 이 용 위 본   치 정 유 리 이 농 위 본   거 국 유 도 이 사 위 본

生財有時而力爲本이니라.
생 재 유 시 이 력 위 본

❖

입신(立身) : 출세함.
상사(喪祀) : 초상 치르고 제사 지내는 일.
전진(戰陣) : 싸움터. 전쟁을 하려고 친 진(陣).
열(列) : 대열. 행렬.
치정(治政) : 나라를 다스림.
사(嗣) : 대를 잇다.
생재(生財) : 재물을 생산함.

〈풀이〉

이 장에는 사회진출에 앞서 효를 행하여야 하며, 상사에
는 애도함이 있어야 하고, 싸움터에는 용기가 으뜸이며,
정사에는 농사를 제일로 삼고, 사직의 보전에는 임금의 대
를 이음이 근본이 되며, 재화를 얻기 위해서는 땀흘려 일
해야 한다고 했다. 이 여섯 가지 가르침에 유가의 덕목과
가치관이 잘 드러나 있다.

2

경행록에 이르기를 「다스림의 요체는 공정과 청렴이요,
집안을 이루는 길은 검약과 근면이다.」고 하였다.

景行錄에 云 爲政之要는 曰公與淸이요 成家之道는 曰儉與勤이
경행록 운 위정지요 왈공여청   성가지도 왈검여근
니라.

❖

위정지요(爲政之要) : 정치를 하는 요체.

공여청(公與淸) : 공정과 청렴.
성가(成家) : 집안을 이룸. 집안을 홍왕하게 함.
도(道) : 길. 방도.
검여근(儉與勤) : 검약과 근면.

〈풀이〉

위정자가 공정하고 청렴할 때 나라는 제대로 다스려질
수 있다. 그리고 검약과 근면이 곧 집안을 번영케 하는 방
도임은 변함없는 진리이다.

3

글을 읽는 것은 집안을 일으키는 근본이요, 이치를 따르
는 것은 집안을 보전하는 근본이요, 부지런함과 검약함은
집안을 다스리는 근본이요, 화목과 순종은 집안을 가지런
히 하는 근본이다.

讀書는 起家之本이요 循理는 保家之本이요 勤儉은 治家之本이
독서   기가지본   순리   보가지본   근검   치가지본

요 和順은 齊家之本이니라.
화순   제가지본

기가(起家) : 집안을 일으킴. 가문을 홍왕케 함.
순리(循理) : 도리에 따름. 이치에 좇음.
보가(保家) : 집안을 보전함.
치가(治家) : 집안을 다스림.
화순(和順) : 화목하고 순종함.
제가(齊家) : 집안을 편안하게 함.

〈풀이〉

공부를 많이 해야만 사물의 이치를 터득할 수 있고, 입신출세도 가능하다. 또한 무리한 일을 하지 않아야 집안을 보전할 수 있고, 부지런하고 절약해야만 집안 살림이 윤택해진다. 그리고 부부가 화목하고 자녀들이 순종하면 그 집안은 편안하게 되는 것이다.

4

공자 삼계도에 이르기를 「평생의 계획은 어린 시절에 있고, 일년의 계획은 봄에 있으며, 하루의 계획은 새벽녘에 있다. 어린 시절에 배우지 아니하면 늙어서 아는 바가 없고, 봄에 밭 갈지 아니하면 가을에 바랄 바가 없으며, 새벽녘에 일어나지 아니하면 그날은 일거리가 없을 것이다.」고 하였다.

孔子三計圖에 云 一生之計는 在於幼하고 一年之計는 在於春하
공자삼계도　운 일생지계　재어유　　일년지계　재어춘

고 一日之計는 在於寅이니 幼而不學이면 老無所知요 春若不耕
　일일지계　재어인　　유이불학　　노무소지　춘약불경

이면 秋無所望이요 寅若不起면 日無所辦이니라.
　추무소망　　인약불기　일무소관

삼계(三計) : 일생의 계획, 일년의 계획, 하루의 계획을 가리킴.
유(幼) : 어린 시절.
인(寅) : 인시(寅時 : 오전 3시～오전 5시 전까지). 새벽녘.
일무소관(日無所辦) : 그날 일을 할 수 없게 됨.

〈풀이〉

모든 일은 시초에 제자리를 잡지 않으면 좋은 결과를 기대할 수 없다. 그러므로 시작의 중요성은 아무리 강조하여도 지나치다고 할 수 없을 것이다. 첫단추를 잘못 끼워 뉘우침을 남기는 일이 있어서는 아니된다.

5

성리서에 이르기를 「다섯 가지 가르침의 덕목은 아버지와 아들 사이에는 친함이 있어야 하고, 임금과 신하 사이에는 의리가 있어야 하며, 남편과 아내 사이에는 분별이 있어야 하고, 어른과 아이 사이에는 차례가 있어야 하며, 벗과 벗 사이에는 믿음이 있어야 한다.」고 하였다.

性理書에 云 五教之目은 父子有親하며 君臣有義하며 夫婦有別
성리서　　운　오교지목　　부자유친　　　군신유의　　　부부유별

하며 長幼有序하며 朋友有信이니라.
　　장유유서　　　붕우유신

❦

오교(五教) : 유교의 다섯 가지 가르침. 곧 오륜(五倫)을 뜻함.

〈풀이〉

이 장은 유가의 기본적 덕목인 오륜을 열거하고 있다. 이와 같은 전통적 윤리관은 수직적 인간관계를 강조하고 있는 게 사실이다. 그러나 자유와 평등을 바탕으로 한 현대 사회에서도 인간관계에 문제점이 적지는 않다. 따라서 윤

리관과 가치관의 혼란으로 고민하는 오늘날의 우리들은
이 가운데서의 좋은 점은 그대로 이어받아 더욱 발전시켜
야 할 것이다.

6

삼강이란 임금은 신하의 벼릿줄이 되고, 아버지는 자식
의 벼릿줄이 되며, 남편은 아내의 벼릿줄이 되는 것이다.

三綱은 君爲臣綱이요 父爲子綱이요 夫爲婦綱이니라.
삼강   군위신강   부위자강   부위부강

❀

강(綱) : 벼릿줄.

〈풀이〉

삼강은 오륜과 더불어 유가의 핵심적인 도덕률이다. 즉
임금은 공명정대한 몸가짐으로 신하의 모범이 되어야 하
는 것이다. 또한 아버지는 올바른 행동으로 자식의 본보기
가 되어야 하고, 남편은 성실한 생활로 아내의 존경을 받
아야 한다. 이 삼강 역시 위로부터의 수직적 인간관계를
강조하고 있다.

그리고 여성의 지위를 종속화하고 있는 점에 대해서는
다소 비판의 여지가 있다. 다만 오늘을 사는 우리들은 윗
사람이 몸가짐을 삼가며, 모든 일에 성실히 임할 때 그 사
회와 가정은 화평을 이룰 수 있다는 교훈으로 새기면 될
것이다.

7

왕촉이 말하였다.
「충신은 두 임금을 섬기지 아니하며, 열녀는 두 지아비를 받들지 아니한다.」

王蠋이 曰 忠臣은 不事二君이요 烈女는 不更二夫니라.
왕촉   왈 충신   불사이군   열녀   불경이부

❀

왕촉(王蠋) : 전국(戰國)시대 제(齊)나라의 현인. 연나라 장군
   악의(樂毅)가 제나라를 깨뜨린 뒤에 화읍(畵邑)에 살고 있는
   왕촉에서 항복하기를 권하였으나, 그는 스스로 목을 매어 죽었
   다고 함.
열녀(烈女) : 절개가 곧은 여인.
불경(不更) : 바꾸지 않음. 받들지 아니한다는 뜻.

〈풀이〉

제나라의 지사(志士) 왕촉이 자결하기 전에 남긴 이 말은
모든 충신과 열녀의 행동지침이 되었다. 주변의 상황에 따
라 늘 기회주의적으로 처신하는 자들은 현인·지사들의 이
와 같은 언행에서 배우고 반성하는 바가 있어야 할 것이다.

8

충자가 말하였다.

「벼슬아치를 다스림에는 공평한 것보다 더 나은 게 없고, 재물을 대함에는 청렴한 것보다 더 나은 게 없다.」

忠子曰 治官에 莫若平이요 臨財에 莫若廉이니라.
충자왈 치관   막약평   임재   막약렴

❖

충자(忠子) : 어떤 인물인지 그 행적이 밝혀진 바가 없음.
치관(治官) : 벼슬아치를 다스림.
막약(莫若) : …만 같지 못함. …보다 더 나은 게 없다는 뜻.
임재(臨財) : 재물을 대함.
염(廉) : 청렴함.

〈풀이〉

관리는 직무의 수행에 공명정대해야 하고, 재물을 대함에는 청렴해야 한다. 조선 왕조시대의 황희와 맹사성은 이와 같은 당위(當爲)에 충실한 청백리였다. 이들의 행적은 오늘날의 공직자들이 본받아야 할 귀감인 것이다.

9

장사숙의 좌우명에 이르기를 「무릇 말은 반드시 충성스럽고 미더웁게 하며, 무릇 행실은 반드시 착실하고 공경히 하라. 음식은 반드시 삼가고 알맞게 먹도록 하고, 글씨는 반드시 또박또박 바르게 쓰라. 몸가짐은 반드시 단정하고 의젓이 하며, 옷차림은 반드시 반듯해야 한다. 걸음걸이는 반드시 점잖게 하고, 사는 곳은 반드시 바르고 조용해야 한다. 일은 반드시 계획을 세워 착수하며, 말은 반드시 실천을 생각하여 하라. 언제나 반드시 변함없는 덕을 지니고, 승낙은 반드시 신중히 생각하여 하라. 남의 착함을 보거든 내가 행한 것 같이 여기며, 악함을 보거든 내 몸의 질병처럼 생각하라. 무릇 이 열네 가지는 내가 아직 깨닫지 못한 것들이니, 이를 써서 오른편에 붙이고 아침 저녁으로 보고 경계하는 것이다.」고 하였다.

張思叔座右銘에 曰 凡語를 必忠信하며 凡行을 必篤敬하며 飮
장사숙좌우명   왈 범어   필충신   범행   필독경   음

食을 必愼節하며 字劃을 必楷正하며 容貌를 必端莊하며 衣冠을
식   필신절   자획   필해정   용모   필단장   의관

必整肅하여 步履를 必安詳하라. 居處를 必正靜하며 作事를 必
필정숙   보리   필안상   거처   필정정   작사   필

謀始하며 出言을 必顧行하며 常德을 必固持하며 然諾을 必重應
모시   출언   필고행   상덕   필고지   연락   필중응

하며 見善을 如己出하며 見惡을 如己病하라. 凡此十四者는 皆
견선   여기출   견악   여기병   범차십사자   개

我未深省이라 書此當座右하여 朝夕視爲警하노라.
아미심성   서차당좌우   조석시위경

장사숙(張思叔) : 북송의 유학자로 이름은 역(繹), 자는 사숙(思叔)임. 정이천(程伊川)의 문하에서 성리학을 배움.

좌우명(座右銘) : 늘 가까이 적어두고 반성의 자료로 삼는 말.

충신(忠信) : 정성스럽고 신의가 있음.

독경(篤敬) : 독실하고 공경스러움.

신절(愼節) : 삼가고 절조가 있음.

자획(字劃) : 글자의 획.

해정(楷正) : 바르게 씀.

단장(端莊) : 단정하고 엄숙함.

의관(衣冠) : 옷과 갓.
정숙(整肅) : 엄숙하고 단정함.
보리(步履) : 걸음걸이.
안상(安詳) : 안정되고 조용함.
모시(謀始) : 계획을 세우고 착수함.
출언(出言) : 말을 함.
고행(顧行) : 실천할 수 있는지를 살펴봄.
상덕(常德) : 언제나 변치 않는 도의심.
고지(固持) : 굳게 지님.
연락(然諾) : 승락함. 허락함.
중응(重應) : 신중히 응답함.
여기출(如己出) : 내가 행한 것 같이 여김.
미심성(未深省) : 아직 깊이 살피지 못함.
위경(爲警) : 경계로 삼음.

〈풀이〉
이 장에는 군자가 지켜야 할 열네 가지 좌우명이 언급되어 있다. 이는 진실하게 살고자 하는 오늘의 우리들에게도 생활의 지침이 될 수 있는 것이다.

10

범익겸의 좌우명에 이르기를 「첫째 조정의 이해와 변방의 보고 및 벼슬의 임명에 대해 말하지 말라. 둘째 고을 관원의 장단점과 잘잘못을 말하지 말라. 셋째 여러 사람들의 잘못과 악한 일을 말하지 말라. 넷째 관직에 나아가는 일과 권세에 빌붙는 일을 말하지 말라. 다섯째 재물과 이득의 많고 적음이나, 가난을 싫어하고 부를 구함을 말하지 말라. 여섯째 음란하고 희롱하거나 여색에 대해 말하지 말라. 일곱째 남의 물건을 탐내거나 술과 음식을 억지로 요구하지 말라. 또한 남이 부치는 편지를 뜯어 보거나 지체해서는 아니되며, 남과 자리를 함께 하였을 때 남의 개인적인 글을 엿보아서는 아니된다. 무릇 남의 집에 갔을 때 남이 적어 놓은 글을 보아서는 아니되며, 남의 물건을 빌려다가 망가뜨리거나 돌려주지 않아서도 아니된다. 음식을 가려서 먹어서는 아니되며, 남과 같이 한곳에 있을 때에 자신의 편리만을 취해서는 아니된다. 남의 부귀를 부러워하거나 헐뜯어서는 아니된다. 무릇 이 몇 가지 일을 지키지 못하는 사람은 능히 그 마음씀이 어질지 못함을 알 것이니, 마음을 바르게 하고 몸을 닦는 데에 크게 해로운 바가 있다. 이에 글을 써서 스스로 경계하는 것이다.」고 하였다.

范益謙座右銘에 曰 一不言朝廷利害邊報差除요 二不言州縣官
범익겸좌우명　왈　일불언조정이해변보차제　　이불언주현관

員長短得失이요 三不言衆人所作過惡之事요 四不言仕進官職趨
원장단득실　　삼불언중인소작과악지사　　사불언사진관직추

時附勢요 五不言財利多少厭貧求富요 六不言淫媟戲慢評論女
시부세　오불언재리다소염빈구부　　육불언음설희만평론여

色이요 七不言求覓人物干索酒食이라. 又人付書信을 不可開坼
색　　칠불언구멱인물간색주식　　　우인부서신　불가개탁

沈滯요 與人幷坐에 不可窺人私書요 凡入人家에 不可看人文字
침체　여인병좌　불가규인사서　범입인가　불가간인문자

요 凡借人物에 不可損壞不還이요 凡喫飮食에 不可揀擇去取요
　범차인물　불가손괴불환　　범끽음식　불가간택거취

與人同處에 不可自擇便利요 凡人富貴를 不可歎羨詆毁니라. 凡
여인동처　불가자택편리　범인부귀　불가탄선저훼　　　범

此數事에 有犯之者면 足以見用心之不正이라 於正心修身에 大
차수사   유범지자   족이견용심지부정   어정심수신   대

有所害라 因書以自警하노라.
유소해   인서이자경

❖

범익겸(范益謙) : 행적이 알려진 바 없음.

변보(邊報) : 변방의 보고.

차제(差除) : 벼슬아치를 임명함.

장단(長短) : 장점과 단점.

득실(得失) : 얻음과 잃음. 성공과 실패.

사진(仕進) : 벼슬에 나아감.

추시부세(趨時附勢) : 기회에 좇아 권세에 빌붙는 것.

염빈구부(厭貧求富) : 가난을 싫어하고 부자되기를 바람.

음설(淫媟) : 음탕하고 외설스러움.

희만(戱慢) : 희롱함.

구멱인물(求覓人物) : 남의 물건을 탐내어 찾음.

간색주식(干索酒食) : 술과 음식을 억지로 빼앗음.

개탁(開坼) : 뜯어봄.

침체(沈滯) : 묵혀둠. 지체함.

병좌(抃坐) : 나란히 앉음.

규인사서(窺人私書) : 남의 사사로운 글을 훔쳐봄.

손괴(損壞) : 손상시킴. 망가뜨림.

자택편리(自擇便利) : 자신의 편리함만을 차지함.

탄선(歎羨) : 부러워함.

저훼(詆毀) : 꾸짖고 헐뜯음.

인서이자경(因書以自警) : 이에 글을 써서 스스로를 경계함.

〈풀이〉

　이 장에는 어느 지성인의 좌우명이 열거되어 있다. 우리
가 이를 그대로 지켜나간다면 어지러운 세상에서 자신을

보전하며, 또한 다른 사람에게 해악을 끼치지 않게 될 것
이다.

11

무왕이 태공에게 물었다. 「사람이 세상을 사는데 어찌
하여 귀천과 빈부가 고르지 않습니까? 설명을 들어 이를
알고자 합니다.」이에 태공이 말하였다. 「부귀는 성인의 덕
과 같아서 모두 천명에서 나오는 것인데, 부자는 쓰는데
절도가 있고, 부유하지 못한 자는 집에 열 가지 도둑이 있
기 때문입니다.」

武王이 問太公曰 人居世上에 何得貴賤貧富不等고 願聞說之하
무왕   문태공왈 인거세상   하득귀천빈부부등   원문설지

여 欲知是矣로다. 太公이 曰 富貴는 如聖人之德하여 皆由天命
   욕지시의   태공 왈 부귀   여성인지덕   개유천명

이어니와 富者는 用之有節하고 不富者는 家有十盜니이다.
        부자   용지유절   불부자   가유십도

무왕(武王) : 주나라 문왕(文王)의 아들로 목야의 싸움에서 은나
　라의 주왕(紂王)을 멸하고 천하를 차지함(B.C. 1122년).
부등(不等) : 고르지 못함.
욕지시의(欲知是矣) : 이를 알려고 함.
개유(皆由) : 모두 …에 말미암다. 다 …에 달려 있다.

〈풀이〉
무왕은 사람의 부귀빈천이 고르지 못함에 대해 태공에

게 묻는다. 이에 태공은 부귀는 성인의 경우와 같이 하늘의 뜻에 달려 있는 것이라고 말한다. 그러나 가난에 대해서는 당사자가 책임질 부분이 많음을 강조하고 있다.

12

무왕이 말하였다. 「무엇을 열 가지 도둑이라 하오?」이에 태공이 대답하였다. 「익은 곡식을 거둬들이지 않음이 첫째 도둑이요, 거두어 들여 쌓는 것을 마치지 않음이 둘째 도둑이요, 쓸데없이 등불을 켜놓고 잠드는 게 셋째 도둑이요, 게을러서 밭갈이를 하지 않음이 넷째 도둑이요, 공력을 베풀지 않음이 다섯째 도둑이요, 다만 간교하고 해로움만 끼치는 게 여섯째 도둑이요, 딸을 너무 많이 기르는 게 일곱째 도둑이요, 낮잠이나 자고 일어나기를 게을리함이 여덟째 도둑이요, 술을 좋아하고 욕심을 부림이 아홉째 도둑이요, 억지로 남을 시기함이 열째 도둑입니다.」

武王이 曰 何謂十盜요. 太公曰 時熟不收爲一盜요 收積不了爲
무왕 왈 하위십도 태공왈 시숙불수위일도 수적불료위

二盜요 無事燃燈寢睡爲三盜요 慵懶不耕爲四盜요 不施功力爲
이도 무사연등침수위삼도 용라불경위사도 불시공력위

五盜요 專行巧害爲六盜요 養女太多爲七盜요 晝眠懶起爲八盜
오도 전행교해위육도 양녀태다위칠도 주면라기위팔도

요 貪酒嗜慾爲九盜요 强行嫉妬爲十盜니이다.
탐주기욕위구도 강행질투위십도

❀

시숙(時熟) : 제때에 익음.

수적(收積) : 거두어 쌓음.

불료(不了) : 끝내지 않음.

용라(慵懶) : 게으름. 나태함.

불경(不耕) : 밭갈이를 하지 않음.

교해(巧害) : 간사하고 해로움.

태다(太多) : 지나치게 많음.

나기(懶起) : 일어나기를 게을리함.

기욕(嗜慾) : 욕망을 즐김. 기호(嗜好)를 즐김.

강행(强行) : 지나침. 도에 넘침.

〈풀이〉

게으르고 방탕하며 교활하고 시기함은 우리를 가난하게 하는 도둑인 셈이다. 우리가 이와 같은 결점을 덜어내고 건실하게 살아갈 때 좀더 풍요로운 미래가 펼쳐질 것이다.

13

무왕이 말하였다. 「집에 열 가지 도둑이 없는데도 부유하지 못함은 왜 그렇습니까?」 태공이 대답하였다. 「그런 자의 집에는 반드시 세 가지 소모가 있기 때문입니다.」 무왕이 다시 말하였다. 「무엇을 세 가지 소모라고 합니까?」 태공이 대답하였다. 「창고가 새는데도 덮지 아니하여 쥐와 새들이 어지러히 먹는 게 첫째 소모요, 씨뿌리고 거둬들이는 때를 놓치는 게 둘째 소모요, 곡식을 흘리어 더럽히고 함부로 다루는 게 셋째 소모입니다.」

武王이 曰 家無十盜而不富者는 何如닛고. 太公曰 人家에 必有
무왕　왈 가무십도이불부자　하여　　　태공왈 인가　필유

三耗니이다. 武王이 曰 何名三耗닛고. 太公曰 倉庫漏濫不蓋하
삼모   무왕   왈 하명삼모   태공왈 창고누람불개

여 鼠雀亂食이 爲一耗요 收種失時가 爲二耗요 拋撒米穀穢賤이
   서작난식   위일모 수종실시   위이모   포살미곡예천

爲三耗니이다.
위삼모

하여(何如) : 왜 그렇습니까?

삼모(三耗) : 세 가지 소모.

누람(漏濫) : 빗물이 새어 넘침.

불개(不蓋) : 덮지 아니함.

서작난식(鼠雀亂食) : 쥐와 참새가 마구 먹어댐.

수종실시(收種失時) : 씨 뿌리고 거두는 시기를 놓침.

포살(拋撒) : 흩어버림.

예천(穢賤) : 더럽히고 함부로 다룸.

〈풀이〉

태공은 열 가지 도둑 외에도 세 가지 소모가 가난의 원
인임을 지적하고 있다. 즉 곡식창고의 허술한 관리와 영농
시기를 놓치는 것, 알곡을 더럽히고 천하게 다루는 일 등
이다.

14

무왕이 말하였다. 「집에 세 가지 소모가 없는데도 부유
하지 못함은 왜 그렇습니까?」 태공이 대답하였다. 「그런
자의 집에는 반드시 첫째 그르침, 둘째 잘못, 셋째 어리석
음, 넷째 실수, 다섯째 인륜의 거역, 여섯째 상서롭지 못

함, 일곱째 종노릇, 여덟째 천박함, 아홉째 우둔함, 열째 뻔뻔스러움이 있어 스스로 화를 부르는 것이요, 하늘이 재앙을 내리는 것은 아닙니다.」

武王이 曰 家無三耗而不富者는 何如닛고. 太公曰 人家에 必有
무왕 왈 가무삼모이불부자   하여   태공왈 인가 필유

一錯 二誤 三痴 四失 五逆 六不祥 七奴 八賤 九愚 十强하여
일착 이오 삼치 사실 오역 육불상 칠노 팔천 구우 십강

自招其禍요 非天降殃니이다.
자초기화   비천강앙

❧

착(錯) : 그르침.
치(痴) : 어리석음.
노(奴) : 노예.
강앙(降殃) : 재앙을 내림.

〈풀이〉

여기에서 태공이 말하는 열 가지 악덕은 열 가지 도둑과 세 가지 소모와 더불어 집안의 살림을 어렵게 하는 요인이 되고 있다.

15

무왕이 말하였다. 「원컨대 그것을 자세히 듣고 싶습니다.」 태공이 대답하였다. 「아들을 기르면서 가르치지 않음이 첫번째 그르침이요, 어린아이를 타이르지 않음이 두 번째 잘못이요, 처음 신부를 맞이해서 엄하게 가르치지 않음

이 세 번째 어리석음이요, 말하기에 앞서 웃는게 네 번째
실수요, 어버이를 봉양하지 않음이 다섯 번째 거슬림이요,
밤에 알몸으로 일어남이 여섯 번째 상서롭지 못함이요, 남
의 활을 빌어 쏘기를 좋아함이 일곱 번째 노예근성이요,
남의 말타기를 즐김이 여덟 번째 천박함이요, 남의 술을
얻어 마시면서 다른 사람에게 권함이 아홉 번째 어리석음
이요, 남의 밥을 얻어 먹으면서 친구에게 권함이 열 번째
뻔뻔스러움입니다.」 무왕이 말하였다. 「참으로 아름답고
진실한 말씀입니다.」

武王이 曰 願悉聞之하노이다. 太公曰 養男不敎訓이 爲一錯이요
무왕   왈 원실문지   태공왈 양남불교훈   위일착

嬰孩不訓이 爲二誤요 初迎新婦不行嚴訓이 爲三痴요 未語先笑
영해불훈   위이오 초영신부불행엄훈   위삼치   미어선소

가 爲四失이요 不養父母가 爲五逆이요 夜起赤身이 爲六不祥이
  위사실   불양부모   위오역   야기적신   위륙불상

요 好挽他弓이 爲七奴요 愛騎他馬가 爲八賤이요 喫他酒勸他人
  호만타궁   위칠노 애기타마   위팔천   끽타주권타인

이 爲九愚요 喫他飯命朋友가 爲十强니이다. 武王이 曰 甚美誠
  위구우 끽타반명붕우   위십강   무왕   왈 심미성

哉라 是言也여.
재   시언야

❀

실(悉) : 다. 모두.
양남(養男) : 아들을 기름.
영해(嬰孩) : 어린아이.
미어선소(未語先笑) : 말하기에 앞서 웃음부터 터뜨림.
적신(赤身) : 벌거벗은 몸. 나체.
불상(不祥) : 상서롭지 못함.

만(挽) : 당김.

타궁(他弓) : 남의 활.

노(奴) : 종. 노예근성을 뜻함.

끽(喫) : 먹다.

강(强) : 뻔뻔스러움.

성재(誠哉) : 성실하도다. 재(哉)는 어조사임.

〈풀이〉

　태공의 열 가지 악덕에 대한 설명을 듣자, 무왕은 그의 예리한 통찰력에 찬사를 아끼지 아니한다. 이는 보다 진실한 삶을 영위하고자 하는 우리에게 유익한 교훈이 될 수 있을 것이다.

제13편 치정편(治政篇)

이 편은 위정자와 벼슬아치들의 공복으로서의 자세에
대해 언급하고 있다. 이들이 저마다 청렴하고 신중하며 근
면하게 직무에 임한다면 백성들도 이를 본받게 된다. 설교
보다는 솔선수범이 늘 설득력이 있음은 두말할 필요조차
없는 것이다.

1

명도 선생이 말하였다.
「처음 벼슬하는 선비가 참으로 물건을 아끼는 마음을
지니면 다른 사람을 반드시 돕게 되는 것이다.」

明道先生이 曰 一命之士도 苟有存心於愛物이면 於人에 必有
명 도 선 생   왈 일명지사   구유존심어애물   어인   필유

所濟니라.
소제

명도 선생(明道先生): 북송의 성리학자로 성은 정(程), 이름은 호
(顥), 자는 백순(伯淳), 호는 명도(明道)임. 동생 정이(程頤)
와 함께 주렴계(周濂溪)에게 배웠으며, 이들 형제는 이정(二
程)으로 불리움. 정호는 원풍(元豊) 8년(1085년)에 향년 54
세로 세상을 떠남. 저서에는 명도문집(明道文集) 5권과 이정유
서(二程遺書) 28권 등이 있음.

일명지사(一命之士) : 처음 벼슬하는 지위가 낮은 사람.
구(苟) : 진실로.
존심(存心) : 마음을 둠. 마음이 있음.
애물(愛物) : 물건을 아낌.
필유소제(必有所濟) : 반드시 남을 구제하는 바가 있음.

〈풀이〉

관청에서 쓰고 있는 물품은 모두 백성의 땀방울로 이루어진 세금이다. 따라서 벼슬아치가 이를 아끼고 절약할 수 있다면, 백성의 살림살이를 돕는 셈이 된다. 나라와 백성에게 봉사하는 일은 늘 이와 같은 성실한 자세에서 비롯되는 것이다.

2

당태종이 지은 글에 이르기를 「위에는 지시하는 사람이 있고, 가운데는 다스리는 사람이 있으며, 아래에는 따르는 사람이 있다. 비단으로 옷을 지어입고, 곳집의 곡식으로 밥을 지어먹으니, 너희의 봉록은 곧 백성들의 기름이다. 아래의 백성을 학대하기는 쉽지만, 위의 푸른 하늘을 속이기는 어려운 것이다.」고 하였다.

唐太宗御製에 云 上有麾之하고 中有乘之하고 下有附之하니 幣
帛衣之요 倉廩食之하니 爾俸爾祿이 民膏民脂니라. 下民은 易
虐이어니와 上蒼은 難欺니라.

❖

당태종(唐太宗) : 당나라의 제2대 황제로 이름은 이세민(李世民)임. 아버지 이연(李淵)을 도와서 군웅을 평정하고 제국을 세움(618). 태종은 군사와 정치에 뛰어난 수완을 지닌 영걸로 그가 다스린 23년간을 정관지치(貞觀之治 : 627~649)라고 함.

휘(麾) : 지휘함.

승(乘) : 다스린다는 뜻임.

부(附) : 따름. 추종함.

폐백(幣帛) : 예물로 받은 비단.

창름(倉廩) : 곳간. 곳집. 창고.

이(爾) : 너.

고(膏) : 기름.

하민(下民) : 아래에 있는 백성.

이학(易虐) : 학대하기 쉬움.

창(蒼) : 푸른 하늘.

기(欺) : 속임. 기만함.

〈풀이〉

나라의 근본은 백성이요, 관리는 이들의 머슴이 되어야 한다고 옛날부터 강조되어 왔다. 그러나 이는 당위론일 뿐 벼슬아치 중에는 백성들 위에 군림하며 착취를 일삼는 무리들이 적지 않았다. 그리고 그 결과 관(官)은 민(民)의 눈물과 원성의 대상이 되어 왔다.

영명한 군주인 당태종은 이 점을 깊이 인식하고 있었던 것이다. 따라서 그는 백성을 학대하기는 쉬워도 하늘을 속이기는 어렵다고 말하며 관리의 본분을 일깨워 주고 있다.

3

동몽훈에 이르기를 「관직에 임하는 법도는 오로지 세 가지이니, 청렴함과 신중함과 부지런함이다. 이 세 가지를 알면 몸가질 바를 아는 것이다.」고 하였다.

童蒙訓에 曰 當官之法이 唯有三事하니 曰淸曰愼曰勤이라 知此
동몽훈 왈 당관지법   유유삼사   왈청왈신왈근   지차

三者면 知所以持身矣니라.
삼자   지소이지신의

동몽훈(童蒙訓) : 송나라 여본중(呂本中)이 어린이의 교육용으로
  지은 책임.
청(淸) : 청렴함.
신(愼) : 신중함.
근(勤) : 근면함.
지신(持身) : 몸가짐.

〈풀이〉

이 장에는 공직자가 지켜야 할 규범으로 청렴함과 신중함과 부지런함을 들고 있다. 사실 관리의 청렴도는 그 나라의 존망과 직결되는 문제이기도 하다. 따라서 이는 아무리 강조하여도 지나치다고 할 수 없을 것이다. 또한 관리는 늘 신중한 자세로 직무에 임하여야 한다. 신중하다는 것은 그만큼 책임감이 있다는 뜻이기도 하다. 그리고 공직자들은 예나 지금이나 서로 경쟁적 위치에 있는 것이다.

그러므로 남달리 근면해야만 실적을 쌓을 수 있다. 이 장의 규범은 현대의 이도(吏道)로도 널리 강조되어야 할 것이다.

4

관직에 있는 이는 반드시 화내는 것을 경계하라. 옳지 않은 일이 있더라도 자세히 알아보고 처리하면 반드시 들어맞게 되는 것이다. 만약 화부터 먼저 내면 오로지 스스로를 해칠 뿐이다. 어찌 남을 해칠 수 있겠는가?

當官者는 必以暴怒爲戒하여 事有不可어든 當詳處之면 必無不
당관자　필이폭노위계　　사유불가　　당상처지　필무부

中이어니와 若先暴怒면 只能自害라 豈能害人이리오.
중　　　약선폭노　지능자해　기능해인

폭노(暴怒) : 몹시 화를 냄.
필무부중(必無不中) : 반드시 들어맞지 않는 게 없다. 꼭 들어맞게 된다는 뜻.

〈풀이〉

관리는 자신이 맡은 일에 다소 헷갈리는 게 있더라도 이를 자상하게 처리해야 한다. 만일 화부터 낸다면 이는 민중에게 봉사하는 자세가 아닌 것이다. 그러나 관직을 특권으로 여기는 사람도 있을 것이다. 이런 관리가 많은 나라는 선진사회로 발전할 수 없다. 따라서 이와 같은 시대 착오적인 의식은 빨리 버려야 한다.

5

임금 섬기기를 어버이 섬기듯이 하고, 상관 섬기기를 형님 섬기듯이 하며, 동료 대하기를 집안 사람과 같이 하고, 아전 대하기를 자기집 종과 같이 하며, 백성 사랑하기를 처자식과 같이 하고, 관청일 하기를 집안 일처럼 한 후에야 내 마음을 다했다고 할 수 있다. 만약 털끝만큼이라도 다하지 못한 게 있다면, 이는 모두 내 마음에 미진함이 있기 때문이다.

事君을 如事親하고 事官長을 如事兄하며 與同僚를 如家人하고
사군　여사친　　사관장　　여사형　　여동료　　여가인

待群吏를 如奴僕하며 愛百姓을 如妻子하고 處官事를 如家事然
대군리　여노복　　애백성　　여처자　　처관사　　여가사연

後에야 能盡吾之心이니 如有毫末不至면 皆吾心에 有所未盡也
후　　능진오지심　　　여유호말부지　개오심　유소미진야
니라.

❖

동료(同僚) : 같은 직장에서 함께 일하는 사람.
군리(群吏) : 뭇아전.
노복(奴僕) : 사내종.
여(如) : 만약.
호말(毫末) : 털끝.
개(皆) : 모두.
유소미진(有所未盡) : 다하지 못한 점이 있음. 미진함이 있음.

〈풀이〉
상관을 공경하고 동료와 협력하며 아랫사람을 포용함은

옛 공직자들의 의무였다. 또한 이는 오늘날의 공직사회의 기풍이 되어야 할 것이다.

6

어떤 이가 묻기를 「서기는 원님을 보좌하는 사람입니다. 서기가 하고자 하는 바를 원님이 혹시 따르지 않는다면 어떻게 해야 합니까?」하니 이천 선생이 말하였다.

「이는 마땅히 성의로써 움직일 일이다. 이제 원님과 서기가 화목하지 않은 까닭은 곧 사사로움으로 다투기 때문이다. 원님은 고을의 어른이니 부형을 섬기는 도리로써 섬겨 과오가 있으면 자기 탓으로 돌리고, 잘한 일은 원님에게로 돌아가지 못할까 염려해야 한다. 이렇게 성의를 쌓아간다면 어찌 그의 마음을 움직이지 못하겠는가?」

或이 問 簿는 佐令者也니 簿所欲爲를 令或不從이면 奈何닛고.
혹 문 부 좌령자야 부소욕위 영혹부종 내하

伊川先生이 曰 當以誠意로 動之나라. 今令與簿不和는 便是爭私
이천선생 왈 당이성의 동지 금령여부불화 변시쟁사

意요 令은 是邑之長이니 若能以事父兄之道로 事之하여 過則歸
의 영 시읍지장 약능이사부형지도 사지 과즉귀

己하고 善則唯恐不歸於令하여 積此誠意면 豈有不動得人이리오.
기 선즉유공불귀어령 적차성의 기유부동득인

혹(或) : 어떤 사람.
부(簿) : 고을의 장관을 보좌하는 관리.
좌령(佐令) : 원님을 보좌함.

내하(奈何) : 어떻게 해야 합니까?

이천 선생(伊川先生) : 북송의 유학자로 성은 정(程), 이름은 이
　　(頤), 정명도(程明道)의 아우로 송학(宋學)의 진흥에 크게 이
　　바지함. 대관원년(1107) 향년 75세로 세상을 떠남. 저서에는
　　역전(易傳)4권, 유서(遺書), 외서(外書)등이 있음.

귀기(歸己) : 자기의 탓으로 돌림.

유공(唯恐) : 오로지 …할까 염려함.

득인(得人) : 남의 사랑을 받음.

〈풀이〉

이 장에는 관료사회의 상하관계가 언급되어 있다. 즉 아
랫사람이 윗사람을 정성껏 섬기고, 잘못된 일은 자신에게
돌리면, 윗사람도 이에 감동하여 인화(人和)를 이룰 수 있
는 것이다. 행정의 실적도 원만한 상하관계에서 쌓을 수
있음은 두 말할 필요조차 없다.

7

유안례가 백성을 대하는 도리에 대하여 묻자, 명도 선생
이 말하였다.「백성으로 하여금 각기 그들의 의사를 아뢸
수 있게 하라.」아전을 다루는 방법에 대해 묻자, 이렇게
대답하였다.「자기를 바르게 함으로써 사물의 이치를 깨
닫게 하라.」

劉安禮가 問臨民한대 明道先生이 曰 使民으로 各得輸其情이니
유안례　　문림민　　　명도선생　　왈 사민　　　각득수기정

라. 問御吏한대 曰 正己以格物이니라.
　　문어리　　왈 정기이격물

❖

유안례(劉安禮) : 북송의 유학자로 자는 원소(元素)임. 한고제(漢
　高帝)의 후예로 명도(明道)와 이천(伊川)에게 성리학을 배움.
임민(臨民) : 백성을 다스림.
수기정(輸其情) : 백성들의 생각하는 바를 말하게 함.
어리(御吏) : 아전을 거느림.
정기(正己) : 자기 몸을 바르게 함.
격물(格物) : 사물의 이치를 탐구함.

〈풀이〉

　고을을 다스리는 사람은 먼저 백성들의 여론을 수렴할
줄 알아야 한다. 이렇게 하면 백성을 위한 행정을 펼칠 수
있을 것이다. 그리고 아전을 단속할 줄 알아야 한다. 이들
은 지체는 낮으나 실무자로서 민폐를 끼칠 수도 있다. 윗
물이 맑아야 아랫물도 맑게 된다고 했다. 윗사람이 먼저
몸가짐을 바르게 함으로써 이들을 잘 거느릴 수 있는 것
이다.

8

　포박자에 이르기를 「도끼에 맞아 죽더라도 바른 말로
간하고, 가마솥에 삶아 죽이는 형벌을 당하더라도 옳은 말
을 다한다면, 이를 충신이라고 할 수 있다.」고 하였다.

抱朴子에 曰 迎斧鉞而正諫하며 據鼎鑊而盡言이면 此謂忠臣也
포박자　 왈 영부월이정간　 거정확이진언　 차위충신야
니라.

❖

포박자(抱朴子) : 동진의 갈홍(葛洪 : 4세기 경)이 지은 신선(神
　仙)과 장생술(長生術) 그리고 당시의 정치와 풍속을 논한 책.

부월(斧鉞) : 도끼.

거(據) : 처함. 당한다는 뜻.

정확(鼎鑊) : 가마솥. 형벌의 도구로 쓰이는 경우도 있음.

진언(盡言) : 군주에게 자신의 생각하는 바를 다 말함.

〈풀이〉

　백제의 의자왕은 태자시절, 총명함과 효행으로 해동증자
라는 칭송을 들은 바 있다. 그리고 임금이 되어서는 선정
을 베풀어 백성들의 기대에 어긋나지 않았다. 그러나 세월
이 지나자 의자왕은 점차 술과 여색에 빠져들게 된다. 이
렇게 되자 임금의 주변에는 간신배들이 들끓을 뿐이었다.
당시 신라에는 김춘추가 임금이 되어 당나라와 군사동맹
을 맺어 백제를 정벌할 기회를 노리고 있었으며, 고구려는
지도층의 분열로 국력이 약화되고 있었다. 주변 정세의 변
화를 살핀 좌평 성충은 의자왕에게 정사를 돌볼 것을 자주
간하였다. 그러나 그는 도리어 임금의 노여움을 사서 감옥
에 갇히게 된다. 먹을 것을 거부한 성충은 몸이 쇠약하여
죽게 되자, 마지막으로 글을 써서 의자왕에게 아뢰었다.

　「대저 충신은 죽더라도 자기가 섬기는 임금을 잊지 못
한다고 합니다. 신이 살펴보건대 오래지 않아 반드시 전쟁
이 일어날 것 같습니다. 군사를 쓸 경우에는 지리의 이점
을 살려 적의 날카로운 기세를 누그러뜨린 후에야 스스로
를 지킬 수 있습니다. 적이 침입할 때 육로로는 숯재(대전
동쪽 방면)를 넘지 못하게 하고, 수군은 백강(금강하류)

으로 들어오지 못하게 해야 합니다. 이렇게 험준한 지세를 이용해 지킨 후 적군을 쳐야만 이길 수 있습니다.」

성충의 진언에도 불구하고 의자왕은 사태의 심각함을 깨닫지 못하였다. 마침내 백제는 나당연합군의 침공을 막아내지 못한 채 멸망하고 만다(660년 7월). 그러나 목숨을 바쳐 임금의 잘못을 간한 좌평 성충의 충성심은 후세인들의 심금을 울리게 하고 있다.

제14편 치가편(治家篇)

　이 편은 우리의 가정을 화목하게 꾸려나가는 방도에 대해 말하고 있다. 사실 젊은 부부가 늙은 어버이를 지성으로 섬기며, 성실하게 살아가는 가정도 많다. 이처럼 원만한 가정에서는 아이들도 구김살없이 자라게 된다. 뿌린 대로 거둔다고 했다. 문제 가정은 문제 아이를 낳을 뿐이며, 건전한 가정에서 역시 건전한 아이가 나오는 것이다.

1

　사마온공이 말하였다. 「모든 낮고 어린 사람들은 일의 크고 작음을 막론하고 제 마음대로 행하지 말며, 반드시 집안 어른께 여쭈어 보고 해야 한다.」

司馬溫公이 曰 凡諸卑幼는 事無大小를 毋得專行하고 必咨稟
사마온공　왈 범제비유　사무대소　무득전행　　필자품

於家長이니라.
어가장

❖

비유(卑幼) : 지체가 낮은 사람과 어린 사람.
무득(毋得) : …해서는 아니됨. 무(毋)는 금지사.
전행(專行) : 제멋대로 행함.
자품(咨稟) : 아룀. 여쭈어 봄.

⟨풀이⟩

가정의 구성원간에도 저마다 해야 할 임무와 도리가 있다. 나이 어린 사람은 우선 웃어른을 공경할 줄 알아야 한다. 따라서 대소사는 먼저 웃어른에게 아뢴 후에 처리해야 하는 것이다. 가정은 사회생활의 최소단위이다. 예의범절을 지키며 화목하게 살아가는 가정이 많은 사회는 그만큼 평화와 번영을 보장받고 있는 셈이다.

2

손님 대접은 후하게 하지 않을 수 없고, 살림살이는 검약하게 하지 않을 수 없다.

待客엔 不得不豊이요 治家엔 不得不儉이니라.
대객   부득불풍   치가   부득불검

대객(待客) : 손님을 대접함.
부득불(不得不) : 하지 않을 수 없음.
검(儉) : 검소. 검약.

⟨풀이⟩

손님 접대에 인색하지 않음은 우리의 미풍양속이다. 그러나 지나치게 낭비하거나 허세를 부린다면 이는 오히려 실례가 될 뿐이다. 집안의 살림살이는 알뜰하게 꾸려나가야 한다. 굳은 땅에 물이 고인다고 했다. 검소하고 절약하는 이라야 재물을 모을 수 있는 것이다.

3

태공이 말하였다.

「어리석은 사람은 아내를 두려워하고, 현명한 여인은 남편을 공경한다.」

太公이 曰 痴人은 畏婦하고 賢女는 敬夫니라.
태공 왈 치인 외부   현녀 경부

치인(痴人) : 어리석은 사람.
외(畏) : 두려워함.
현녀(賢女) : 현명한 여인.
경부(敬夫) : 남편을 공경함.

〈풀이〉

특별한 경우를 제외하고는 남자와 여자는 서로 짝을 이루며 살아가게 마련이다. 부부관계는 모든 인간윤리의 핵심이 된다. 남편이나 아내는 자신의 분신인 상대를 아끼고 공경할 때 보다 행복한 삶을 누릴 수 있다. 이와는 대조적으로 부부 사이가 두려움이나 불화에서 벗어나지 못한다면 피차 불행해 질 수밖에 없는 것이다.

4

무릇 종을 부리려면 먼저 그들의 배고픔과 추운 것을

생각해야 한다.

凡使奴僕에 先念飢寒이니라.
범사노복   선념기한

❖

선념(先念) : 우선 염려함.
기한(飢寒) : 배고픔과 추운 것.

〈풀이〉

배부르고 편안한 위치에 있는 사람은 허드렛일을 하는 사람의 처지에 대해서는 모른 체하는 수가 많다. 이 장의 글은 바로 이런 점을 고쳐야 함을 강조한 것이다. 일찍이 동진의 시인 도연명(365∼427)은 팽택의 현령이 되어 집을 떠나야 했다. 그는 집에 있는 가족에게 사동을 보내어 나무하고 물긷는 수고를 돕게 하였다. 도연명은 아들에게 보낸 편지에 이렇게 썼다.

〈그러나 이 또한 사람의 아들이다. 심하게 부리지 말고 잘 대해 주어라.〉

이런 배려 속에 원만한 상하관계가 유지되는 것이다.

5

자식이 효도하면 어버이가 즐거워하고, 집안이 화목하면 모든 일이 잘 이루어진다.

子孝雙親樂이요 家和萬事成이니라.
자효쌍친락   가화만사성

❖

쌍친(雙親) : 부모. 어버이.
가화(家和) : 가정이 화목함.

〈풀이〉

가정은 우리에게 항해하는 배들이 거친 풍랑을 피하는
항구와도 같은 곳이다. 이 속에서 가족끼리 서로 아끼고
화목하게 살아갈 때 세상살이의 어려움도 쉽사리 이겨낼
수 있는 것이다.

6

늘 불이 일어나는 것을 예방하고, 밤마다 도둑이 드는
것에 대비해야 한다.

時時防火發하고 夜夜備賊來니라.
시시방화발　　　야야비적래

❖

시시(時時) : 때때로.
방화발(防火發) : 불이 나는 것을 미리 막음.
야야(夜夜) : 밤마다.
비적래(備賊來) : 도둑이 드는 것에 대비함.

〈풀이〉

화재나 도난 사고는 언제 일어날지 알 수가 없다. 그러
므로 늘 미리 단속하는 습성을 지녀야 한다. 이 장은 비상
시에 대비하는 자세를 강조한 것이다.

7

경행록에 이르기를 「아침 저녁밥이 이르고 늦음을 보아, 그 집안의 일어나고 기울어짐을 점칠 수 있다.」고 하였다.

景行錄에 云 觀朝夕之早晏하여 可以卜人家之興替니라.
경행록 운 관조석지조안   가이복인가지흥체

❖

조안(早晏) : 이르고 늦은 것.
복(卜) : 길흉을 점침.
흥체(興替) : 일어나고 기울어짐. 흥왕하고 쇠망함.

〈풀이〉

부지런히 일하는 사람이 잘살게 되고, 게으름뱅이가 못사는 것은 당연한 일이다. 한 집안의 흥망은 가족들의 근면성 여부에 달려있는 것이다.

8

문중자가 말하였다. 「시집가고 장가드는 데에 재물을 문제삼는 것은 오랑캐나 하는 짓이다.」

文仲子曰 婚娶而論財는 夷虜之道也니라.
문중자왈 혼취이론재   이로지도야

❀

문중자(文仲子) : 수나라의 석학 왕통(王通 : 584~617)을 가리킴.
하동의 용문(龍門)출신이며 수문제에게 태평12책을 바쳤으나
공경(公卿)등의 배척으로 물러나 제자 양성에 힘씀. 당나라의
창업 공신들 중에는 그의 문하생이 많았다고 함. 문중자(文仲
子)는 시호이며 당(唐)의 천재시인 왕발(王勃 : 647~675)이
바로 그의 손자임. 저서에는 중설(中說)이 있으나 이는 아들
왕복교(王福郊)·왕복시(王福時)가 편찬한 것임.
혼취(婚娶) : 결혼.
논재(論財) : 재물의 많고 적음을 따지는 것.
이로(夷虜) : 오랑캐.

〈풀이〉

남녀간의 혼인에서 가장 중요한 것은 상대방의 인격일
것이다. 집안의 배경이나 학벌·재물의 많고 적음은 부수
적인 조건일 뿐이다. 그러나 오늘날의 현실은 신랑·신부
의 사람 됨됨이보다는 오히려 학벌·재산·배경 등이 더욱
문제시 되고 있다. 그러므로 단순히 지참금이 적다는 이유
하나로 부부 사이에 갈등을 겪다가 끝내 헤어지는 사례도
있다. 이와 같은 비윤리적인 풍조는 이땅에서 영구히 사라
져야 할 것이다.

제15편 안의편(安義篇)

이 편은 삼친(三親) 즉 부부·부자·형제 사이의 윤리규
범을 강조하고 있다. 그리고 이는 현대사회에서도 중요한
의미를 지닌다. 왜냐하면 그것은 우리의 도덕적 불감증을
치유할 처방전이 될 수 있기 때문이다.

1

안씨가훈에 이르기를 「무릇 백성이 있은 뒤에야 부부가
있고, 부부가 있은 뒤에야 부자가 있으며, 부자가 있은 뒤
에야 형제가 있게 된다. 한 집안의 친족은 이 셋이 있을
따름이다. 이에서부터 나아가 구족에 이르기까지 다 삼친
(三親)에 뿌리를 두고 있다. 따라서 이는 인간윤리에 있어
중요한 것이니 돈독하게 하지 않을 수 없다.」고 하였다.

顔氏家訓에 曰 夫有人民而後에 有夫婦하고 有夫婦而後에 有
안 씨 가 훈   왈 부유인민이후   유부부   유부부이후   유

父子하며 有父子而後에 有兄弟하니 一家之親은 此三者而已矣
부자   유부자이후   유형제   일가지친   차삼자이이의

요 自玆以往으로 至于九族이 皆本於三親焉이라 故로 於人倫에
자자이왕   지우구족   개본어삼친언   고   어인륜

爲重也니 不可不篤이니라.
위중야   불가부독

❖

안씨가훈(顔氏家訓) : 북제(北齊)의 안지추(顔之推 : 6세기 경)가
　　지은 가훈서. 당나라의 학자 안사고(顔師古 : 581~645)와 안
　　록산의 난을 평정하는데 공을 세운 안진경(顔眞卿)은 그의 후
　　손임.
일가지친(一家之親) : 한 집안의 친족. 한 집안의 겨레.
자자이왕(自玆以往) : 이로부터 나아가….
구족(九族) : 고조(高祖)·증조(曾祖)·조부(祖父)·부(父)·자기·
　　아들·손자·증손(曾孫)·현손(玄孫)까지의 직계친(直系親)을 중
　　심으로 방계친으로는 고조의 사대손이 되는 형제·종형제·재종
　　형제·삼종형제를 포함하는 동종(同宗)겨레 전체를 이르는 말.
삼친(三親) : 부부·부자·형제.
불가(不可) : 아니할 수 없다.
독(篤) : 두터움. 돈독(敦篤). 돈후(敦厚).

〈풀이〉

　부부·부자·형제관계를 삼친(三親)이라고 하며 사회구성
과 인간윤리의 밑바탕이 된다. 따라서 이를 돈독히 해야
함은 현대의 핵가족사회에서도 모든 사람의 변함없는 의
무이다.

2

　장자가 말하였다.
「형제는 손발과 같고 부부는 옷과 같다. 옷은 해어지면
다시 새것으로 갈아 입을 수 있으나, 손발은 잘리우면 잇
기가 어렵다.」

莊子曰 兄弟는 爲手足하고 夫婦는 爲衣服이니 衣服破時엔 更
장자왈 형제　　위수족　　　부부　　위의복　　　의복파시　　갱

得新이어니와 手足斷處엔 難可續이니라.
득신　　　　　　수족단처　　난가속

❖

갱득신(更得新) : 다시 새것으로 갈아 입음.

단처(斷處) : 잘린 곳.

〈풀이〉

대가족제와 가부장제(家父長制)를 뒷받침하기 위해 나
온 유가도덕은 어버이 섬김과 더불어 형제간의 우애를 중
요시한다. 이에 반하여 고도기술시대에 살고있는 우리들은
주로 부부중심의 핵가족사회를 이루고 있는 것이다. 여기
에서 우리는 자칫 처자중심의 이기주의에 빠져들기가 쉽
다. 따라서 형제 사이에 서로 도울 일도 남의 일처럼 비정
하게 다룰 수도 있다. 이 장의 말씀은 현대인의 이런 경향
에 반성을 촉구하고 있는 셈이다.

3

소동파가 말하였다.

「부유하다고 친하지 않고 가난하다고 멀리하지 않음은
곧 사람가운데 대장부다운 일이다. 부유하면 가깝게 지내
고 가난하면 멀리함은 바로 사람가운데 진짜 소인배이다.」

蘇東坡云 富不親兮貧不疎는 此是人間大丈夫요 富則進兮貧則
소동파운　부불친혜빈불소　　차시인간대장부　　부즉진혜빈즉

退는 此是人間眞小輩니라.
퇴   차시인간진소배

　　　　　　　　♋

불소(不疎) : 멀리하지 않음.
진(進) : 가깝게 지냄.
퇴(退) : 멀리함.
진소배(眞小輩) : 진짜 소인배.

〈풀이〉

　우리는 도량이 넓고 공명정대한 인물을 대장부라고 부
른다. 그는 사람의 인품을 중요시하며 빈부 여부에는 별로
관심을 보이지 않는다. 따라서 한번 마음을 허락한 친구와
는 늘 변함없는 우정을 나누는 것이다. 그러나 소인배의
관심사는 재물이나 지위 등의 세속적인 것에 국한되어 있
다. 따라서 형편이 잘 풀리고 있는 이에게는 친밀히 접근
하나, 정작 역경에 처한 이에게는 냉담한 법이다. 대장부
와 소인배는 이처럼 마음 씀씀이가 근본적으로 다른 것이
다.

제16편 준례편(遵禮篇)

예의와 범절은 도덕의 구체적이고 형식적인 규준(規準)
이다. 우리는 이것의 실천으로 사회질서와 원만한 대인관
계를 유지한다. 예를 지키고 따른다는 뜻의 이 준례편은
우리에게 사람다운 사람이 되는 길을 가르쳐주고 있다.

1

공자께서 말씀하였다.

「집안에 예의가 있으므로 어른과 아이가 구별되고, 안
방에 예의가 있으므로 삼족(三族)이 화합하며, 조정에 예
의가 있으므로 벼슬에 차서가 있다. 사냥에도 예의가 있어
야 전쟁에 숙달되고, 군대에도 예의가 있어야 무공을 세우
게 된다.」

子曰 居家有禮故로 長幼辨하고 閨門有禮故로 三族和하고 朝
자왈 거가유례고 장유변 규문유례고 삼족화 조

廷有禮故로 官爵序하고 田獵有禮故로 戎事閑하고 軍旅有禮故
정유례고 관작서 전렵유례고 융사한 군려유례고

로 武功成이니라.
무공성

거가(居家) : 집 안에 거처함.
장유(長幼) : 어른과 아이.

변(辨)：가리다. 분별하다.
규문(閨門)：여인들이 거처하는 안방.
삼족(三族)：부부·부자·형제.
관작(官爵)：관직과 작위(爵位).
서(序)：차서. 차례.
전렵(田獵)：사냥함.
융사(戎事)：군대의 일.
한(閑)：숙달됨.
군려(軍旅)：군대.
무공(武功)：전쟁에서 세운 공적. 무훈.

〈풀이〉

예(禮)는 어른과 어린이를 분별하며, 주부의 부덕(婦德)을 높이고, 상급자와 하급자 사이의 위계질서를 바로 잡히게 한다. 이는 집단의 질서와 인화(人和)에 반드시 필요한 행위준칙이다.

2

공자께서 말씀하셨다.

「군자가 용맹만 있고 예의가 없으면 난리를 꾸미고, 소인이 용맹만 있고 예의가 없으면 도둑이 된다.」

子曰 君子有勇而無禮면 爲亂하고 小人有勇而無禮면 爲盜니라.
자왈 군자유용이무례　위란　　소인유용이무례　위도

❖

무례(無禮)：예의가 없음.

위란(爲亂) : 난리를 꾸밈.
위도(爲盜) : 도둑이 됨.

〈풀이〉

용기는 사람이 반드시 갖추어야 할 필수적인 덕목이다.
그러나 이것만으로 우리는 올바르게 처신할 수가 없다. 먼
저 예의와 명분으로 스스로를 단속해야만 바른 도리를 지
킬 수 있다. 군자나 소인을 막론하고 예의가 없다면 사회
질서를 어지럽히는 반골(反骨)이 될 뿐이다.

3

증자가 말하였다.
「조정에서는 벼슬보다 더 나은 게 없고, 고을에서는 나
이 많은 것보다 더 나은 게 없으며, 세상에 이바지하고 백
성을 잘 살게 함에는 덕보다 더 나은 게 없다.」

曾子曰 朝廷엔 莫如爵이요 鄕黨엔 莫如齒요 輔世長民엔 莫如
증자왈 조정   막여작   향당   막여치   보세장민   막여
德이니라.
덕

❖

증자(曾子) : 이름은 삼(參), 자는 자여(子與), 춘추시대 노나라
   의 유학자. 공자의 제자로 근엄한 인품과 효행으로 유명함. 그
   는 스승의 학풍(學風)을 자사(子思)에게 전수하고, 자사는 이
   를 다시 맹자에 전함. 따라서 증자는 후세에 종성(宗聖)으로
   기림을 받음.

향당(鄕黨) : 마을. 고을.
막여(莫如) : …같지 못함. …만한 게 없음.
보세(輔世) : 세상에 이바지함.
장민(長民) : 백성을 잘살게 함.

〈풀이〉

조정에서는 벼슬의 높고 낮음으로 관료체제가 유지되고, 마을에는 사람의 나이가 많고 적음에 따라 서열을 정하게 된다. 그리고 세상에 이바지하고 백성을 잘살게 함에는 덕만한 게 없다. 사실 그것은 지도층이 갖추어야 할 가장 중요한 품성이다.

4

늙은이와 젊은이, 어른과 아이는 하늘이 내린 질서이니, 이치를 어기고 도리를 해쳐서는 아니된다.

老少長幼는 天分秩序니 不可悖理而傷道也니라.
노소장유   천분질서   불가패리이상도야

❖

천분질서(天分秩序) : 하늘이 정한 질서. 하늘이 부여한 차례.
패리(悖理) : 이치에 어긋나다.
상도(傷道) : 도리를 상하게 함.

〈풀이〉

나이 어린 사람은 웃어른들을 공경하고 그들의 경험에서 배우는 바가 있어야 한다. 그리고 웃어른은 늘 젊은이

를 사랑하고 이해하도록 애써야 도덕적 질서가 유지되는
것이다. 이와는 반대로 천륜을 거스르는 행위가 만연된다
면 그 사회의 앞날은 암담할 수밖에 없다.

5

　문 밖을 나서면 큰 손님을 보듯이 하고, 방 안에 들어오
면 다른 사람이 있는 것처럼 하라.

出門에 如見大賓하고 入室에 如有人이니라.
출문　　여견대빈　　　입실　　여유인

❖

출문(出門) : 문 밖에 나섬.
대빈(大賓) : 높은 손님. 귀한 손님.
입실(入室) : 방 안에 들어감.
여유인(如有人) : 사람이 있는 것처럼 행동을 삼가다.

〈풀이〉

　예의 바르고 근신함은 지성인의 올바른 생활태도이다.
따라서 그는 바깥 출입 할 때 남을 귀한 손님 대하듯 하고,
방 안에서는 마치 옆에 사람이 있는 것처럼 행동을 삼가
는 것이다.

6

　만약 남이 나를 중하게 여기기를 바란다면, 내가 먼저

남을 중하게 여기는 것보다 더 나은 게 없다.

若要人重我인댄 無過我重人이니라.
약 요 인 중 아   무 과 아 중 인

요(要) : 바라다. 요망하다.
중아(重我) : 나를 소중히 여김.
무과(無過) : 더 나은 게 없다.

〈풀이〉

　우리는 자기가 남에게 소중한 존재이기를 원하면서도
정작 남을 대접함에는 인색하기가 쉽다. 그러나 인간관계
는 일방적인 이기주의로는 더 이상 발전할 수가 없다. 가
는 정이 있어야 오는 정도 있게 마련이다. 내가 남들로부
터 대접을 받느냐 하는 여부는 결국 내 자신이 남들을 어
떻게 대하느냐에 달려 있는 것이다.

7

　아버지는 아들의 덕을 말하지 않고, 아들은 아버지의 잘
못을 말하지 않아야 한다.

父不言子之德하고 子不談父之過니라.
부 불 언 자 지 덕   자 부 담 부 지 과

불언(不言) : 말하지 않음.
부담(不談) : 이야기하지 않음.

과(過) : 허물. 과오.

〈풀이〉

아버지와 아들은 서로의 허물을 감싸 주어야 한다. 이것
이 우리의 전통적 윤리관이다. 이에 반하여 과거 소련의
공산당은 아버지를 고발한 아들의 동상을 세워 우상화하
였다. 그러나 이는 가족간의 천륜을 어기는 만행일 뿐이
다. 이런 비인도적인 사회가 건전하게 발전할 수는 없다.
인간의 양심과 도덕은 애당초 가족간의 사랑에서 비롯된
것임은 자명한 일이다.

제17편 언어편(言語篇)

한 마디 말이 나라를 흥하게 할 수도 있고, 망하게 할 수도 있다고 했다. 그만큼 우리의 생활에서 말이 차지하고 있는 비중이 크다는 뜻이다. 또한 사람은 언어를 통해 자신의 인품과 교양을 드러내게 된다. 따라서 말을 삼가며 허위를 입에 담지 않도록 애써야 한다. 이 편에는 우리의 언어생활에 도움이 될 소중한 금언들이 들어 있다.

1

유회가 말하였다.
「말이 이치에 맞지 않으면, 말하지 아니함만 못하다.」

劉會曰 言不中理면 不如不言이니라.
유회왈 언부중리   불여불언

유회(劉會) : 생몰연대와 행적이 밝혀진 바 없음.
부중리(不中理) : 이치에 맞지 않음.

〈풀이〉
　4.19 당시 모 자유당 간부는 데모 군중에 대한 발포 책임을 추궁하는 기자들에게 「총은 쏘라고 준 것이다.」라고 강변하여 국민의 분노를 산 적이 있다. 이런 이치에 맞지

않는 말은 자신의 인격을 손상시킬 뿐이다. 그리고 언어는 잘못 사용하면 일종의 폭력이 될 수도 있다. 지성인은 말을 삼가고 일단 자신이 한 말에 대해서는 책임을 질 줄 알아야 한다. 또한 그는 언어의 역기능도 깊이 생각해야 할 것이다.

2

한 마디 말이 맞지 아니하면, 천 마디 말이 쓸모가 없게 된다.

一言不中이면 千語無用이니라.
일언부중   천어무용

❖

무용(無用) : 소용이 없음. 쓸모가 없음.

〈풀이〉

촌철살인(寸鐵殺人)이라고 했다. 즉 간단한 경구(警句)로 상대방의 급소를 찌른다는 뜻이다. 이렇게 이치에 맞는 말은 사람을 움직이게 하는 힘이 있다. 이와는 대조적으로 논리가 결여된 말은 아무리 지껄여보아야 횡설수설이 될 뿐이다. 따라서 이런 말에 설득당할 사람은 없는 법이다.

3

군평(君平)이 말하였다.
「입과 혀는 재앙과 근심의 문이요, 몸을 망치는 도끼

이다.」

君平이 曰 口舌者는 禍患之門이요 滅身之斧也니라.
군평   왈 구설자   화환지문   멸신지부야

❀

군평(君平) : 한나라때의 점술사로 성은 엄(嚴), 이름은 준(遵),
    자는 군평임. 촉(蜀)의 성도(成都)에서 복서(卜筮)로 생계를
    이으며 노자서에 심취함.
화환(禍患) : 재앙과 근심.
멸신(滅身) : 몸을 망침.
부(斧) : 도끼.

〈풀이〉

　건안 13년(A.D. 208년) 가을, 조조는 천하통일의 야망
을 품고 군사를 일으켰다. 이때 대중대부 공융이 조조에게
간하였다. 「유비와 유표는 한실의 종친입니다. 또한 손권
은 장강을 끼고 있으니 쉽사리 도모할 수 없습니다. 부디
승상께서는 명분없는 군사를 거두시기 바랍니다.」 그러나
조조는 노기띤 음성으로 말했다. 「유비·유표·손권 등은
모두 천자의 명령을 거스리는 역적들이다. 이런 무리를 치
는 일을 어찌 명분이 없다고 하는가.」 그리고 다시 말했
다. 「이후 다시 이따위 말을 하는 자는 목을 베겠노라.」
승상부에서 나온 공융은 하늘을 우러러 보며 탄식하였다.
「지극히 어질지 못한 자가 지극히 어진 이를 치니 어찌
패하지 않으리오.」
　당시 어사대부 극려는 공융을 미워하고 있었다. 그가 자
신을 업신여긴다고 생각했기 때문이다. 마침 극려의 집을
드나드는 자가 이 말을 듣고 극려에게 알렸다. 이에 극려

는 다시 이 말을 조조에게 거짓말을 보태어 고자질했다.
「공용은 승상을 멸시하고 있습니다. 또한 죽은 이형과는
서로 공자와 안회에 견주며 친밀한 사이였습니다. 이형이
승상을 모욕한 것도 실은 공용 그 자가 시킨 것입니다.」
조조는 극려의 말을 듣고 크게 노했다. 곧 사람을 보내어
공용을 잡아 들였다. 공용에게는 아들 형제가 있었다. 이
들은 아직 나이가 어린 소년이었다. 어떤 이가 달려와 말
했다. 「방금 대감께서 잡히어 죽임을 당하게 되었습니다.
두 분 도련님께서는 빨리 피하십시오.」 두 형제는 서로 바
라보며 말했다. 「새둥지가 부서지는데 어찌 그 안에 있는
알이 깨어지지 않겠소. 달아난들 무슨 소용이 있겠소.」 말
이 채 끝나기도 전에 관헌들이 달려와 이들 형제를 묶었
다. 공용과 그의 가족들은 모두 저잣거리에서 참수당하였
다. 공용은 비록 학식과 덕망을 갖춘 인물이지만, 말 한
마디 잘못한 죄로 멸족을 당한 것이다. 이렇게 입과 혀는
재앙의 문이요, 몸을 망치는 도끼가 될 수도 있다.

4

사람을 이롭게 하는 말은 솜처럼 따뜻하고, 사람을 해치
는 말은 가시처럼 날카롭다. 한 마디 말의 가치는 천금이
요, 한 마디로 사람을 해침에 그 아프기가 칼로 베는 것과
같다.

利人之言은 煖如綿絮하고 傷人之語는 利如荊棘하니 一言半句
이인지언   난여면서   상인지어   이여형극   일언반구

가 重値千金이요 一語傷人에 痛如刀割이니라.
　중치천금　　　일어상인　　통여도할

❖

이인(利人) : 사람을 이롭게 함. 남을 유익하게 함.

면서(綿絮) : 솜.

상인지어(傷人之語) : 사람을 해치는 말.

이여형극(利如荊棘) : 날카롭기가 가시와 같음. 이(利)는 예리하
　다, 날카롭다의 뜻.

치(値) : 가치.

도할(刀割) : 칼로 벰.

〈풀이〉

　남을 이롭게 하는 말도 있고, 상처를 입히는 말도·있다.
단 한 마디 격려의 말이 실의에 잠긴 이에게 용기를 주기
도 하고, 또한 경멸에 찬 말로 인해 한평생 원한을 품기도
한다. 이렇게 말은 약이 되기도 하고, 독이 되기도 하는
것이다. 그러나 보다 중요한 것은 말의 참과 거짓을 살필
수 있는 슬기일 것이다. 교활한 자의 감언이설에 속아 재
기불능의 피해를 당한 이도 적지 않기 때문이다.

5

　입은 바로 사람을 해치는 도끼요, 말은 곧 혀를 베는 칼
이니, 입을 다물고 혀를 깊이 감추면 몸이 어디에 있더라
도 편안하리라.

口是傷人斧요 言是割舌刀니 閉口深藏舌이면 安身處處牢니라.
구시상인부　　언시할설도　　폐구심장설　　　안신처처뢰

❖

시(是) : 바로.

할설도(割舌刀) : 혀를 베는 칼.

폐구(閉口) : 입을 다물다. 입을 막다.

심장설(深藏舌) : 혀를 깊이 감춤.

처처(處處) : 곳곳마다.

뢰(牢) : 굳음. 견고함. 편안함. 본디 음이 로이고, 뢰는 속음
임.

〈풀이〉

앞장에 이어 이 장에서도 말의 역기능에 주의해야 함을
역설하고 있다. 사실 사소한 실언으로 목숨을 빼앗긴 역사
적 인물도 적지 않다. 익비(益妃)가 자제위의 미소년 홍륜
과 통간한 사실을 알린 환관 최만생에게 「네놈도 죽어야
해!」라고 말해 도리어 그들 일당에게 죽임을 당한 공민왕
시역 (1374년 9월 21일)이나, 아들 사조의의 말대답에
화를 내며 「오늘 아침에 섬주를 공략하면, 저녁에는 이 도
적을 베겠노라.」라고 말해 오히려 그의 손에 살해당한 당
(唐)의 절도사 사사명의 비극(761년 3월)도 한 마디 실
언으로 일어난 사건들이다. 이렇게 말이란 자칫 잘못하면
도끼나 칼처럼 사람의 목숨을 빼앗는 흉기가 될 수 있는
것이다.

6

사람을 만나거든 십분의 삼만 말해야지, 속마음까지 모
두 털어 놓아서는 아니된다. 호랑이의 세 입을 두려워하지

말고, 다만 사람의 두 마음을 두려워하라.

逢人且說三分話하되   未可全抛一片心이니   不怕虎生三個口요
봉인 차 설 삼 분 화   미 가 전 포 일 편 심   불 과 호 생 삼 개 구

只恐人情兩樣心이니라.
지 공 인 정 양 양 심

※

차설(且設) : 잠깐 말함.
삼분화(三分話) : 할 말중 10분의 3만 이야기함.
전포(全抛) : 모두 던져버림. 모조리 털어놓음.
일편심(一片心) : 한 조각 마음. 속마음을 뜻함.
불파(不怕) : 두려워하지 말라.
지(只) : 다만. 오직.
양양심(兩樣沈) : 두 가지 마음.

〈풀이〉

사람을 만나서는 할 말중 십분지 삼만 얘기하고 나머지
는 마음 속에 남겨 두어야 한다. 자기의 속마음까지 모조
리 털어놓는다면 급기야 남에게 약점을 잡히게 된다. 믿고
의지하는 사이라도 사람에게는 원래 두 마음이 있을 수
있는 것이다. 저 영국의 문호 토마스 하디(1840~1928)
의 대표작 테스에는 첫날밤의 고백으로 인해 파경을 맞는
한쌍의 남녀를 그리고 있다. 순진한 여주인공 테스는 남편
에게 순결을 잃은 사실을 밝혀 버림받고, 마침내 사람을
죽이기까지 한다. 사람에게 비밀이 없으면 돈지갑이 빈 것
처럼 허전한 일이라고 말한 이는 작가 이상(李箱 1910~
1937)이었다. 아무리 가까운 사이라도 혼자만이 간직해야
될 비밀은 있는 법이다. 이는 음흉한 이중인격자가 되라는

말은 절대로 아니다. 다만 진실을 밝힌다고 해도 모두에게 상처만을 입힌다면 어리석은 일일 뿐이다. 요컨대 자신의 비밀이나 속마음을 함부로 털어놓는 경솔한 인간이 되어서는 아니될 것이다.

7

술은 자기를 알아주는 벗을 만나면 천 잔도 적고, 말은 뜻이 통하지 않으면 한 마디도 많다.

酒逢知己千鍾少요 話不投機一句多니라.
주봉지기천종소   화불투기일구다

지기(知己) : 자기를 알아주는 벗.
천종(千鍾) : 천 잔. 종(鍾)은 술잔.
소(少) : 적음. 부족함.
투기(投機) : 뜻이 서로 맞음.

〈풀이〉

오랜 시름을 씻어 버리고자
자리에 머물러 한없이 술을 마신다.
이 좋은 밤에 이야기는 길어지고
달이 밝아 잠잘 수 없노라.
    하략

滌蕩千古愁   留連百壺飲
척탕천고수   유련백호음

良宵宜且談 　　　皓月未能寢
양소의차담 　　　호월미능침
　　　하략

　이것은 시선(詩仙) 이백(701∼762)의 우인회숙(友人會宿)이란 작품이다. 모처럼 마음에 맞는 벗들과 술을 마시며 근심 걱정을 잊으니, 달 밝은 밤에 얘기만 길어진다는 뜻이다. 이렇게 의기가 투합하는 친구와 술잔을 비우고 담소하면 늘 시간이 모자라는 느낌이다. 그러나 뜻이 맞지 않는 사람과는 술은커녕 잡담조차 나누고 싶지 않을 것이다. 마음의 문을 터놓지 않는 상대와는 대화 자체가 무의미할 따름이다.

제18편 교우편(交友篇)

단순히 이해타산이나 배경을 위해 만나는 사이란 그다지 오래 지속될 수는 없을 것이다. 그러나 참된 우정을 나눌 수 있는 벗이 있다면, 이는 진정 복된 일이라고 하겠다. 술도 일정한 시간이 지나야 제맛이 나듯, 우정도 세월의 시험대(試驗臺)를 거쳐야만 참다운 게 된다. 순수하고 변덕을 모르는 벗은 우리의 거친 삶의 뱃길에 믿음직한 동반자가 될 수 있을 것이다.

1

공자께서 말씀하셨다. 「착한 사람과 함께 살면 마치 지초와 난초가 있는 방에 들어간 듯하여 오랫동안 그 향기를 맡지 않아도 곧 그에게 동화된다. 착하지 않은 사람과 함께 살면 마치 절인 생선 가게에 들어간 듯하여 오랫동안 그 냄새를 맡지 않아도 역시 그에게 동화된다. 단사를 지니면 붉어지고 옻을 지니면 검어지게 마련이다. 그러므로 군자는 반드시 함께 있을 사람을 삼가야 한다.」

子曰 與善人居면 如入芝蘭之室하여 久而不聞其香이라도 卽
자왈 여선인거 여입지란지실 구이불문기향 즉

與之化矣요 與不善人居면 如入鮑魚之肆하여 久而不聞其臭라
여지화의 여불선인거 여입포어지사 구이불문기취

도 亦與之化矣니 丹之所藏者는 赤하고 漆之所藏者는 黑이라
역 여지화의   단지소장자   적   칠지소장자   흑

是以로 君子는 必愼其所與處者焉이니라.
시이   군자   필신기소여처자언

❖

지란(芝蘭) : 지초와 난초.

구이불문기향(久而不聞其香) : 오래되면 그 향기를 맡을 수 없음.
　문(聞)은 냄새를 맡다로 새겨야 함.

여(與) : 함께. 더불어.

화(化) : 동화됨.

여입포어지사(如入鮑魚之肆) : 절인 생선 가게에 있는 것과 같음.

구이불문기취(久而不聞其臭) : 오래되면 그 나쁜 냄새를 맡을 수
　없음.

단지소장자(丹之所藏者) : 단사(丹砂)를 지닌 사람.

칠(漆) : 옻.

소여처자(所與處者) : 함께 있을 사람.

〈풀이〉

　품성이 고결한 이와 함께 있으면 마치 난초의 향기가 몸
에 스며들 듯이 그 감화를 받게 된다. 이에 반하여 저속한
사람을 가까이 하면 그의 좋지 못한 영향을 받게 되는 것
이다. 특히 비판력이나 자제력이 부족한 청소년이 질이 좋
지 못한 자와 접촉하면 범죄와 타락의 길로 빠져들기가 쉽
다. 이렇게 사람과 어울리는 일은 중요한 의미를 지닌다.

2

　공자가어에 이르기를「학문을 좋아하는 사람과 함께 가

면 마치 안개 속을 가는 것과 같아서 비록 옷은 적시지 않더라도 간간이 물기가 배어들게 되고, 무식한 사람과 함께 가면 마치 뒷간에 앉은 것과 같아서 비록 옷은 더럽히지 않더라도 가끔 냄새가 나게 된다.」고 하였다.

家語에 云 與好學人同行이면 如霧中行하여 雖不濕衣라도 時時
가어　운 여호학인동행　　여무중행　　수불습의　　시시

有潤하고 與無識人同行이면 如厠中坐하여 雖不汚衣라도 時時
유윤　　여무식인동행　　여측중좌　　수불오의　　시시

聞臭니라.
문취

❖

호학인(好學人)：학문을 좋아하는 사람.
무(霧)：안개.
습의(濕衣)：옷을 적심.
시시(時時)：때때로. 간간이. 가끔.
측(厠)：뒷간. 화장실.
오의(汚衣)：옷을 더럽힘.
문취(聞臭)：불쾌한 냄새가 남.

〈풀이〉

훌륭한 사람과 어울리는 것과 저속한 자와 어울리는 것은 늘 그 결과가 엄청나게 달라진다. 특히 자라나는 청소년에 있어 교우관계의 중요성은 아무리 강조하여도 지나치다고 할 수 없을 것이다.

3

공자께서 말씀하였다.

「안평중은 남과 잘 사귀었도다. 오래될수록 상대를 공경하였으니…….」

子曰 晏平仲은 善與人交로다 久而敬之온여.
자왈 안평중   선여인교   구이경지

❖

안평중(晏平仲) : 성은 안(晏), 이름은 영(嬰), 자는 중(仲), 시호가 평(平)임. 춘추시대 제나라의 재상으로 내치와 외교에 탁월한 업적을 세움.
구이경지(久而敬之) : 사귐이 오랠수록 상대방을 더욱 공경함.

〈풀이〉

제나라의 재상 안평중은 벗과 사귀는 도리를 알고 있는 사람이었다. 그는 오랫동안 변함없이 아끼고 존경하는 마음으로 친구를 대한 것이다. 공자는 안평중의 이런 점을 칭찬하였다. 사실 공자는 젊은 시절 안평중의 방해로 제나라에 등용되지 못한 일이 있었다. 그러므로 개인적으로는 그에게 섭섭한 감정도 없지 않았을 것이다. 그러나 공자의 그에 대한 평가는 공정하였다.

4

서로 얼굴을 아는 사람이야 세상에 가득하지만, 마음을 아는 이는 과연 얼마나 될까?

相識이 滿天下하되 知心은 能幾人고.
상식   만천하   지심   능기인

❖

상식(相識) : 서로 얼굴을 알고 지내는 사람.

지심(知心) : 마음을 아는 이.

능기인(能幾人) : 몇 사람이나 될까?

〈풀이〉

누구나 일상생활에서 서로 알고 지내는 사람은 많을 것이다. 그러나 이는 흔히 표면적인 접촉으로 그치는 수가 많다. 또한 업무상 늘 자리를 함께 하면서도 서로 속셈을 달리하는 경우도 있다. 이런 점에서 참된 벗이나 동료를 만난다는 것은 결코 쉬운 일은 아니다. 우리는 불신감을 버리고 서로 마음의 문을 활짝 열어야만 진실한 우정을 키워나갈 수 있을 것이다.

5

술과 음식을 함께 먹을 형제는 많아도, 어려움을 함께 할 수 있는 벗은 한 사람도 없다.

酒食兄弟는 千個有로되 急難之朋은 一個無니라.
주식형제   천개유   급난지붕   일개무

❖

주식(酒食) : 술과 음식.

천개유(千個有) : 천명이 있음. 많다는 뜻.

급난지붕(急難之朋) : 위급하고 어려움이 왔을 때 서로 도울 수 있는 벗.

일개무(一個無) : 한 사람도 없음.

〈풀이〉

손을 뒤치면 구름이 일고 손을 엎으면 비가 오듯이
하고 많은 변덕을 어찌 다 헤아릴 수 있으리오.
그대 보지 못했는가, 관중·포숙의 가난할 때의 사귐을
이 도리를 요즘 사람들은 흙 버리듯 하는구나.

翻手作雲覆手雨　　　紛紛輕薄何須數
번 수 작 운 복 수 우　　분 분 경 박 하 수 수

君不見管鮑貧時交　　此道今人棄如土
군 불 견 관 포 빈 시 교　　차 도 금 인 기 여 토

당나라의 시성(詩聖) 두보(712~770)의 빈교행(貧交
行)이란 작품이다. 이는 세상 사람들의 사귐이 경박하여
그 옛날 관중과 포숙아와 같은 진실한 우정을 찾아 볼 수
없음을 탄식한 것이다. 이렇게 우리의 교우관계란 흔히 이
해타산의 범주에서 벗어나지 못하는 경우가 많다. 그러므
로 번영하는 이에게는 많은 사람들이 몰려들어 문전성시
를 이루나, 막상 그가 몰락하게 되면 모두들 얼굴을 돌리
고 마는 것이다. 예나 지금이나 어려울 때 서로 도울 참된
벗을 만나기란 참으로 어려운 법이다.

6

열매를 맺지 않는 꽃은 심지 말고, 의리없는 벗은 사귀
지 말라.

不結子花는 休要種이요 無義之朋은 不可交니라.
불결자화   휴요종   무의지붕   불가교

❖

불결(不結) : 맺지 않음.
자(子) : 여기서는 열매·씨를 뜻함.
휴요종(休要種) : 절대로 심지 말라.

〈풀이〉

우리의 삶이란 늘 순풍에 돛단배 가듯 순탄할 수만은
없다. 그보다는 어려운 처지에서 고전해야 될 경우도 적지
않다. 바로 이럴 때 등을 돌리는 친구들도 많게 마련이다.
그러나 이런 부류와는 애당초 교제하지 않는 게 좋을 것
이다. 우리가 이와 같은 의리없는 친구를 가리기 위해서는
평소 사람을 보는 안목과 식견을 길러야 할 것이다.

7

군자의 사귐은 물과 같이 맑고, 소인의 사귐은 단술처럼
달다.

君子之交는 淡如水하고 小人之交는 甘若醴니라.
군자지교   담여수   소인지교   감약례

담여수(淡如水) : 물과 같이 맑음. 물과 같이 담담함.
예(醴) : 단술.

〈풀이〉

군자는 학문과 인덕(仁德)으로 벗들과 만난다. 따라서

그 사귐이 늘 물처럼 맑고 순수하다. 이에 반하여 소인은 자신의 이익을 위해 다른 사람들과 사귄다. 그러므로 자신에게 유익할 때는 친구에게 다정하게 대하나, 일단 이해가 상충이 되면 등을 돌리고 마는 것이다. 이렇게 군자와 소인은 교제하는 목적과 태도가 아예 다른 것이다.

8

길이 멀어야 말의 힘을 알 수 있고, 세월이 오래 지나야 사람의 마음을 알게 된다.

路遙에 知馬力이요 日久에 見人心이니라.
노요　　지마력　　일구　　견인심

요(遙) : 멀다.
일구(日久) : 오랜 세월.

〈풀이〉

말의 지구력을 알기 위해서는 상당히 먼길을 타고 달려야만 한다. 이와 마찬가지로 세월이 오래 지나야 사람의 참 마음을 알 수 있다. 다시 말하자면 때로는 자신이 어려운 처지에 빠져봐야 비로소 친구의 진실에 접할 수 있는 것이다.

제19편 부행편(婦行篇)

어느 시대, 어느 사회에서나 여성의 능력과 역할은 중요한 의미를 지닌다. 즉 부녀자의 알뜰한 살림 솜씨와 남편에 대한 내조 그리고 슬기로운 자녀 교육 등은 그 집안 번영의 밑거름이 되는 것이다. 이 편은 현모양처의 길을 가야 할 오늘날의 여성들에게도 시사하는 바가 클 것이다.

1

익지서에 이르기를 「여자에게는 네 가지 기릴만한 덕이 있으니, 첫째는 부덕(婦德)이요, 둘째는 용모며, 셋째는 말씨이고, 넷째는 솜씨이다. 부덕이란 반드시 재주와 평판이 뛰어남을 이르는 게 아니요, 용모는 반드시 얼굴이 예쁘고 아름다워야만 하는 게 아니요, 말씨는 반드시 입담이 좋고 말솜씨가 뛰어나야만 하는 게 아니요, 솜씨는 반드시 손재주가 남보다 탁월해야만 하는 게 아니다. 부덕이란 마음이 맑고 절개가 곧으며, 염치와 절제가 있어 몸가짐을 가지런히 하고, 행동거지에 부끄러움이 있고, 동정에 법도가 있으니 이것이 바로 부덕인 것이다. 부용이란 먼지와 때를 씻고 의복을 깨끗이 하며, 목욕을 제때에 하여 한 몸에 더러움이 없으니 이것이 바로 부용인 것이다. 부언이란 다른 사람이 본받을 말을 가려서 하고, 그른 말을 하지 아니하며, 해야 할 때에 말하여 남들이 그 말을 싫어하지 않

으니, 이것이 곧 부언인 것이다. 부공이란 길쌈을 부지런
히 하고, 술 빚는 것을 좋아하지 말며, 맛있는 음식을 갖
추어서 손님을 받들어야 하니 이것이 곧 부공인 것이다.
이 네 가지 덕은 부녀자로서 하나도 소홀히 해서는 아니
될 것들이다. 행하기가 아주 쉽고, 이를 힘씀이 바른데 있
으니, 이에 의거하여 실천한다면 곧 부녀자의 예의범절이
된다.」고 하였다.

益智書에 云 女有四德之譽하니 一曰婦德이요 二曰婦容이요
익지서 운 여유사덕지예 일왈부덕   이왈부용

三曰婦言이요 四曰婦工也니 婦德者는 不必才名이 絶異요 婦
삼왈부언 사왈부공야 부덕자는 불필재명 절이 부

容者는 不必顔色이 美麗요 婦言者는 不必辯口利詞요 婦工者
용자 불필안색 미려 부언자 불필변구이사 부공자

는 不必技巧過人也니라 其婦德者는 淸貞廉節하여 守分整齊하
불필기교과인야 기부덕자 청정렴절   수분정제

고 行止有恥하며 動靜有法이니 此爲婦德也요 婦容者는 洗浣塵
행지유치   동정유법 차위부덕야 부용자 세완진

垢하여 衣服鮮潔하며 沐浴及時하여 一身無穢니 此爲婦容也요
구 의복선결 목욕급시 일신무예 차위부용야

婦言者는 擇詞而說하되 不談非禮하고 時然後言하여 人不厭其
부언자 택사이설 부담비례 시연후언 인불염기

言이니 此爲婦言也요 婦工者는 專勤紡績하고 勿好暈酒하며 供
언 차위부언야 부공자 전근방적 물호운주 공

具甘旨하여 以奉賓客이니 此爲婦工也니라 此四德者는 是婦人
구감지 이봉빈객 차위부공야 차사덕자 시부인

之所不可缺者라 爲之甚易하고 務之在正이니 依此而行이면 是
지소불가결자 위지심이 무지재정 의차이행 시

爲婦節이니라.
위부절

❖

사덕지예(四德之譽) : 기릴만한 네 가지 덕. 명예로운 네 가지 덕.

부덕(婦德) : 부녀자가 닦아야 할 덕행.

부용(婦容) : 부녀자의 용모. 부녀자의 옷차림과 맵시.

부언(婦言) : 부녀자의 말씨.

부공(婦工) : 부녀자의 길쌈·음식솜씨.

불필(不必) : 꼭 필요한 것은 아니다.

재명(才名) : 재주가 있다는 소문. 재능이 있다는 평판.

절이(絶異) : 뛰어남. 탁월함. /

미려(美麗) : 예쁘고 아름다움.

변구(辯口) : 입담이 좋음. 구변이 뛰어남.

이사(利詞) : 말을 잘함.

기교(技巧) : 재주. 손재주.

과인(過人) : 남들보다 뛰어남. 다른 사람에 비해 탁월함.

청정(淸貞) : 마음이 맑고 절개가 곧음.

염절(廉節) : 염치와 절제가 있음.

수분정제(守分整齊) : 분수를 지키고 가지런함. 분수를 알고 정돈
  됨.

행지유치(行止有恥) : 행동거지에 수줍음이 있음. 행동거지에 부
  끄러움을 앎.

동정유법(動靜有法) : 동정에 법도가 있음.

세완(洗浣) : 씻음.

진구(塵垢) : 먼지와 때.

선결(鮮潔) : 곱고 깨끗함.

목욕급시(沐浴及時) : 제 때에 몸을 씻음.

시연후언(時然後言) : 때가 된 후에 말함.

방적(紡績) : 길쌈.

물호운주(勿好暈酒) : 술 빚기를 좋아하지 말라.

공구감지(供具甘旨) : 맛있는 음식을 갖춤.

봉(奉) : 받듦. 대접함.

위지심이(爲之甚易) : 이를 행하기는 아주 쉽다.

부절(婦節) : 부녀자의 예의범절.

〈풀이〉

부덕(婦德), 부용(婦容), 부언(婦言), 부공(婦工)은 부녀자의 네 가지 덕이다. 슬기로운 여인은 이를 제대로 실천하여 한 가정의 주부(主婦)로서의 역할과 책임을 다하는 것이다.

2

태공이 말하였다.
「부인의 예절은 말소리가 반드시 가늘어야 한다.」

太公이 曰 婦人之禮는 語必細니라.
태공　왈 부인지례　어필세

세(細) : 가늘다.

〈풀이〉

옛부터 우리 사회에서는 부녀자의 말소리가 크고 거친 것을 예절에 어긋나는 일로 보았다. 다시 말하자면 작고 부드러운 말씨를 여성다움으로 생각한 것이다.

그러나 인형의 집에서 뛰쳐나온 우리시대의 여성들은 사회 여러 분야에서 능동적으로 활약하고 있다. 그리고 이미 남성의 고유업종에까지 진출하는 맹렬 여성도 적지 않다. 이들이 남성들로부터 사랑과 존경을 받기 위해서는 여성다운 품위와 예절을 잃지 말아야 할 것이다. 작고 부드러운 음성을 강조한 이 장의 말씀은 여성의 남성화를 경계한 것으로 새겨도 무방할 것 같다.

3

어진 아내는 남편을 귀하게 하고, 악한 아내는 남편을 천하게 한다.

賢婦는 令夫貴요 惡婦는 令夫賤이니라.
현부　영부귀　악부　영부천

❖

현부(賢婦) : 어진 아내. 현명한 부인.
영(令) : …하게 하다.

〈풀이〉

극소수의 경우를 제외하고는 사람은 모두 결혼을 하여 가정을 꾸리게 된다. 누구나 독신으로는 온전한 삶을 누릴 수 없기 때문이다. 따라서 생활의 반려자를 잘 만나야 함은 삶의 성패가 달린 문제이기도 하다. 여자의 경우도 마찬가지이지만 특히 남자가 정숙하고 똑똑한 여인을 내조자로 두었다면 그는 이미 절반의 성공을 보장 받았다고 하겠다. 이는 그런 아내는 남편을 귀하게 만들 수 있기 때문이다.

4

집에 어진 아내가 있으면, 그 남편이 뜻밖의 재앙을 만나지 않는다.

家有賢妻면 夫不遭橫禍니라.
가유현처　부부조횡화

❖

조(遭) : 만남.
횡화(橫禍) : 뜻밖의 재앙.

〈풀이〉

우리는 배우자를 잘못 만나 불행하게 살아야 했던 위인(偉人)들을 잘 알고 있다. 작곡가 모짜르트(1756~1791)가 그런 예에 해당된다. 그의 아내 콘스탄체는 무책임하고 살림솜씨가 서툴러 남편의 작곡료로 바덴바덴(온천이 있음)으로 달려가는 위인(爲人)이었다. 당시 이들의 살림은 아주 궁색하여 그런 사치스러운 여행을 할 형편이 못되었던 것이다. 또한 머리가 영리하지 못했던 그녀는 남편이 남다른 사람임을 인식할 안목조차 없었다. 모짜르트가 늘 돈에 쪼들리며 과로에 허덕여야 했던 데는 아내 콘스탄체의 낭비벽도 한몫한 것이다. 이렇게 악처는 남편을 공경할 줄 모르고 혹사케 한다. 그러나 어질고도 슬기로운 지어미는 배우자를 잘 도와 늘 그 마음을 편안하게 해준다. 이렇게 되면 지아비의 사회생활에도 활력과 자신감이 넘쳐 재앙을 멀리 할 수 있는 것이다.

5

어진 아내는 육친을 화목케 하고, 간사한 아내는 육친의
화목을 깨뜨린다.

賢婦는 和六親하고 佞婦는 破六親이니라.
현부　　화육친　　　영부　　파육친

❖

육친(六親) : 가까운 친족.
영부(佞婦) : 아첨하는 아내. 간사한 아내.

〈풀이〉

고구려 대무신왕(3대 : 재위 A.D. 14년~44년)의 원비
(元妃)는 사람됨이 어질지 못하고 간악하였다. 그녀는 다
음 왕비 소생인 왕자 호동이 적자(嫡子)인 그녀 아들의
자리를 빼앗지나 않을까 두려워했다. 그러던 어느 날 그녀
는 남편인 임금에게 호동을 모함하였다. 「호동이는 예의
바르게 저를 대하지 않고 있습니다. 아마 저에게 음욕을
품은 것 같습니다.」 그러나 왕은 못 믿겠다는 투로 말했
다. 「그대는 남이 낳은 자식이라고 해서 그렇게 미워하는
가?」 이에 그녀는 왕이 자신의 말을 믿지 않고 벌을 내릴
까 두려워 다시 눈물을 흘리며 말했다. 「대왕께서 남몰래
살펴 주시기 바랍니다. 만일 제가 없는 일을 말했다면 어
떤 처벌도 달게 받겠습니다.」 왕비가 이렇게까지 말하나

대왕도 아들인 호동왕자를 의심치 않을 수 없었다. 어떤 이가 이 일을 호동에게 알려주었다. 「왕자님께서는 빨리 억울함을 밝히셔야 합니다.」 그러나 마음씨가 착한 왕자는 이렇게 말할 뿐이었다. 「내가 만일 이 일의 무죄함을 밝힌다면 어머니의 죄악이 드러나게 됩니다. 그러면 아버님께 근심만 끼쳐드리는 결과가 되겠지요. 그게 어찌 어버이를 섬기는 도리가 되겠습니까?」 드디어 왕자는 칼에 엎드려 죽고 말았다. 자신의 억울함을 밝히지 않은 채 자결한 호동왕자에 대해 삼국사기의 저자 김부식은 비판적인 발언을 하고 있다. 그러나 보다 중요한 것은 간악한 아내는 아버지와 아들 사이의 화목을 깨뜨리는 모함도 서슴지 않는다는 점이다.

제20편 증보편(增補篇)

이 편에서는 신하가 임금을 시해하고 자식이 그 아비를 죽이는 일도 하루 아침에 갑자기 이루어지는 게 아니라 작은 악행이 조금씩 누적된 결과로 보고 있다. 그리고 사람은 착한 일을 쌓느냐 또는 악한 일을 쌓느냐에 따라 그에게 합당한 응보를 받게 된다는 신념도 피력하고 있다. 이런 내용은 이제 도덕적으로 재무장되어야 할 우리들에게 깨우쳐 주는 바가 적지 않을 것이다.

1

주역에 이르기를 「착한 일을 쌓지 않으면 이름을 이룰 수가 없고, 악한 일을 쌓지 않으면 몸을 망치지 않는다. 그러나 소인은 작은 선은 이로움이 없다고 하여 행하지 않으며, 작은 악은 해로움이 없다고 하여 버리지 않는다. 따라서 악이 쌓이면 가릴 수가 없게 되고, 죄가 커지면 풀지 못하게 되는 것이다.」고 하였다.

周易에 曰 善不積이면 不足以成名이요 惡不積이면 不足以滅身
주역 왈 선부적 부족이성명 악부적 부족이멸신

이어늘 小人은 以小善으로 爲无益而弗爲也하고 以小惡으로 爲无
소인 이소선 위무익이불위야 이소악 위무

傷而弗去也니라. 故로 惡積而不可掩이요 罪大而不可解니라.
상이불거야 고 악적이불가엄 죄대이불가해

❀

성명(成名) : 명성을 얻음. 평판이 남.

멸신(滅身) : 몸을 망치다.

무(无) : 무(無 : 없다)와 같음.

불거(弗去) : 버리지 않음. 불(弗)은 불(不 : 아니다)과 같음.

불가엄(不可掩) : 가릴 수 없음. 숨길 수 없음.

불가해(不可解) : 풀지 못함.

〈풀이〉

주역은 여러 시대의 수많은 학자들의 사색에 의해 이루어진 수신서요, 철학서이다. 다시 말하자면 이 책은 중국인의 철학적 지혜를 집대성한 것이다. 특히 선을 쌓아야 참다운 명성을 얻을 수 있고, 악을 쌓으면 자멸하고 만다는 주역의 이 구절은 만인의 공감을 얻을 만하다.

2

서리를 밟으면 곧 굳은 얼음이 얼 때가 된다. 신하가 그 임금을 죽이고 자식이 그 아비를 죽이는 것은 하루 아침이나 하루 저녁의 일이 아니라, 그 까닭은 이미 오래 전에 쌓였을 것이다.

履霜이면 堅氷至라 하니 臣弑其君하며 子弑其父가 非一旦一夕
이상 　　견빙지 　　　신시기군 　　자시기부 　　비일단일석

之事라 其由來者漸矣니라.
지사 　 기유래자점의

❀

이상(履霜) : 서리를 밟다.

견빙(堅氷) : 단단한 얼음.

신시기군(臣弑其君) : 신하가 그 임금을 죽임. 시(弑)는 아랫사람
　이 윗사람을 시해하는 것.

일단(一旦) : 하루 아침.

유래(由來) : 까닭.

〈풀이〉

　주역 곤괘(坤卦) 문언전(文言傳)에 있는 유명한 구절이
다. 신하가 임금을 죽이고 자식이 아비를 죽이는 끔찍한
범행도 하루 아침에 갑자기 일어나는 게 아니라 오랫동안
그런 까닭이 누적된 결과가 어느 순간 표면화된 것일 따
름이다. 그러므로 평소에 악을 멀리하고 선행을 쌓아나가
야 할 것이다.

제21편 팔반가편(八反歌篇)

내리사랑은 있어도 치사랑은 없다고 했다. 사실 어버이가 자식을 사랑하는 만큼 자식이 어버이를 사랑하기는 힘들 것이다. 그러나 자신이 부모에게 효도를 해야만 그도 또한 자식들의 효도를 받을 수 있게 된다. 어차피 부모의 행위는 자식들의 본보기가 되기 때문이다. 여기에는 여덟 편의 노래로 자식에게는 온갖 정성을 다하면서 정작 어버이 섬김에는 소홀한 점을 풍자하고 있다.

1

어린애가 어쩌다 나를 욕하면
내 마음에 기쁨을 느끼게 되고,
부모가 나를 꾸짖고 성내시면
내 마음 도리어 언짢아지네.
한쪽은 기쁘고 한쪽은 언짢으니
아이와 어버이 대함이 어찌 이리 다른가.
그대에게 권하노니, 오늘 어버이의 꾸중을 듣거든
마땅히 자식 대하는 마음으로 받아 넘기게나.

幼兒或罵我하면 我心覺懽喜하고 父母嗔怒我하면 我心反不甘
유아 혹이아   아심각환희   부모진노아   아심반불감

이라. 一懽喜一不甘하니 待兒待父心何縣고 勸君今日逢親怒어
　　　 일환희일불감   대아대부심하현   권군금일봉친노

든 也應將親作兒看하라.
　야응장친작아간

❖

이(詈) : 꾸짖다.
각환희(覺懽喜) : 기쁨을 느낌.
진노(嗔怒) : 성냄.
반(反) : 도리어. 오히려.
불감(不甘) : 언짢다.
하현(何懸) : 어찌 이리 다른가.
야응(也應) : 역시 …처럼 하라. 또한 …처럼 하라.
작아간(作兒看) : 어린아이처럼 봄.

〈풀이〉

　어린 자식이 반항을 하거나 욕을 하더라도 그냥 귀엽게 보아 넘기기가 일쑤이다. 그러나 막상 어버이가 어쩌다 꾸중을 하면 화도 나고 마음이 언짢아진다. 이렇게 자식에 대해서는 한없이 자애로우나 부모에 대해서는 그다지 너그럽지 못한 게 우리의 마음이다. 이 장에는 어린 자식을 사랑하는 바로 그런 마음으로 부모를 섬겨야 함을 강조하고 있다.

2

　어린 자식들은 많은 말을 지껄여도
　그대 늘 듣기 싫어하지 않건만,
　어버이 어쩌다 한번 말씀 하시면
　쓸데없는 잔소리 많다고 여기네.

참견이 아니라 마음에 걸려서 그러시는 거지,
어버이 흰머리 아시는 게 많으시다네.
그대에게 권하노니, 노인의 말씀을 받들며
젖내나는 입으로 옳거니 그르거니 따지지 말라.

兒曹는 出千言하되 君聽常不厭하고 父母는 一開口하면 便道多
아조　출천언　　　군청상불염　　　부모　　일개구　　　변도다

閑管이라 非閑管親掛牽이요 皓首白頭에 多諳諫이라. 勸君敬奉
한관　　　비한관친괘견　　　호수백두　　　다암간　　　권군경봉

老人言하고 莫敎乳口爭長短하라.
로인언　　　막교유구쟁장단

❖

아조(兒曹) : 아이들.
불염(不厭) : 싫어하지 않음.
개구(開口) : 말을 함.
변(便) : 문득. 곧.
도(道) : 이르다. 말하다.
한관(閑管) : 쓸데없는 간섭.
괘견(掛牽) : 걱정하다. 마음에 걸리다.
호수백두(皓首白頭) : 흰머리. 늙은이를 뜻함.
암간(諳諫) : 유익한 말. 도움이 되는 충고.
유구(乳口) : 젖내나는 입.
쟁장단(爭長短) : 옳고 그름을 다툼.

〈풀이〉

　아이들이 조잘대는 말은 애교로 받아들이지만, 부모의
말씀은 공연한 간섭으로만 생각하기가 쉽다. 이렇게 자식
대하는 마음과 어버이 대하는 마음은 현격한 차이가 있는
것이다. 그러나 부모의 말씀은 단순한 노파심 이상의 뜻이

있다. 여기에는 노인의 슬기와 경험이 담겨 있는 것이다. 따라서 젊은이는 보다 겸허한 마음으로 이를 받아들이도록 애써야 할 것이다.

3

어린 자식 오줌 똥 더러운 것은
그대 마음 싫어하지 않건만,
늙은 어버이 눈물과 침 흘리는 것은
오히려 미워하고 싫어하는구나.
그대 여섯 자 몸 어디서 왔는가?
아버지 정기와 어머니 피로 네 몸 이루어졌다네.
그대에게 권하노니, 늙어가는 어버이를 잘 모셔라.
젊으셨을 때 그대 위하여 힘줄과 뼈가 해어졌다네.

幼兒尿糞穢는 君心에 無厭忌로되 老親涕唾零에 反有憎嫌意라
유아뇨분예　군심　무염기　　노친체타령　반유증혐의

六尺軀來何處오 父精母血成汝體라 勸君敬待老來人하라 壯時
육척구래하처　부정모혈성여체　권군경대노래인　　　장시

爲爾筋骨敝니라.
위이근골폐

❖

뇨분예(尿糞穢) : 오줌·똥 같은 더러운 것.
염기(厭忌) : 싫어하고 꺼림.
노친(老親) : 늙은 부모.
체타령(涕唾零) : 눈물과 침을 흘림.
증혐의(憎嫌意) : 미워하고 싫어함.

육척구(六尺軀) : 여섯 자의 몸.
부정모혈(父精母血) : 아버지의 정기와 어머니의 피.
경대(敬待) : 공경해서 모심.
노래인(老來人) : 늙어가는 이.
장시(壯時) : 젊은 시절. 젊었을 때.
근골(筋骨) : 힘살과 뼈.
폐(敝) : 해어지다. 떨어지다. 닳아서 찢어지다.

〈풀이〉

어린 자식의 더러운 것은 군말없이 잘 치우지만 막상
늙으신 부모의 눈물이나 가래침은 더럽게만 여긴다. 그러
나 지금 내 자신이 이 세상에 존재함은 오직 어버이의 덕
분이다. 그리고 내가 자식을 사랑하는 그 마음으로 어버이
는 나를 길러 주셨다. 이와 같은 은혜를 알고 있는 이는
부모를 보다 공경해서 모실 것이다.

4

그대 새벽에 저자에 나가
보리떡과 흰떡 사는 것을 보게.
어버이께 드린다는 말은 별로 듣지 못하고
어린 아이들에게 준다는 말은 많이 듣는다네.
어버이는 아직 드시기도 전에 아이는 이미 배가 부르니
자식의 마음은 어버이 자식 사랑하는 마음에 비할 수
없네.
그대에게 권하노니, 떡 살 돈 아끼지 말고 많이 내어
사실 날이 얼마 남지 않은 늙은 부모를 봉양하게.

看君晨入市하여 買餠又買餻하니 少聞供父母하고 多說供兒曹라
간군신입시　매병우매고　소문공부모　다설공아조

親未啖兒先飽하니 子心不比親心好라 勸君多出買餠錢하여 供
친미담아선포　자심불비친심호　권군다출매병전　공

養白頭光陰少하라.
양백두광음소

신(晨) : 새벽.
병(餠) : 보리떡.
고(餻) : 흰떡.
담(啖) : 씹다. 먹다.
광음소(光陰少) : 사실 날이 얼마 남지 않음. 광음(光陰)은 시간
·세월을 뜻함.

〈풀이〉

　부모보다는 어린 자식에게 주기 위해 떡을 사는 사람이
많은게 현실이다. 이렇게 우리는 모든 일을 자녀 위주로
꾸려나가는 것이다.

　그러나 늙은 부모는 이제 사실 날이 그리 많이 남지 않
았다. 이에 비하여 어린 자식과 함께 할 시간은 많을 것이
다. 그러므로 어버이 봉양에 좀더 성의를 보여야 한다.

5

　저자 안 약 파는 가게에는
　아이들 살찌게 하는 약은 있으나
　어버이 튼튼하게 할 약은 없으니
　왜 이 두 가지를 달리 보는가?

아이나 어버이나 병들기는 마찬가지나
아이 고치는 일은 어버이 고치는 일에 비하지 못하리라.
내 다리를 베더라도 도리어 어버이가 주신 살이니
그대에게 권하노라, 부디 어버이 목숨을 보전하라.

市間賣藥肆에　惟有肥兒丸하고　未有壯親者하니　何故兩般看고
시간매약사　　유유비아환　　　미유장친자　　　하고량반간

兒亦病親亦病에　醫兒不比醫親症이라　割股라도　還是親的肉이니
아역병친역병　　의아불비의친증　　　할고　　　환시친적육

勸君亟保雙親命하라.
권군극보쌍친명

❖

매약사(賣藥肆) : 약국. 약방.
비아환(肥兒丸) : 아이를 살찌게 하는 약.
장친(壯親) : 어버이를 건강하게 함.
양반(兩般) : 두 가지.
의(醫) : 병을 고침. 치료함.
할고(割股) : 넓적다리 살을 베어냄.
환시(還是) : 이는 곧. 이는 도리어.
쌍친(雙親) : 부모. 어버이.

〈풀이〉

　우리가 어버이께 효도함은 받은 은혜의 일부나마 갚고
자 하는 마음에서이다. 사실 내 생명 자체를 어버이가 주
신 것이므로 효도란 결국 자신의 존재에 대한 존경심의
표출이기도 하다. 그러나 시중 약방에 아이들 살찌게 하는
약은 있어도 어버이의 몸을 튼튼하게 할 약은 없다면 이
는 분명 잘못된 일이다. 이런 점에서 옛날 진나라 이밀(李

密)의 고사는 우리에게 깨우쳐 주는 바가 크다. 그는 홀로 남은 할머니의 병환을 돌봐드리기 위해 나라에서 내리는 벼슬마저 사양하였다. 이밀이 진무제(晋武帝 : 3세기 경)에게 올린 진정표(陳情表)에는 구구절절 그의 효심이 담겨 있다. 그는 이렇게 호소하였다. 「사람의 목숨은 보잘것없는 것이어서, 아침나절에 저녁을 모르게 마련이옵니다. 신(臣)이 만약 할머니가 없었다면 오늘이 있을 수 없사오며, 할머니 역시 신이 없으면 남은 세월을 편히 마칠 수 없사옵니다. 할머니와 손자, 이 두 사람은 진실로 목숨을 의지하는 처지이오니, 구구한 사정이오나 차마 저버릴 수 없사옵니다. 신의 나이 마흔넷이요, 할머니는 지금 아흔여섯이옵니다. 신이 폐하께 충성을 바칠 날은 아직 많이 남았으나, 할머니 유씨의 은덕을 갚을 날은 얼마남지 않았사옵니다. 까마귀의 사사로운 정으로 끝까지 돌봐드리고 싶을 따름이옵니다.」진정표를 읽은 무제는 느끼는 바 있어 노비 두 명을 보내고 인근 군현에 명하여 조모 유씨에게 음식과 옷을 대게 하였다. 후일 이밀은 임금의 신임을 얻어 한중태수에 임명되었다. 후세 사람들은 흔히 「진정표를 읽고도 울지 않으면 효자가 아니다.」라고까지 말하게 되었다.

6

부귀 할 때는 어버이 봉양하기가 쉬우나
어버이는 늘 마음 편치 않으시고,
빈천 할 때는 자식 기르기가 어려우나

자식이 굶주림과 추위에 시달리지 않네.

한 가지 마음에 두 갈래 길이어서

자식 위하는 마음이 끝내 부모 위하는 마음과 같지 않네.

그대에게 권하노니, 부모 봉양을 자식 기르듯 하고

모든 일을 살림이 넉넉지 못하다고 미루지 말라.

富貴엔 養親易로되 親常有未安하고 貧賤엔 養兒難하되 兒不受
부귀   양친이   친상유미안   빈천   양아난   아불수

饑寒이라 一條心兩條路에 爲兒終不如爲父라 勸君養親如養兒
기한   일조심량조로   위아종불여위부   권군양친여양아

하고 凡事莫推家不富하라.
      범사막추가불부

❖

양친이(養親易) : 어버이 봉양하기가 쉽다. 이(易)는 쉽다·용이
　　하다의 뜻.

미안(未安) : 마음이 편안하지 못함.

기한(饑寒) : 굶주림과 추위.

양조로(兩條路) : 두 갈래 길.

가불부(家不富) : 집안 살림이 넉넉하지 못함.

〈풀이〉

　비록 살림이 넉넉하지 못한 집에서도 자녀를 위해서는
모든 것을 아낌없이 베푼다. 그러나 비교적 풍족한 처지에
있는 집에서도 어버이 봉양에는 인색한 경우가 많다. 이렇
게 자식 대하는 마음과 부모 대하는 마음이 다른 것이다.
그러므로 부모 봉양을 자식 기르듯 하라는 말은 우리에게
느끼게 하는 바가 크다. 집안 살림이 궁색하다는 핑계로

어버이를 소홀히 대접하다가는 끝내 뉘우침만을 남기게
될 것이다.

7

어버이를 봉양한대야 단지 두 분뿐인데도
늘 형제끼리 이를 두고 다투고,
자식 기르는 것은 열 명이 되더라도
그대 혼자 다 떠맡았네.
자식이 배부르고 따뜻한지는 항상 물으면서도
어버이의 주리고 추운 것은 마음에 두지 않네.
그대에게 권하노니, 어버이 섬김에 힘을 다하라.
당초에 입을 것과 먹을 것을 그대에게 빼앗기셨다네.

養親엔 只有二人이로되 常與兄弟爭하고 養兒엔 雖十人이나 君
양친　　지유이인　　　상여형제쟁　　양아　수십인　　　군

皆獨自任이라 兒飽煖親常問하되 父母饑寒不在心이라. 勸君養
개독자임　　아포난친상문　　부모기한부재심　　　권군양

親을 須竭力하라. 當初衣食이 被君侵이니라.
친　　수갈력　　　당초의식　　피군침

양친(養親) : 부모를 봉양함.
지유이인(只有二人) : 단지 두 사람이 있음.
자임(自任) : 스스로 떠맡음.
포난(飽煖) : 배부르고 따뜻함.
수(須) : 모름지기. 마땅히.
갈력(竭力) : 힘을 다하여 애씀.

피군침(被君侵) : 그대에게 빼앗김.

〈풀이〉

　자식을 키우는 일에는 온갖 노력을 다하면서도 막상 어버이 봉양은 형제끼리 서로 미루는 경우도 있다. 심지어 이로 인해 형제 사이에 심한 갈등을 겪기도 한다. 그러나 어버이는 젊은 시절부터 자식들 뒷바라지를 위해 모든 고통을 달게 받은 것이다. 따라서 우리가 어버이 봉양에 성의를 다해야 함은 사람의 자식으로서 당연한 의무이기도 하다.

8

어버이의 사랑이 가득 찼건만
그대는 그 은혜를 생각지 아니하고,
자식이 조금만 효도를 해도
그대는 그 이름을 빛내려 드네.
어버이를 대함에는 어둡고 자식을 대함에는 밝으니,
누가 어버이가 자식 기르던 마음을 알랴.
그대에게 권하노니, 자식들의 효도를 믿지 말라.
자식들이 그대를 잘 섬기게 하는 것은 바로 그대에게
달렸다네.

親有十分慈하되 君不念其恩하고 兒有一分孝하되 君就揚其名이
친유십분자　　군불념기은　　　아유일분효　　　군취양기명

라 待親暗待兒明하니 誰識高堂養子心고 勸君漫信兒曹孝하라.
　대친암대아명　　　수식고당양자심　　권군만신아조효

兒曹親子在君身이니라.
아 조 친 자 재 군 신

❖

십분(十分) : 충분히.
자(慈) : 자애로움.
양(揚) : 드날림. 빛냄.
고당(高堂) : 여기서는 어버이를 높혀 일컫는 말.
만신(漫信) : 부질없이 믿다.

〈풀이〉

　부모는 자식들을 기르기 위해 온갖 정성을 다 받쳤다.
그러나 우리는 제자식의 사소한 효행은 기뻐하고 자랑하
면서도, 정작 부모 섬기는 일은 소홀히 하고 있다. 우리의
행위는 자식들의 본보기가 되게 마련이다. 그러므로 부모
를 푸대접하는 사람은 결국 제자식에게 불효를 가르쳐 주
는 것이다.

제22편 효행 속편(孝行 續篇)

옛부터 우리나라에는 효자와 효부가 많았다. 이 편에는 이들중 대표적인 사례를 몇 가지 소개하고 있다. 손순과 상덕과 도씨의 효행은 오늘을 사는 우리들에게도 소중한 본보기가 될 것이다.

1

손순은 집이 가난하여 그의 아내와 함께 남의 집에 품팔이를 하며 어머니를 봉양하였다. 그런데 그의 아이가 늘 어머니의 밥을 빼앗아 먹는 것을 보고, 손순이 아내에게 말했다. 「아이가 어머니의 밥을 빼앗아 먹으니, 아이는 다시 얻을 수 있지만 어머니는 다시 모시기가 어렵소.」 마침내 아이를 업고 취산 북쪽 기슭으로 가서 땅을 파고 묻으려 했더니, 문득 매우 이상한 돌종이 나왔다. 놀랍고 이상히 여겨 시험삼아 두드렸더니 울리는 소리가 아름다워 듣기에 좋았다. 그의 아내가 말하였다. 「이런 이상한 물건을 얻은 것도 아이의 복이니, 아이를 묻어서는 안됩니다.」 손순도 그렇게 여기고 아이와 종을 가지고 집으로 돌아와 대들보에 매달고 쳤다. 마침 임금이 멀리서 울려퍼지는 맑은 종소리를 듣고 이상하게 여겨 조사하도록 하고 사실을 알게 되자 말하였다. 「옛날에 곽거가 자식을 땅에 묻으려 하자 하늘이 황금 솥을 내리셨고, 이제 손순이 자식을 묻

으려 하자 땅에서 돌종이 나오니, 앞뒤가 서로 꼭 맞는구
나.」임금은 이들 부부에게 집 한 채를 내리고, 해마다 쌀
오십 석을 주었다.

孫順이 家貧하여 與其妻로 傭作人家以養母할새 有兒每奪母食
손순　가빈　여기처　용작인가이양모　　유아매탈모식

이라 順이 謂妻曰 兒奪母食하니 兒는 可得이어니와 母難再求라
　순　위처왈 아탈모식　　아　가득　　　모난재구

하고 乃負兒往歸醉山北郊하여 欲埋掘地러니 忽有甚奇石鍾이어
내부아왕귀취산북교　　욕매굴지　　홀유심기석종

늘 驚恠試撞之하니 舂容可愛라 妻曰 得此奇物은 殆兒之福이니
경괴시당지　　용용가애　처왈 득차기물　태아지복

埋之不可라 하니 順이 以爲然하여 將兒與鐘還家하여 懸於樑撞
매지불가　　　순　이위연　　장아여종환가　　현어량당

之러니 王이 聞鐘聲이 淸遠異常而覈聞其實하고 曰昔에 郭巨埋
지　왕　문종성　청원이상이핵문기실　　왈석　곽거매

子에는 天賜金釜러니 今孫順이 埋子에는 地出石鐘하니 前後符
자　천사금부　금손순　매자　지출석종　전후부

同이라 하고 賜家一區하고 歲給米五十石하니라.
동　　　사가일구　세급미오십석

손순(孫順) : 신라 모량리(牟梁里)사람으로 홍덕왕(42대)때 돌
　종을 얻은 효자임. 손순(孫舜)이라고도 쓰며 삼국유사 5권에
　그에 대한 기사가 실려 있음.
용작(傭作) : 머슴이 되어 일하다.
인가(人家) : 남의 집.
매탈(每奪) : 늘 빼앗다.
왕귀(往歸) : 가다.
북교(北郊) : 북쪽 교외.
굴(掘) : 파다.

홀(忽) : 문득. 갑자기.

심기(甚奇) : 아주 기이함.

경괴(驚怪) : 놀랍고 이상함.

당(撞) : 두드리다.

용용(舂容) : 울리는 소리. 종소리

이위연(以爲然) : 그렇게 여김.

현어량(縣於樑) : 대들보에 매달다.

핵(覈) : 조사하다.

곽거(郭巨) : 한나라때 사람으로 가난 속에서도 어머니를 지성으
　　로 섬겼다. 그의 어머니가 늘 손자에게 음식을 나누어 주자 막
　　상 당신께서 드실 게 부족하게 되었다. 이 일을 염려한 그는
　　아내와 의논하여 아들을 땅에 파묻고자 하였다. 곽거가 땅을
　　석자쯤 파자 황금 솥이 나왔다. 그 솥 위에 붉은 글씨로 '하늘
　　이 곽거에게 황금 솥을 준다.'고 적혀 있었다고 함.

천사(天賜) : 하늘이 내리는 은사.

금부(金釜) : 황금 솥.

부동(符同) : 부절(符節)이 서로 들어 맞는 것처럼 꼭 같음.

일구(一區) : 한 채.

세급(歲給) : 해마다 줌.

〈풀이〉

　손순과 곽거는 모두 효행으로 알려진 인물들이다. 이들
의 남다른 행적은 우리나라와 중국의 사서에 적혀 있다.
아들을 희생시켜서라도 어머니를 보다 잘 봉양하겠다는
점에 대해서는 다소 비판적·회의적 시각이 있을 수 있다.
그러나 이는 방법론의 차이일 뿐이다. 이들의 순수한 효성
그 자체에는 하늘과 사람을 감동시키는 힘이 있는 것이다.

2

상덕은 흉년과 전염병이 돌아 그의 부모가 굶주리고 병
들어 거의 죽게 되자, 밤낮으로 옷도 벗지 않고 정성을 다
하여 편안하게 해드렸다. 그리고 봉양할 게 없자 자기의
허벅지 살을 베어 잡수시게 하고, 어머니에게 종기가 나자
입으로 빨아 낫게 하였다. 왕이 이를 듣고 어여삐 여겨 물
품을 많이 내리고, 또한 그 집 앞에 정문(旌門)을 세우라
고 지시했으며, 비석을 세워 이 일을 적게 하였다.

尚德은 値年荒癘疫하여 父母飢病濱死라 尚德이 日夜不解衣하
상덕 치년황려역   부모기병빈사   상덕 일야불해의

고 盡誠安慰하되 無以爲養이면 則割髀肉食之하고 母發癰에 吮
진성안위   무이위양   즉규비육식지   모발옹 연

之卽瘉라 王이 嘉之하여 賜賚甚厚하고 命旌其門하며 立石紀事
지즉유 왕 가지   사뢰심후   명정기문   입석기사

하니라.

❖

상덕(尙德) : 신라 사람으로 그 효성이 지극하여 나라에서 상을
　내리고 정문(旌門)을 세움.
치(値) : 당하다. 만나다.
연황(年荒) : 흉년.
여역(癘疫) : 전염병.
기병빈사(飢病濱死) : 굶주림과 질병으로 거의 죽게 됨.
불해의(不解衣) : 옷을 벗지 않음.
진성(盡誠) : 성의를 다함.

안위(安慰) : 편안히 해드리고 위로함.

규(刲) : 베다.

비육(髀肉) : 넓적다리의 살.

옹(癰) : 종기.

연(吮) : 빨다.

유(瘉) : 병이 나음.

가지(嘉之) : 이를 어여삐 여김.

사뢰심후(賜賚甚厚) : 재물을 퍽 많이 내림.

명정기문(命旌其門) : 그 집 앞에 정문(旌門)을 세우도록 명함.
   정문이란 충신·효자·열녀 등을 기리기 위해 그 집 앞에 세우
   는 붉은 문.

입석(立石) : 비석을 세움.

기사(紀事) : 사실을 기록함.

〈풀이〉

상덕이 자기의 넓적다리 살을 베어 어버이에게 드린 일
은 삼국사기 열전과 삼국유사(三國遺事)에 수록되어 있다.
이렇게 그의 효행은 만인을 감동시키며 후세에 전해지게
된 것이다. 상덕에게 있어 어버이를 섬기는 일은 일종의
신앙이었다.

3

도씨는 비록 집이 가난하였지만 효성은 지극하였다. 숯
을 팔아 고기를 사서 어머니의 반찬을 거르지 않았다. 어
느 날 저자에서 늦어 바삐 돌아오는데 솔개가 갑자기 고
기를 낚아채어 갔다. 도씨가 슬피 울며 집에 이르니, 솔개
는 벌써 그 고기를 뜰에 던져 놓았다. 하루는 병든 어머니

가 때아닌 홍시를 찾았다. 도씨는 감나무 숲을 헤매다가
날이 저문 것도 모르고 있었는데, 범이 여러 차례 앞길을
막고는 타라는 시늉을 하였다. 도씨는 범의 등에 올라타고
백여 리 떨어진 산골 마을에 이르렀다. 인가를 찾아가 자
려고 하자 잠시 후 집주인이 제삿밥을 차려 주는데 마침
홍시가 있었다. 도씨가 기뻐하며 홍시의 내력을 묻고는 다
시 자신의 사정을 얘기하자 주인이 대답하였다.「돌아가
신 아버님께서 홍시를 좋아하셨으므로 해마다 가을이 되
면 감 이백 개를 골라 굴 속에 간직해 두었습니다. 5월이
되면 상하지 않은 게 일곱·여덟 개에 지나지 않았습니다.
그러나 올해에는 쉰 개나 온전하므로 이상하게 생각했습
니다만 알고 보니, 이는 하늘이 당신의 효심에 감동한 것
입니다.」그리고는 홍시 스무 개를 내주었다. 도씨가 고
맙다고 말하며 밖으로 나오자, 범이 아직도 엎드려 그를
기다리고 있었다. 범을 타고 돌아오니, 새벽닭이 울었다.
뒷날 어머니가 하늘이 내린 수명을 다하고 돌아가시자, 도
씨는 피눈물을 흘렸다.

都氏家貧至孝라 賣炭買肉하여 無闕母饌이러라. 一日은 於市에
도 씨 가 빈 지 효　매 탄 매 육　무 궐 모 찬　　　　일 일　어 시

晚而忙歸러니 鳶忽攫肉이어늘 都悲號至家하니 鳶旣投肉於庭이
만 이 망 귀　연 홀 확 육　도 비 호 지 가　　연 기 투 육 어 정

러라. 一日은 母病索非時之紅柿어늘 都彷徨柿林하여 不覺日昏
　　　 일 일　모 병 색 비 시 지 홍 시　도 방 황 시 림　　불 각 일 혼

이러니 有虎屢遮前路하고 以示乘意라 都乘至百餘里山村하여
　　　 유 호 누 차 전 로　　이 시 승 의　도 승 지 백 여 리 산 촌

訪人家投宿이러니 俄而主人이 饋祭飯而有紅柿라 都가 喜問柿
방 인 가 투 숙　　　아 이 주 인　궤 제 반 이 유 홍 시　도　희 문 시

之來歷하고 且述己意한대 答曰亡父嗜柿故로 每秋擇柿二百個
지내력   차술기의   답왈망부기시고   매추택시이백개

하여 藏諸窟中而至此五月則完者不過七八이라가 今得五十個完
장제굴중이지차오월즉완자불과칠팔   금득오십개완

者故로 心異之러니 是天感君孝라 하고 遺以二十顆어늘 都謝出
자고   심이지   시천감군효   유이이십과   도사출

門外하니 虎尙俟伏이라 乘至家하니 曉鷄喔喔이러라. 後에 母以
문외   호상사복   승지가   효계악악   후   모이

天命으로 終에 都有血淚러라.
천명   종   도유혈루

❖❖

도씨(都氏) : 조선왕조 철종(哲宗)때 사람.

무궐(無闕) : 빠뜨리지 않음. 거르지 않음.

시(市) : 시장. 저자.

망귀(忙歸) : 서둘러 돌아감.

연(鳶) : 솔개.

확(攫) : 나꿔채다.

비호(悲號) : 슬피 울다.

색(索) : 찾음.

방황(彷徨) : 정처없이 돌아다님. 이리저리 헤매다.

시림(柿林) : 감나무 숲.

혼(昏) : 저물다. 어두워지다.

누차(屢遮) : 여러 번 가로 막다.

이시승의(以示乘意) : 타라는 시능을 함.

아이(俄而) : 얼마 안되어. 조금 후.

궤(饋) : 음식을 대접함.

차술기의(且述己意) : 또 자신의 뜻을 말함. 곧 자기의 처지를 얘
    기한다는 뜻.

기(嗜) : 즐김.

완자(完者) : 완전한 것. 온전(穩全)한 것.

심이지(心異之) : 마음으로 이를 이상하게 여김.

유(遺) : 주다.
과(顆) : 낟알.
사복(俟伏) : 엎드려 기다리다.
효계(曉鷄) : 새벽닭.
악악(喔喔) : 닭 우는 소리.
종(終) : 생애를 마감하다. 죽는다는 뜻.

〈풀이〉

옛부터 우리나라에서는 효행을 모든 행위의 으뜸으로 삼아왔다. 그러므로 임진왜란과 같은 전시에도 어버이의 삼년상을 치르기 위해 공직에서 물러나는 이도 있었다. 하늘까지 감동시킨 도씨의 일화는 이와 같은 정신적인 풍토에서 나올 수 있는 것이다.

제23편 염의편(廉義篇)

청렴과 의리는 선비가 반드시 지켜야 할 덕목이었다. 이 편에 나오는 실화는 모두 우리의 미담이기도 하다. 독자들은 이런 옛이야기를 통해 조상들의 깨끗하고 의로운 마음과 접할 수 있을 것이다.

1

인관(印觀)이 저자에서 솜을 파는데, 서조(署調)라는 이가 곡식으로 그 솜을 사가지고 돌아갔다. 이때 솔개가 그 솜을 나꿔채 가지고 인관의 집에 떨어뜨렸다. 인관이 서조에게 그것을 되돌려주며 말하였다. 「솔개가 자네의 솜을 우리 집 마당에 떨어뜨렸으니 되돌려 주겠네.」이에 서조가 말하였다. 「솔개가 솜을 나꿔채다가 자네에게 준 것은 하늘의 뜻일세. 그러니 내가 어찌 받겠나?」인관이 다시 말하였다. 「그렇다면 자네의 곡식을 돌려보내겠네.」서조가 말하였다. 「내가 자네에게 주고서 두 차례나 장이 지났네. 그러니 그 곡식은 이미 자네 것일세.」이렇게 두 사람이 서로 사양하다가 그것들을 모두 저자에다 버렸다. 이때 저자를 다스리는 관원이 이 일을 왕에게 아뢰자, 왕이 두 사람에게 다 같이 벼슬을 내렸다.

印觀이 賣綿於市할새 有署調者以穀買之以還이러니 有鳶이 攫
인관　매면어시　　유서조자이곡매지이환　　　　유연　확

其綿하여 墮印觀家어늘 印觀이 歸于署調曰鳶墮汝綿於吾家라
기면　　타인관가　　印觀　　귀우서조왈연타여면어오가

故로 還汝하노라. 署調曰鳶攫綿與汝는 天也라 吾何爲受리오.
고　환여　　　서조왈연확면여여　천야　오하위수

印觀曰然則還汝穀하리라. 署調曰吾與汝者가 市二日이니 穀已
인관왈연즉환여곡　　서조왈오여여자　시이일　　곡이

屬汝矣나라 하고 二人이 相讓이라가 幷棄於市하니 掌市官이 以
속여의　　　이인　상양　　　병기어시　　　장시관　이

聞王하여 並賜爵하니라.
문왕　　　병사작

❀

타(墮) : 떨어뜨리다.
귀우서조(歸于署調) : 서조에게 되돌려 보냄.
오하위수(吾何爲受) : 내가 어찌 받겠는가?
상양(相讓) : 서로 양보함.
병기어시(幷棄於市) : 모두 저자에 버림.
이문왕(以聞王) : 이 일을 왕에게 아룀.
병사작(並賜爵) : 다 같이 관직을 줌.

〈풀이〉

인관과 서조의 깨끗한 행실은 우리의 자아상을 되돌아
보게 한다. 또한 바른 길을 가야만 번영할 수 있다는 원칙
론에 공감하는 계기가 될 수도 있을 것이다.

2

홍기섭(洪耆燮)이 젊어서 말할 수 없이 가난하였다. 어

느 날 아침 어린 여종이 날뛸 듯이 와서는 돈 일곱 냥을 바치면서 말하였다. 「이게 솥 속에 있었는데, 이만하면 쌀을 몇 섬 살 수 있고 나무도 몇 바리 살 수 있습니다. 이는 하늘이 내리신 것입니다.」 공이 깜짝 놀라며 말하기를 「이게 무슨 돈인가?」하고는 곧 돈을 잃어 버린 이는 찾아가라는 글을 써서 대문 기둥에 붙여놓고 기다렸다. 이윽고 성이 유(劉)라는 사람이 찾아와서 글뜻을 물었다. 공이 사실대로 다 말하자, 유씨가 말하기를 「남의 솥 안에다 돈을 잃어 버릴 사람은 없습니다. 이는 과연 하늘이 내리신 것인데, 왜 갖지 않으십니까?」라고 하였다. 공이 말하기를 「내 물건이 아닌데 어찌 갖는단 말입니까?」라 하니 유씨가 꿇어 엎드리며 말했다. 「실은 소인이 어젯밤 솥을 훔치러 왔다가, 공의 살림이 어려운 점을 보고 딱하게 여겨 놓아둔 것입니다. 이제 공의 깨끗한 마음에 감격하여 제 양심이 되살아 났습니다. 맹세컨대 앞으로 다시는 도둑질을 하지 않겠으며, 공을 늘 모시겠습니다. 돈은 걱정마시고 가지십시오.」 공은 곧 돈을 돌려주면서 말하기를 「당신이 착한 이가 된 것은 좋으나, 돈은 가질 수 없습니다.」하고는 끝끝내 받지 않았다. 뒷날 공은 판서가 되었고, 그의 아들 재룡은 헌종의 장인이 되었다. 유씨 역시 신임을 얻어 집안이 크게 융창하였다 한다.

洪耆燮이 少貧甚無料러니 一日早에 婢兒踊躍獻七兩錢曰此在
홍기섭　소빈심무료　일일조　비아용약헌칠량전왈차재

鼎中하니 米可數石이요 柴可數駄니 天賜天賜니이다. 公이 驚曰
정중　미가수석　시가수태　천사천사　공　경왈

是何金고 卽書失金人推去等字하여 付之門楣而待러니 俄而姓
시하금　　즉서실금인추거등자　　부지문미이대　　아이성

劉者來問書意어늘 公이 悉言之한대 劉가 曰理無失金於人之鼎
유자래문서의　공　실언지　유　왈이무실금어인지정

內하니 果天賜也라 盍取之니꼬. 公이 曰非吾物에 何오 劉가 俯
내　과천사야　합취지　공　왈비오물　하　유　부

伏曰小的이 昨夜에 爲竊鼎來라가 還憐家勢蕭條而施之러니 今
복왈소적　작야　위절정래　　환련가세소조이시지　　금

感公之廉价하여 良心自發하고 誓不更盜하여 願欲常侍하오니
감공지염개　　양심자발　　서불갱도　　원욕상시

勿慮取之하소서. 公이 卽還金曰汝之爲良則善矣나 金不可取라
물려취지　공　즉환금왈여지위량즉선의　　금불가취

하고 終不受러라. 後에 公이 爲判書하고 其子在龍이 爲憲宗國
　　종불수　후　공　위판서　　기자재룡　위헌종국

舅하며 劉亦見信하여 身家大昌하니라.
구　　유역견신　　신가대창

홍기섭(洪耆燮): 조선조 후기때 사람으로 본관은 남양(南陽), 판
　　서를 역임함.

무료(無料): 헤아릴 수 없다.

비아(婢兒): 어린 여종.

용약(踊躍): 기뻐서 날뜀.

헌(獻): 바치다.

전(錢): 돈.

정(鼎): 솥.

시(柴): 땔나무. 장작.

수태(數駄): 몇 바리.

사(賜): 내리다. 주다.

추거(推去): 찾아감.

문미(門楣): 문 위에 가로 댄 나무.

아이(俄而): 얼마쯤 있다가. 이윽고.

실(悉) : 모두. 다.

과(果) : 진실로. 참으로.

합취지(盍取之) : 왜 가지지 않는가?

부복(俯伏) : 꿇어 엎드림.

소적(小的) : 소인(小人).

절(竊) : 훔치다.

소조(蕭條) : 호젓하고 쓸쓸함.

염개(廉价) : 청렴하고 결백함.

원욕상시(願欲常侍) : 늘 모시기를 원함.

위량(爲良) : 착한 사람이 됨.

국구(國舅) : 임금의 장인. 부원군.

헌종(憲宗) : 조선왕조 제24대 임금. 휘는 환(奐), 자는 문응(文應), 호는 원헌(元軒). 재위 1834~1849년. 8세에 즉위하였으므로 순원왕후(純元王后) 안동 김씨(安東金氏 — 순조의 비)가 수렴청정함. 재위 중에 천주교를 박해한 기해사옥(1839년)이 있었음.

대창(大昌) : 크게 융창함.

〈풀이〉

이 장에는 어려움 속에서도 남달리 착하고 바르게 사는 이가 소개되고 있다. 이런 인물이 끝내는 성공한다는 게 조상들의 변함없는 신념이었다.

3

고구려 평원왕의 딸이 어렸을 때에 울기를 좋아하여, 임금이 놀려 말하였다. 「너를 장차 바보 온달에게 시집 보내겠다.」 그 딸이 자라서 상부고씨에게 시집을 보내려고 하

니, 그녀가 「임금님은 식언을 하셔서는 안됩니다.」라고 하
며 굳이 사양하다가 드디어 온달의 아내가 되었다. 온달은
집이 가난하여 밥을 빌어 어머니를 봉양하였기에 그때 사
람들이 바보 온달이라고 불렀던 것이다. 하루는 온달이 산
속에서 느릅나무 껍질을 지고 오는데 임금의 딸이 찾아와
서 말하였다. 「저는 바로 당신의 아내입니다.」 공주는 머
리 장식을 팔아서 논밭과 살림을 장만하여 아주 부자가
되었다. 또한 말을 많이 길러 온달을 도와 마침내 영화롭
고 이름을 날리게 되었다.

高句麗平原王之女는 幼時에 好啼러니 王이 戱曰以汝로 將歸于
고구려평원왕지녀　유시　호제　　왕　희왈이여　　장귀우

愚溫達하리라. 及長에 欲下嫁于上部高氏한대 女以王不可食言
우온달　　　급장　욕하가우상부고씨　　여이왕불가식언

으로 固辭하고 終爲溫達之妻하다. 蓋溫達이 家貧하여 行乞養母
　　고사　　종위온달지처　　개온달　가빈　　행걸양모

러니 時人이 目爲愚溫達也러라. 一日은 溫達이 自山中으로 負
　　시인　목위우온달야　　일일　온달　자산중　　부

楡皮而來하니 王女訪見曰吾乃子之匹也라 하고 乃賣首飾而買
유피이래　　왕녀방견왈오내자지필야　　　내매수식이매

田宅器物하여 頗富하고 多養馬以資溫達하여 終爲顯榮하니라.
전택기물　　파부　　다양마이자온달　　종위현영

평원왕(平原王) : 고구려의 임금(제25대).

호제(好啼) : 울기를 좋아함. 자주 울었다는 뜻.

온달(溫達) : 고구려 평원왕 때의 무인. 평강공주와 결혼한 뒤 북
　　주(北周) 무제(武帝)의 군사를 배산원(拜山原)에서 무찔러 무
　　공을 세움. 그는 영양왕 1년(590년) 한북(漢北)의 지역을 도
　　로 찾기위해 신라군과 아차산성(阿且山城)에서 싸우다 화살에

　맞아 숨짐.

귀(歸) : 시집감.

식언(食言) : 거짓말.

고사(固辭) : 굳이 사양함.

행걸(行乞) : 돌아 다니며 구걸함.

유피(楡皮) : 느릅나무 껍질.

자(子) : 그대. 당신.

필(匹) : 짝. 배필.

수식(首飾) : 머리 장신구.

파(頗) : 아주. 사뭇.

종위현영(終爲顯榮) : 이름이 나고 영달함.

〈풀이〉

　고구려 평원왕의 딸 평강공주는 사려깊고 도의심이 강한 여인이었다. 임금은 거짓말을 할 수 없다며 온달에게 시집간 것은 그녀의 이런 면을 보여주고 있는 것이다. 평강공주는 온달에게 무술을 익히게 하여 유능한 장수가 될 길을 열어 주었다. 이리하여 그녀는 남편을 출세시킨 슬기롭고 어진 아내가 된 것이다

不朽 Books – 고전

학영사의 '불후 북스 – 고전'은 현대에 맞게 번역, 주해하여
쉽게 이해할 수 있는 영원한 고전입니다.

논어 / 장자 / 채근담 / 손자병법 / 명심보감

옮긴이 ┃ 김석환
펴낸이 ┃ 이호섭
대　표 ┃ 하성규
펴낸곳 ┃ 학영사
　　　　　 경기도 파주시 교하읍 문발리 출판문화정보산업단지
　　　　　 535-7 세종출판벤처타운 2층
　　　　　 Tel.031-947-2393　Fax.031-943-2394
출판등록 ┃ 제406-2008-000062호

*파본은 구입하신 곳에서 바꾸어 드립니다.